¡Pies

JF Sánchez

Copyright © 2022 JF Sánchez

Todos los derechos reservados.

Portada: Manuel Franco

Corrección y maquetación: Ana Orgaz

DEDICATORIA

Puedo decir, orgulloso, que nunca me encontré solo, siempre había alguien que me apoyó, empujó a seguir con mis sueños, gracias a ellos pude conseguirlos. Unos lo hicieron con palabras de ánimo y gestos, otros con la lectura de mis libros. A todos vosotros:

Gracias por estar ahí en todo momento y situación, con vuestra ayuda, todo es posible.

17 Pies

Índice

DEDICATORIA III
AGRADECIMIENTOS VII
AVISO IX
Capítulo 1 1
Capítulo 2 5
Capítulo 3 13
Capítulo 4 27
Capítulo 5 39
Capítulo 6 53
Capítulo 7 67
Capítulo 8 81
Capítulo 9 99
Capítulo 10 107
Capítulo 11 111
Capítulo 12 119
Capítulo 13 129
Capítulo 14 139
Capítulo 15 147
Capítulo 16 155
Capítulo 17 161
Capítulo 18 169
Capítulo 19 177
Capítulo 20 187
Capítulo 21 197
Capítulo 22 207
Capítulo 23 215

Capítulo 24 227

Capítulo 25 239

Capítulo 26 245

Capítulo 27 251

Capítulo 28 257

Capítulo 29 263

Capítulo 30 279

Capítulo 31 293

Capítulo 32 305

Capítulo 33 319

Capítulo 34 329

Capítulo 35 335

Capítulo 36 343

Capítulo 37 349

Capítulo 38 359

Capítulo 39 365

Capítulo 40 379

Capítulo 41 389

Capítulo 42 395

Capítulo 43 399

ACERCA DEL AUTOR 401

AGRADECIMIENTOS

A todos los que me ayudan, apoyan y animan para continuar con otra novela, quiero daros las gracias, aunque os lo advierto, solo os diré una cosa: Amenazo con más, vosotros sabréis.

En especial a ti, querido lector anónimo, que puedes ofrecerme el mejor de los regalos si, una vez terminada esta lectura, das tu opinión, valoras o recomiendas este libro. Eso me ayuda mucho y tú solo tienes que invertir un poco de tu tiempo.

Gracias.

17 Pies

AVISO

Los personajes y la trama de esta novela son producto de mi imaginación y son ficticios. Lo único que se puede considerar real es todo lo referente a localizaciones, Oldham, en Dakota del Sur, existe y es aún más pequeño de lo que se describe. La descripción y localizaciones generales están basados en la realidad, los mapas generales son verídicos, los locales son invención mía.

17 Pies

CAPÍTULO 1

John Rhines

Carpintero

Jueves, 14 de abril de 2022. 05:22

Lago Thompson, Oldham, Dakota del Sur

DAKOTA DEL SUR

Delante de mí está Corcho, con mucha suavidad sostiene entre sus dientes un pie humano. Corcho es un Jack Russell de casi tres años, mejor dicho, «es una Jack Russell». Me la regalaron cuando atropellaron a mi anterior perro, también se llamaba Corcho. Sí, ya sé, no soy muy original cuando elijo los nombres de mis mascotas, me gusta llamarlos siempre de la misma manera. Todos mis perros se han llamado y se llamarán Corcho. Algún purista se enfadará conmigo, como comprenderán, me da igual, soy así. Mi compañera, según esa misma gente, debería llamarse Corcha, pues es hembra. Me da lo mismo, dije en su día que todos mis perros se llamarían igual, y no me voy a poner *tiquismiquis* porque mi perro sea hembra, ¿queda claro?

Mi caña de pescar nueva está en el suelo, se me ha caído de las manos, donde permanecía unos instantes antes. No pude sostenerla por la impresión de ver aquel pie, humano sin posibilidad de equivocarme. Tengo más ideas con la seguridad de su certeza, el anterior propietario de esa extremidad está muerto, no tengo duda. Mejor dicho, nadie podría tener duda. Incluso yo veo esa piel de color grisáceo y comprendo que su imagen es la de falta de vida.

Se lo pido a mi perra, ella, todo alegría, mueve su rabo con determinación, lo deja a mis pies y se aleja corriendo. Mi cabeza da vueltas. ¿Qué debo hacer ahora? Esto va a ser un problema, y no de los pequeños. Con más rapidez mental de la que puedo esperar de mí mismo, decido vaciar mi nevera, no tardo mucho, solo guardaba la provisión de cervezas preparadas para aquel día. La idea es simple, el hielo que compré para conservar el pescado en este momento enfría mis latas de cerveza mientras los peces llegan a mis manos. Esos cubitos ahora servirán para proteger aquel pie. Una idea surge en mi cabeza: La nevera irá a la basura a la primera oportunidad que tenga.

Con mucha delicadeza guardo el hallazgo de Corcho, si alguien me observa en este momento, puede llegar a pensar que estoy manipulando algún tipo de explosivo. Hay rastros de tierra en el pie. Mi perra ha debido desenterrarlo, supongo. No parece desprender mucho olor, imagino que el frío impidió la putrefacción de la carne. Una vez metida la extremidad en una bolsa, la dejo con mucha precaución en la nevera, sobre el hielo. Saco las latas de cerveza, no me parecen buena compañía para el «regalo» de mi perrita. Cierro la tapa, se acabó la jornada de pesca sin mojar ni un anzuelo. Toca recoger todo e ir al pueblo en busca del sheriff Sellers. Me incorporo levantando la nevera con la intención de subirla a la camioneta.

La nevera no pesa mucho, sin embargo, se escurre entre mis dedos hasta caer al suelo, en la caída se vuelca hacia el frente, la tapa se abre y algo de hielo termina en el suelo. También la bolsa de plástico transparente con el pie. Mis dedos han perdido su fuerza habitual al ver a Corcho de nuevo, se encuentra frente a mí, moviendo su rabo a gran velocidad, me mira con ojos de felicidad. Me trae otro regalo. Es otro pie.

17 Pies

CAPÍTULO 2

Jessie Carlsson

Agente del FBI, destinada a la Oficina del FBI en Pierre, Dakota del Sur

Jueves, 14 de abril de 2022. 06:12

Pierre, Dakota del Sur

DAKOTA DEL SUR

Hace mucho frío esta mañana. El sol se adivina, aunque aún no lo veo. Escucho música de los noventa en mis auriculares inalámbricos, la capucha protege mis orejas del frío de la

mañana, hay que evitar que cristalicen. Aún no me he acostumbrado a estas temperaturas, mi cuerpo sigue aclimatado a Florida. ¡Qué lejos está mi casa! Mientras mi cabeza se pierde entre palmeras y buen clima avanzo a buen ritmo. Ya quisieran todas mis compañeras de instituto seguirme el paso, hoy puedo decir que tengo una envidiable forma física. Esta mañana solo voy a dar cuatro vueltas al circuito que he creado en el parque, lo que suman un poco más de diez kilómetros. Chupaos esa, pandilla de animadoras, niñas monas y demás chicas «guays» del instituto. Aquí la gordita ahora es agente especial del FBI, hace más deporte que todas vosotras juntas y seguro que tengo mejor cuerpo que ninguna otra compañera. Continúo sin un cuerpo despampanante, no voy a engañarme. Soy normalita, morena, agradable sin llegar a atractiva, la segunda más baja de mi promoción en la academia, aunque puedo presumir de conseguir todo lo que me propongo, lo que siempre quise en la vida. Parece que ya lo veo, en la primera reunión de viejos alumnos se van a quedar de piedra. Qué ganas tengo de cerrar unas cuantas bocas, Dios, qué ganas.

¿Eso que vibra? ¡Por Dios! Solo pido una cosa, espero que no seas tú, mamá. ¡Espero que no seas tú!

Con dificultad, debido a los guantes, saco el móvil del bolsillo del chándal. En la pantalla veo el aviso de número desconocido, en cualquier otro momento habría maldecido en arameo y pasado de la llamada. Sin embargo, es muy temprano para ser un tocapelotas que intenta cambiarme de compañía de algo o un vendedor de acciones. Tengo que quitarme el guante para descolgar. Menos mal que los auriculares paran la música y dejan paso a la llamada sin tener que exponer mis oídos al frío de la mañana mientras troto en el mismo sitio, sin avanzar, como haría cualquier tonto del mundo, correr sin avanzar.

—¿Diga?

—Espero no molestarla en su carrera matutina, soy George Millan.

Vaya, el jefe a esta hora de la mañana. Esto no es normal, de ninguna manera. Algo no debe ir bien si el director de la oficina llama a estas horas a la última agente que se incorporó, la más novata. Lo que sea va muy mal. Por lo menos estoy tranquila, en los dos meses que llevo destinada en Pierre, desde mi nombramiento como agente especial, solo he ejercido de ayudante de algún compañero. No tuve oportunidad de meter la pata, no caigo en ningún detalle, algo que saliera mal y sea responsabilidad directa mía. Tampoco veo la urgencia para llamarme a esta hora. No la he cagado, eso seguro. ¡Un momento! ¿Cómo sabe mi jefe que corro por las mañanas antes de ir a la oficina?

—No molesta, señor director, estaba …

—¡Me alegro! Sé que siempre llega puntual. Por favor, haga lo que tenga que hacer hoy más rápido, preséntese antes de hora si es posible y venga directa a mi despacho. Necesito hablar con usted cuanto antes.

—Así lo haré, señor director

—¡Gracias!

Pues sí que tiene bien ganada su fama de hablar poco. Ya me ha colgado. Menos mal que ahora me pilla cerca de casa. Doy por terminado mi ejercicio. Mientras me acerco a casa planifico mis pasos con las correspondientes modificaciones. Hoy me preparo un café antes. Me ducho rápido, como tengo mi ropa preparada no debo tardar mucho. No comeré nada de desayuno, ya tomaré algo después; a ver qué sorpresa me tiene preparada el jefe. No quiero soñar, creo que no tiene nada que ver con lo poco que hice hasta este momento, debe ser algo de futuro,

17 Pies

estaría bien si por fin me encarga alguna tarea sin supervisión de un veterano. ¿En solitario no me puede mandar a ningún lado?, ¿no? Aunque para ordenarme un caso normal no me llama a estas horas y me pide que llegue temprano a la oficina. Debo dejar de pensar en posibilidades locas y centrarme. ¡Ay, señor!, ¡espero no haberla cagado! Hoy sí voy a tener algo que contar a mi madre cuando me llame.

Nada más entrar en mi apartamento conecto y pongo a calentar la cafetera, preparada la noche anterior, como debe ser. Me desnudo rápido, solo me permito la licencia de poner en el cubo de la ropa sucia toda mi vestimenta. La ducha ha sido un visto y no visto. Casi no se empaña de vapor el espejo, como sucede todas las mañanas, de lo veloz que he sido. Me visto con la ropa dispuesta para la ocasión la noche anterior, con mi previsión habitual. Mi peinado de siempre, cola alta, traje reglamentario, voy perfecta. Un guiño al espejo. Hoy te sales, Jessie, por la cuenta que te trae. ¡Tranquila, no la cagaste!, ¡no te dieron oportunidad de hacerlo! Respiro hondo y me relajo un poco. Cojo un vaso de cartón, lo lleno de café y le pongo su tapa de plástico. Compruebo en la puerta de mi apartamento que lo llevo todo; las llaves, la cartera, mi acreditación, el arma, el móvil. Todo, no se me olvida nada. Hoy no tomaré el autobús, hay prisa, llamaré a un taxi, el director me ha pedido que me pase por su despacho lo antes posible.

Ya en la calle he tenido suerte, he subido rápido a un taxi que ha trabajado toda la noche. Seguro que esta es la última carrera de su turno. ¿Cómo he llegado a esta conclusión?, ¡fácil! El coche tiene el interior más caliente que una sauna y también huele peor que una de estas. Esto no pasaría si fuera su primera carrera de la mañana, la calefacción durante todo el turno de noche ha calentado bien el coche. Aunque mi mente no tiene tiempo para estos detalles. Lo urgente y principal es que me ha citado el jefe. ¿Me cambiarán de oficina? ¡Eso va a ser! Señor, solo te pido que me concedas California, en el peor de los casos Florida, cerca de mamá, solo deseo que sea algún sitio con buen clima. ¡Un momento! Quitamos de esta ecuación a Texas, siempre hay follones en Texas.

Camino con paso firme en la entrada de la oficina del FBI en Pierre. Aún no me conocen lo suficiente, aunque ya me saludan con cordialidad al verme con la acreditación; la llevo bien visible: Agente especial. Qué orgullosa estoy. Saludo con una sonrisa a todo el mundo, mi madre me enseñó que ganaré más con una buena sonrisa que con mi habitual mirada de mala leche. ¡Cosas de madres, supongo! No me cuesta seguir algún consejo suyo, sobre todo estos fáciles que no me comprometen a casi nada, de esta manera puedo olvidar los que no me convienen. ¡No voy a hacer todo lo que me pide! ¡Sal de mi cabeza, mamá!

17 Pies

CAPÍTULO 3

Jessie Carlsson

Agente del FBI, destinada a la Oficina del FBI en Pierre, Dakota del Sur

Jueves, 14 de abril de 2022. 06:49

Oficina del FBI, Pierre, Dakota del Sur

En la última mesa de la segunda planta, la más lejana a los ascensores o, dicho de otra manera más simple y sencilla, en mi mesa, dejo mis cosas y el abrigo bien colocado sobre la silla. Aliso mi traje y me doy un rápido vistazo en el reflejo de una ventana. Voy perfecta. O eso espero. Con el paso todo lo firme que puedo, camino hacia mi destino. Me dirijo al primer despacho, el más cercano a los ascensores, en la otra punta de aquella planta. Doy dos suaves golpes con los nudillos y abro la puerta con cuidado. Mi jefe está de espaldas a mí, mientras mira por la ventana con el teléfono en la oreja, de vez en cuando gruñe mientras asiente con la cabeza. Así encuentro a George Millan, director de la oficina del FBI en Pierre. Se da cuenta de la presencia de mi cabeza, pues mi cuerpo sigue fuera de su vista aún tras la puerta. Con la mano que no sostiene el teléfonome hace un gesto para que entre, esa misma mano señala un asiento frente a su mesa de despacho. Hago lo que dice en silencio, me siento donde me dice, no sé hacia dónde mirar, decido concentrar mi mirada en las uñas, mis oídos estánpendientes a aquella conversación, quizás tiene algo que ver conmigo. Mientras tanto, él parece escuchar con mucha atención lo que sea que le cuentan en aquella llamada.

—Bien, tranquilo, Brad, ya he preparado mi equipo, lo tendrás allí antes de la hora de comer. No, no voy a mandarlos en helicóptero, se tienen que mover por allí, se van ya en el coche oficial. De todas maneras, no hay nada urgente que hacer, si tardan tres horas en llegar, no va a pasar nada ni se va a perder ninguna prueba, ¿verdad? Dales todo lo que tengas y deja caer todo el peso de la investigación en ellos. Son los mejores, ya lo verás. Nos vemos pronto, cuando esto se solucione. Sí, tranquilo. Saluda a tu mujer. Un abrazo.

Mi directo superior cuelga el teléfono y se sienta frente a mí. Parece ignorar mi presencia, su mirada se centra en unas hojas sobre su mesa que sus manos mueven sin parar. Sin levantar la mirada de estas, comienza a hablar, se dirige a mí, sin mirarme.

—Sé muy bien que no me lo vas a perdonar nunca, Jessie.
—¿Sabe mi nombre? ¡Joder, lo sabe sin mirar ningún papel! Cuando se lo cuente a mi madre va a flipar, ya lo digo—. Sin embargo, si te organizas bien, trabajas como sabes y, sobre todo, no la cagas mucho, este puede ser el caso que catapulte tu carrera. Puedes avanzar en unas semanas lo que, de otra forma, tardarías años.

Permanece en silencio. ¡Reacciona, Jessie! Te estás jugando algo gordo, aunque aún no sé el qué. Deduzco que es el momento de meter baza, intentaré hacerlo de la manera menos comprometedora para mí, algo que no suele sucederme.

—Se lo agradezco mucho, aunque no sé muy bien de qué me habla, director.

—Te comprendo, ahora nadie sabe nada. «Aún», esa es la palabra precisa, «aún». En unas horas, todos los noticiarios habrán dedicado un especial a este caso, por lo menos. Tranquila, voy a ponerte en antecedentes. —Ahora viene lo bueno, imagino. Sus manos dejan aquellos folios sobre la mesa, entrelaza los dedos de ambas y levanta su cara, sus ojos celeste claro se clavan en los míos. ¡Cielos! Este hombre es muy guapo, hace cuarenta años debía ser el sueño de cualquier chica, se mantiene bien, los años no le han quitado nada de su serena belleza. ¡Céntrate! Te cuenta algo importante—. Esta mañana un vecino de un pueblo muy pequeño no tenía nada mejor para hacer que ir a pescar. Como no quería ir solo, se ha llevado a su perro. Este animal no ha tenido otra ocurrencia que encontrar un pie humano cortado.

—¿Cómo?

—Lo que oyes, aunque hay más, el buen samaritano le ha quitado el pie de la boca al perro, ha tenido la buena idea de guardarlo en hielo, en el mismo sitio donde pensaba poner los peces que pretendía pescar. Entonces parece ser que el buen chucho ha aparecido con otro pie.

—¿Otro?

—¡Otro, Jessie, otro! Y así hasta diecisiete.

—¿Diecisiete pies?

—Esta conversación se va a alargar de forma innecesaria si cada vez que digo algo tú lo preguntas.

—Perdón, jefe. —¡Por Dios! Qué vergüenza. Esto no se lo cuento a mi madre—. Continúe, por favor.

—Gracias, agente. —He notado cierto tono condescendiente, aunque me parece que ha sido de buen humor. Ojalá tenga razón y no se enfade conmigo, hasta el momento suena todo bien. Bueno, dentro de las circunstancias—. De tal manera que, cuando ha visto que no le traía ningún pie más, ha avisado al sheriff. En ese instante me han llamado, he organizado todo y necesito a mi pareja de agentes allí lo antes posible.

—Si necesita que yo vaya, estoy dispuesta, sin problema.

—Cuento con ello, más que nada porque tú vas a ser la agente al mando de este caso.

—Si me lo permite, jefe, una simple anotación: No lo entiendo.

—Lo entenderás a su debido tiempo. Lo único que debes saber es esto, ahora mi secretaria te dará toda la información que necesitas. ¡Por lo que más quieras, haz un trabajo decente! No te pido ninguna maravilla, solo debes dejar en buen lugar a esta oficina.

—Cuente con eso, director. Yo ...

—Ni una palabra más de lo necesario. Sigue las instrucciones. Espero que seas capaz de lo que decía tu evaluación en la academia. Esperamos grandes cosas de ti, Jessie.

—No se preocupe, me veo capaz de llevar este caso y de más.

—Ahora es el momento de demostrarlo. En la peor de las situaciones solo tienes que aguantar una semana.

—Creo que es el momento, si me lo permite, de explicarme un par de cosas, director.

—Dime, Jessie, ¿qué quieres saber?

—La primera: ¿Por qué yo? La segunda y más importante: ¿Por qué han rechazado todos los compañeros un caso como este?

Mi madre siempre me dice que ser directa no es una virtud, me aconseja dar rodeos, decir las cosas con suavidad, sin embargo, ese no ha sido nunca mi fuerte.

—Empiezo por la segunda, si te parece bien.

—¡Me parece estupendo, jefe!

—Todo esto ha pasado en Oldham.

—¿Oldham?

—Sí, se trata de un pequeño pueblo, está a unas tres horas en coche desde aquí. No tiene ciento cincuenta habitantes, así de pequeño es.

—Vale, entiendo, me quiere decir que esto que me cuenta ha sucedido algo lejos, en un pueblo pequeño. ¿Cuál es el problema?

—Tom Wilson es de allí.

—¿Tom Wilson?

—¡El mismo!

—¿Ese cascarrabias al que le queda una semana para jubilarse?

—Justo. Hablamos de ese hombre. Por protocolo de incompatibilidad, no debe dirigir la investigación. De forma egoísta, pienso en el interés de la investigación, tengo que enviarlo, conoce la zona, conoce al sheriff, conoce a la gente de aquel pueblo… Nunca tenemos esta ventaja. No me queda otra, tengo que aprovecharme de esas circunstancias por el bien del caso. El problema es que nadie quiere ir con Tom, como has deducido bien, se lo he ofrecido a varios agentes, por orden de veteranía, aunque me he guardado un pequeño detalle, una maldad, si me lo permites, no he querido explicarles que ellos serían los que llevarían el caso. Todos piensan que, por experiencia y conocimiento de la zona, él estaría al mando de este asunto y creen que alargará su vida laboral hasta terminar este encargo. Nadie se ha dado cuenta de la realidad de la situación. Por jubilarse pronto y por las posibles implicaciones personales, puede ser conocido, amigo, incluso familia de algún sospechoso o testigo, por tanto, el agente al mando debe ser otro. Este caso puede tardar años en resolverse. La situación es esta, todos han declinado mi ofrecimiento, ignoran su verdadera posición. Mejor. Quizás está feo que lo diga, esa era mi intención, es lo que quiero que pase. De esta manera, tú irás con Tom sin que nadie proteste. Cuando vean tu verdadera posición y se den cuenta de la situación real tendrán que morderse la lengua, pues todos han tenido la oportunidad de aceptar, solo tú lo has hecho. Debes saber que he llamado a los compañeros con la secreta esperanza de que rechazaran este caso, quiero ver de con papel de regalo y puesto un lazo. Sin pretenderlo me hacen un gran favor. Ahora hay que tener los ovarios bien puestos, hacerle frente y demostrar lo que vales, Jessie. Tú puedes, claro que sí.

—Yo me hago cargo de esta investigación, con Tom de segundo agente, director.

—¡Sabía que podía contar contigo!

—¡Por supuesto, jefe! Aunque con una condición.

—¡No me jodas, Jessie!

—¡Oh! Claro, jefe, claro. Yo me cargo la última semana del agente Wilson y luego viene otro a recoger las medallas o lo que sea. Si yo empiezo este caso, yo lo termino.

—Entiendo. Es lo que pensaba hacer, justo lo que tengo planeado. El que venga detrás pidiendo paso y galones, que lo hubiese dado esta mañana.

—Eso mismo digo yo, jefe.

—Concedido, Jessie. Vas a ser quien lleve este caso. Hasta el final. ¡Que el Señor nos coja confesados!

Antes de que pueda darme cuenta me abraza para, a continuación, invitarme a salir con un sencillo gesto. Al cruzar la puerta me espera la secretaria del director con su habitual permanente, peinado de los setenta que ya era viejo en aquellos años. Me mira como si fuera el último dulce de la pastelería y ella llevase dos semanas sin comer. Un pequeño escalofrío recorre mi columna vertebral. Intento sonreír, aunque no sé qué mueca habrá visto ella. Me da un sobre y las llaves de un coche.

—Querida, el coche que te han asignado está en la segunda planta del sótano. Menos dos. ¿Lo recordarás?

—Creo que seré capaz. Menos dos.

—Bien. Lo poco que sabemos del caso está en ese sobre; encontrarás una tarjeta personal del jefe Millan. Utiliza su número personal, el que te ha escrito a bolígrafo, no se lo facilites a nadie, ¿comprendido? —Hago un gesto afirmativo, aunque no creo que lo vea. Continúa con su discurso—. También tienes la dirección de Tom Wilson, para que lo recojas. Te espera en media hora.

—¿Solo media hora?

—Tienes tiempo para recoger tus cosas y estar en su puerta

de sobra.

—Sí, lo tengo. Dame ese sobre. Hasta pronto.

La dejo con la palabra en la boca, claro que podía estar allí en media hora. Se van a enterar en la oficina del FBI de Pierre quién es la agente especial Jessie Carlsson. Vaya que sí, por mis muelas que lo van a saber.

17 Pies

CAPÍTULO 4

Jessie Carlsson

Agente del FBI, destinada a la Oficina del FBI en Pierre, Dakota del Sur

Jueves, 14 de abril de 2022. 07:28

Oficina del FBI en Pierre, Dakota del Sur

Si alguien está pendiente de las cámaras de vigilancia de la oficina, puede ver a una mujer feliz, camina decidida con un sobre en una mano y unas llaves en la otra. ¡Parezco tonta! No se me quita la sonrisa de la cara. Ponte seria, Jessie, por favor. Se abre la puerta del ascensor en el segundo sótano, es el destinado al aparcamiento para coches oficiales, el primer sótano es para visitas autorizadas. En las llaves no viene el típico cartelito con la matrícula del coche. Miro a un lado, al otro, no hay nadie más aquí. Toca hacer de paleta de pueblo.

¡Por favor, que no me vea nadie! Voy dando al mando, botón de abrir, hasta que suena un pequeño chasquido a lo lejos y se encienden los faros de un coche.

Mi boca va a tardar en cerrarse. Pensaba que me asignarían uno normalito, un pequeño utilitario, algo fácil de conducir y de aparcar, el coche digno de una novata, cualquiera menos aquel gran Cadillac Escalade. Desde mi llegada a Dakota no he conducido, siempre voy de acompañante, ahora este es mi coche, me han asignado un coche nuevo, mi madre va a flipar cuando se lo diga. Pongamos los pies en el suelo, guapa. Luego le diré al viejo Tom Wilson que lo lleve él, se conoce el camino y le encantará conducir un coche nuevo mientras yo me estudio el informe del sobre. Para ir más cómoda me quito el abrigo y lo dejo en los asientos de atrás. Pongo en marcha el tremendo motor de aquella joya. Ronronea como un gato satisfecho. El coche es muy aparatoso, aunque sencillo de configurar. Sigo el protocolo habitual del FBI a la hora de tomar posesión de un nuevo vehículo, conecto el coche a mi móvil por cualquier llamada que pudiese surgir mientras se utiliza. Una vez he colocado todo como debe ser, asiento, retrovisor…, compruebo que todo está correcto, suspiro satisfecha. Por fin me preparo para iniciar la marcha. No quiero perderme, siempre he ido a pie a mi casa desde la oficina. Indico mi calle al navegador, este comienza a darme instrucciones sin dudar ni un instante. Llego a ella en pocos minutos. Rápido, tengo menos de veinte minutos para recoger a mi nuevo compañero.

Preparar mi equipaje ha sido bastante sencillo, tengo mi casa tan bien ordenada como mi cabeza. Todo lo que necesito para este viaje está dentro de una maleta, no es grande en exceso. Las camisas y mi segundo traje van en una funda, todo bien colocado en el enorme maletero. Abro por primera vez el sobre y la primera hoja indica la dirección de mi compañero. Se la transmito al navegador, en pocos segundos circulo por las calles de la ciudad en el Cadillac, mientras una sonrisa nerviosa luce en mi cara. ¿Seré capaz de finalizar el día con la misma sonrisa? ¡Lo dudo!

Tras unos minutos perdida entre el tráfico de la ciudad, me detengo frente a un viejo edificio, el navegador avisa de que: «Ha llegado usted a su destino». Yo imaginaba encontrarme al viejo Tom, en la puerta con su equipaje. En la hoja con la dirección también figura su número de teléfono. La secretaria del jefe Millan es antipática, sin embargo, nadie puede decir que no sea eficiente. Llamo al número y tarda poco en contestar.

—¿Agente Wilson?

—El mismo, supongo que eres Carlsson.

—Sí.

—Me avisaron de que venías. Sube.

—¿Cómo?

—Segunda planta, no tiene pérdida, no creo que encuentres muchas puertas abiertas.

—¿Perdón?

—Supongo que tendrás prisa por llegar a Oldham. No desperdicies el tiempo, sube ya.

No contesto. Más que nada por el simple hecho de que ha cortado la llamada. Con más cabreo del que me apetece, paro el motor, decido subir a ver qué tripa se le ha roto a mi flamante compañero. Aún no lo conozco bien y ya me tiene hasta los mismísimos... Respira profundo, Jessie, relájate un poco. ¡Con razón han rechazado todos unirse a Tom en esta investigación!

Como había pronosticado mi nuevo compañero, no hay ninguna otra puerta abierta. Tres grandes cajas de cartón me esperan junto a la entrada, más un par de maletas. Ni rastro de mi colega. No lo veo, aunque intuyo que no anda lejos. Decido presentarme por las bravas, pienso empezar a imponerme un poco, aunque por dentro tengo la sensación de que en pocos minutos me atropellará un tren de experiencia bien controlado.

Agente Carlsson, actúa con aplomo, lo tienes todo controlado. ¿O no?

—¡Tom! Hola, soy tu nueva compañera, Jessie Carlsson. Oye, una pregunta tonta, ¿es que te mudas?

Rio en silencio mi pequeña broma al ver tanta caja. La puerta más alejada de aquella entrada se abre y un sonriente hombre asoma secándose las manos con una toalla, cuando considera que están bien, mete la prenda en una bolsa de deporte. Tom es el agente más veterano de la oficina, un auténtico enigma para los nuevos.

—Claro que me mudo. ¿Qué te piensas? ¿Crees que voy a todas las investigaciones cargado de cajas? —Deja en el suelo la bolsa de deporte, me tiende su mano derecha y me saluda con toda formalidad—. Un placer, Jessie, en la oficina no nos presentaron como es debido.

—Perdona, no entiendo nada.

—Ya te lo explicaré, tenemos tiempo durante el viaje. Tendremos que subir dos o tres veces. No te asustes, esas cajas pesan menos de lo que aparentan, baja una.

Sin saber muy bien cómo, antes de entender nada ya hemos dado tres viajes de cajas, él las coloca en el enorme portaequipajes del coche. Tom revisa la colocación, mira al edificio y dice en un bajo tono de voz solo una palabra: «Adiós». Le doy las llaves, como señal para que conduzca, me sonríe, me parece que casi con dulzura, mientras levanta su índice haciendo gestos negativos.

—Conduces tú, monada, estas más joven y ágil, ya sabes que estoy a punto de jubilarme. En muchas empresas no me permitirían ni subirme al coche. Llévanos hasta mi pueblo.

Mi primer plan como responsable del equipo de investigación, tumbado en un segundo. Empezamos bien. Mientras me dispongo a conducir, él reclina su asiento con la clara intención de dormir durante el trayecto. Pongo en marcha el motor, maniobro la palanca del cambio automático, segundos después el Escalade está en movimiento. Comienzo a trastear el navegador, mi colega me ve y sonríe.

—Para, para. Jessie, es más sencillo que todo eso. No hay ningún nudo de autopistas, cambios de dirección difíciles, atajos ni nada parecido. Te guío. La segunda a la derecha. Después, en la gran redonda tomas la tercera salida, una vez circulemos por esa carretera, no la dejes para nada, nos lleva directa a Oldham. No te vas a perder, te lo aseguro. Yo te aviso.

—Vale. ¿No tienes nada más que decirme?

—Espera, no caigo. ¡Ah!, ¿lo de la mudanza?

—Por ejemplo, para romper el hielo, quizás estaría bien, Tom. ¿Puedo llamarte así?

—Por supuesto, Jessie. Es fácil. Una vez se nos ha presentado este caso, no pienso venir a Pierre nada más que a entregar las cuatro cosas que me obligan, ya sabes, arma, placa y poco más, me despediré de mi casera, esta oportunidad me viene de perlas, me ahorro alquilar un coche o que mi hijo tenga que venir a ayudarme. Vamos a trabajar en este caso juntos, aunque creo que me iré de la agencia antes de resolverlo. Supongo que hay algunas preguntas que te gustaría hacerme, tenemos casi tres horas de viaje y debemos pasar el rato de alguna forma. Cuando quieras, comienzas.

—Claro, no voy a perder esta oportunidad. ¿Por qué todos se han negado a trabajar en este caso contigo?

—Así me gusta, sin sutilezas, directa al tema. Nuestros compañeros, Jessie, tienen una exagerada ambición. Por antigüedad, en cualquier caso, siempre debo ser yo quien esté al mando, eso es algo que no les gusta, entonces juego con ellos, piensan que no sé realizar mi trabajo, estoy anticuado o, mejor dicho, que ellos lo hacen mejor que yo. De manera que todos, antes o después han renegado de trabajar conmigo. Los agentes destinados en la oficina de Pierre, estoy seguro de que tú también, sueñan con ascender rápido y, gracias a eso, salir de Dakota del Sur, de forma que quieren estar al frente del mayor número de casos para sumar los méritos suficientes y largarse. ¿Me equivoco?

—No, estoy segura de que no, a mí también me gustaría ese ascenso que comentas.

—Me parece estupendo. Sin embargo, tú no has ido a la oficina de George a pedirlo.

¡No me jodas! ¿Lo podía haber pedido y yo no lo he hecho? ¡No aprenderás nunca, Jessie! Nota mental, pedir ascenso y traslado a la primera oportunidad.

—Llevo poco tiempo, no pensaba que fuera el momento de pedir un traslado nada más llegar.

—Te admiro por eso, has sido prudente.

—¿Tú también pediste el traslado?

—¡No! Yo soy el único destinado a nuestra oficina de forma voluntaria. Hasta el jefe Millan tiene solicitado el traslado, sabe que no se lo darán, está castigado a este rincón perdido del mundo.

—¿Nuestro director?, ¿por qué?

—Yo nunca te lo diré, Jessie. Soy un compañero discreto, joven. Pregúntale a él, si te atreves.

—Vale, lo entiendo. Todavía no me has explicado qué hacemos juntos.

—Esta mañana me ha despertado nuestro jefe, me ha explicado el caso, le he dicho que yo no puedo, ni debo, hacerme cargo de esta investigación. Le he dado una idea para evitar problemas futuros, me ha hecho caso y aquí estamos, los dos viajando a Oldham.

—Sabes que no me has contado nada, ¿verdad?

—Es fácil, ha llamado a todos los agentes más antiguos que tú, les dio la opción de unirse a este caso, sin explicarles que yo no pensaba asumir el mando. Todos se han escaqueado, hasta llegar a ti. Tenía confianza, sabía que tú lo aceptarías.

—Por supuesto que lo hice. Aunque a mí no me ha dado opción, me lo asignó de forma directa.

¿En serio? No era mi intención, aunque estaba bien saberlo. ¿Podía renunciar a un caso como este? Entre todos los pensamientos que recorren mi cabeza, otra duda se presenta ante mí. ¿Qué sentido tendría? ¿Para qué? ¿Qué gano yo si renuncio a este caso? Bueno, el tema es que me gusta este encargo, estoy al mando de él y ahora mismo conduzco un enorme coche nuevo que da buena prueba de ello. Qué ganas me dan de encender las luces giratorias y usar la bocina.

¡Eh!, ¡un momento! Acabo de darme cuenta de un pequeño detalle. Bueno, quizás no tan pequeño.

—¡Una cosa, Tom Wilson!

—Si desde ahora tenemos que hablar entre nosotros con nombre y apellido, por mí que no sea. Dime, Jessie Carlsson.

—No te burles de mí. ¿Qué es eso de que tenías confianza y esperabas que yo aceptara el caso?

—Eres lista, no hay duda. Sin burlas. Hasta ahora todos los que han llegado a la oficina lo han hecho como un elefante en una cacharrería, se llevan por delante todo lo que hay a su paso y hacen mucho ruido. Su único objetivo, escalar en el escalafón sin preocuparle lo más mínimo pisotear a los demás. Te he observado en estos dos meses, Jessie.

—No me lo creo.

—Te puedo asegurar que sí, tengo mucho tiempo libre y pocas cosas que hacer. Has cumplido con todo lo que te han pedido, no has intentado escaquearte de ninguna tarea, tampoco has buscado beneficiarte en ningún caso, más bien has dejado que tus compañeros se atribuyan todo el mérito, como si no hubieses hecho nada.

No tenía idea de que pudieran darse cuenta de todo eso, que fuese tan evidente para un observador. Desde mi punto de vista no me deja en buen lugar, eso tengo que arreglarlo de alguna forma. La pregunta es sencilla: ¿Cómo?

—Vamos, me has visto como la tonta de la oficina y te hacía ilusión aprovecharte de mí.

—Eso es lo que me gusta de ti, Jessie. No tienes la maldad de la que presumen y alardean el resto de los compañeros. Recuerda, me jubilo en una semana y tú estás al mando. ¿Me dejas que te haga una pregunta?

—Si no es para dejarme en ridículo, dime qué quieres saber.

—Pronto comprenderás que soy tu amigo, no quiero dejarte mal en ningún momento. ¿Vas a aceptar mis ideas y consejos?

—¿Qué pregunta es esa? ¡Claro que aceptaré lo que me digas! Yo soy nueva y tú tienes más experiencia que el jefe Millan. No sé a qué demonios viene esa pregunta.

—Hasta ahora todos saben más que yo, nadie me ha escuchado nunca y, cuando el caso ha dado el giro esperado, justo lo que yo había avisado, han olvidado mis palabras de aviso. Si ha llegado el momento de recibir algún mérito o halago, se han preocupado mucho de olvidar mi intervención, no te equivoques, yo ya no quiero golpecitos en mi espalda, no me sirven de nada, nunca busqué un ascenso, pocos saben que renuncié al puesto del jefe de la oficina, solo pido que tengas en cuenta mi opinión y sugerencias.

—Pues mira, ya que lo dices, necesito un poco de todo eso. Mientras conduzco las más de dos horas que faltan para llegar a tu pueblo, lee todo esto y dime qué podemos sacar en claro.

Al decir esto le paso el sobre con toda la información que me había dado la secretaria del director de la oficina. Tom abre el sobre y comienza a leer. Sin levantar la vista de aquellos folios, alarga su mano y conecta la radio, el aparato busca una emisora y suena música de jazz, baja el volumen y se centra en su lectura. Yo subo un grado al climatizador del Cadillac, me concentro en la conducción por aquella solitaria carretera, envuelta en un horizonte nevado que parece llevar a ninguna parte. Espero ganar un aliado para mi causa. Es el único que puede ayudarme en estas circunstancias. Ahora es mi amigo, por absoluta necesidad, aunque mi amigo, al fin y al cabo. El paisaje, de un blanco cegador en muchas zonas, parece tragarnos mientras lo atravesamos a buena velocidad, el destino y aquella carretera nos llevan a Oldham.

CAPÍTULO 5

Tom Wilson

Agente del FBI, destinado a la Oficina del FBI en Pierre, Dakota del Sur

Jueves, 14 de abril de 2022. 09:13

Carretera Pierre-Oldham, Dakota del Sur

Varias canciones de jazz sonaron en el excelente equipo de sonido del Escalade. Muchos años de experiencia me han preparado para momentos como este, visualizar y casi memorizar un informe mientras circulamos en un coche oficial a mucha velocidad. A esta joven le gusta circular rápido. Una vez leído todo el documento, casi todo relleno inútil, ha llegado el momento de explicarle a mi joven compañera dónde nos metemos, los pocos datos concretos con los que contamos para comenzar nuestro trabajo. Bajo el volumen de la música y carraspeo para llamar su atención.

—Jessie, ¿quieres un breve resumen de todo esto, o uno completo?

—¡Por favor, lo más completo posible!

—Bien, interrumpe y pregunta cuando quieras.

—Cuenta con eso.

—¡Perfecto! Parece ser que el bueno de Jhony está…

—¿Quién es Jhony?

—Perdona, olvidé que tú no conoces a nadie.

—¡Otro contratiempo! Tú deberías llevar el caso, Tom.

—Para nada, joven, aprovéchate de tus propias ventajas. No conoces a nadie, no tienes ideas preconcebidas y tu percepción de los implicados estará limpia de prejuicios o favoritismos.

—¡Visto así, soy la más indicada!

—¡Por supuesto! Eso no lo dudes nunca.

—Si tú lo dices, santa palabra, no hay nada más que añadir.

—Ni una palabra, no me lleves nunca la contraria o conocerás al otro Tom, ese del que todos huyen.

—Me quedo con este, no te preocupes, dime quién es ese Jhony.

—Tienes razón, es Jhon Rhines, carpintero local, heredó el negocio de su padre; este, en su día, lo hizo también del suyo. Es la tercera generación de carpinteros. Por fortuna para los habitantes de Oldham es bastante bueno y le llaman de otros pueblos. No podría vivir solo del trabajo que surge en nuestra pequeña comunidad. Se me olvidó decirte que es el único, no hay más carpinteros en muchos kilómetros a la redonda. Hace dos o tres años le dio un buen repaso a las puertas y ventanas de mi casa. Quizás esté feo que lo diga, trabaja mejor que su padre, es la verdad.

—Supongo que es bueno saberlo.

—Imprescindible, diría yo.

—Bien, al grano, Tom, al grano.

—Tienes razón. Jhony tiene mucho trabajo y pocos descansos. Su mujer dio a luz a dos mellizos hará un par de años.

—¿Eso viene en el informe o es cosa tuya?

—Cosa mía, joven. Es para que comprendas todo lo que rodea a nuestro testigo.

—Vale, comprendo, continúa.

—El bueno de Jhony consigue una mañana tranquila, decide ir a pescar, no tiene ningún encargo urgente, seguro que aprovecha que su mujer ha ido con los mellizos a ver a su madre; ella proviene de Milwaukee, allí está el resto de su familia. Nuestro carpintero aprovecha la ocasión, ha dejado esa mañana su agenda libre de encargos para desconectar sin tener que dar explicaciones.

—Veo que lo conoces bien.

—Y tanto, lo vi nacer, Jessie. Puede ser que le cambiara algún pañal, aunque no te lo puedo asegurar.

—Un exceso de información tampoco es bueno.

—Tienes razón. Al tema. Quedamos en lo siguiente: Se organizó una mañana de pesca. No puede dejar sola a su joven perra.

—¿Cómo sabes que es joven?

—Hace poco tiempo se murió el perro que tenía. Entre todos los vecinos le regalamos uno, cuando alguien necesita cualquier cosa, Jhon está ahí siempre, primero repara y luego cobra, nunca te dice nada, ni mete prisa. No sé si sabes cómo funcionan los pueblos pequeños.

—Soy de pueblo, Tom. De Florida, aunque de un pequeño pueblo. No te engañes.

—Lo imaginaba, la buena gente la huelo a la legua.

—Eso va a ser. Sigue, no te pares.

—Todo lo que te he contado tiene su importancia, Jessie, no pienses lo contrario. Mi amigo carpintero se detiene en un perdido rincón del lago Thompson, parece ser que era donde iba a pescar con su padre.

—¡Oh! Momento tierno.

—No me interrumpas si no es para algo serio.

—¡Perdón!

Me divierte lo pronto que Jesse ha hecho confianza conmigo, sin embargo, quiero seguir manteniendo mi cara de agente serio y firme. Es una gran pena no haber conocido antes a esta joven mujer. Voy a ayudarla en todo lo que pueda. A ver si ella puede hacer lo mismo conmigo. No quiero reconocerlo, necesitaré algún apoyo.

—Bien, tenemos a nuestro carpintero en su jornada de descanso, prepara sus cosas de pescador, ya ha sacado de su camioneta la nevera, llena de hielo para guardar sus capturas. Mientras estas llegan, enfría a la perfección su provisión de cervezas. Aún no ha lanzado ni la primera caña, cuando Corcho no para de molestar con ladridos. Es impropio de su perra.

—Perdón, ¿has dicho «Corcho»?

—Sí.

—Antes has dicho «perra».

—Sí, son caprichos tontos de gente simpática. Todos sus perros se llaman igual, sin tener en cuenta sexo, tamaño o raza. ¿Algún problema con eso?

—Ninguno, era por aclarar.

—Aclarado queda. Corcho siempre le acompaña en silencio, John no comprende lo que le podía pasar. Hasta que llegó a su lado ofreciéndole su trofeo.

—¿Su trofeo?

—Cuando un perro encuentra algo, es bastante habitual que se lo ofrezca a su dueño, algo así como «he conseguido o cazado esto para ti», si no recuerdo mal. El caso es que Corcho llevaba en la boca un pie. Un pie humano. Jhon pensó rápido, se lo pidió y el perro accedió a entregarle aquel macabro hallazgo.

—Creo que el animal lo entiende más como un regalo, una muestra de lo que es capaz de hacer.

—Lo que sea, imagino que tienes razón. El caso es que el animal desapareció de su vista rápido. Nuestro carpintero se olvidó rápido de su mascota, pensó que lo mejor era guardar en atmósfera protegida aquella prueba. Sacó la cerveza de la nevera, lo introdujo en una bolsa de plástico y guardó entre los cubitos de hielo el pie todo lo bien protegido que podía, dada su situación.

—No era lo peor que podía hacer, quizás es la mejor opción.

—Eso pienso yo, Johny nunca fue el más tonto de la clase, te lo aseguro.

—Continúa, Tom.

—Ha dado por finalizada la jornada de pesca, es más

importante llevar aquella prueba al sheriff. Cuando guarda las cosas en la camioneta, vuelve Corcho con un segundo pie. Otra bolsa y a la nevera. Con dos pies en su poder, piensa que es mejor que el sheriff vaya hasta aquel lugar, en vez de llevarle los hallazgos de su perrita a la oficina. Por lo que dice Brad, le envió la ubicación después de llamarlo. Cuando llega al lago, en la nevera ya hay guardados quince pies.

—¡La nevera es grande!

—Las esperanzas de los pescadores respecto a sus futuras capturas también lo son. Su imaginación les impulsa a no quedarse cortos, es mejor que sobre nevera a que les falte.

—Entiendo, igual piensan los cazadores.

—Exacto. El caso es que una vez la perrita ha dejado de llevar pies a su dueño, el oficial ha avisado a nuestra oficina y en Pierre se ha activado todo. Varias víctimas exceden sus competencias, además, debes tener en cuenta que es el sheriff de un pequeño pueblo. No puede hacer frente a lo que se le viene encima.

—Sí, pobre hombre.

—Este es el resumen de este informe.

—¡Perfecto!

—Toca relajarnos. Con tu permiso, joven.

Reclino un poco el asiento del Cadillac. Antes de acomodarme cambio la emisora, quito la música y busco un noticiario. Mi compañera me mira durante un instante para volver a fijar su atención en la carretera. No tarda mucho en decirme lo que pensaba.

—Dices de relajarnos..., vale, me parece bien. Y luego... ¿quitas la música y pones las noticias?

—Estamos en horario de trabajo y con un gran caso. Si te parece bien, escuchemos el próximo resumen de prensa, nos interesa que esta noticia salte lo más tarde posible. No querrás que estén las cámaras de los noticiarios antes que tú.

—¡De ninguna manera!

—Sin embargo, llegarán. Más pronto que tarde aparecerán sus camiones con antenas parabólicas dispuestos a sacarte cualquier palabra sobre el caso.

—¿A mí?

—Recuerda que tú llevas la investigación. Imagino la cara de los compañeros cuando te vean en todas las emisiones a nivel nacional.

Jessie se gira con brusquedad, me mira con ojos de sorpresa. Ella no sabe aún dónde se ha metido. Si bien es el caso que sueñan todos sus compañeros para usarlo como trampolín con el fin de ir a una gran oficina, quizás acompañado de un buen ascenso, ella no ha valorado la importancia de la tarea encomendada. Le sonrío y con un leve gesto de la cabeza le indico que siga conduciendo.

—Tom, te burlas de mí.

—Para nada. Ya te digo que el sheriff Brad Sellers no va a dar la cara, de ninguna manera. Yo ya estoy casi jubilado, no voy a entrar en ese juego, tampoco debo hacerlo. Un asesino múltiple es un foco de atención. Tú vas a ser el rostro de este caso para el público, la foto que acompañará los resúmenes del día en los periódicos será tuya, con los micrófonos delante. Si ponen algún corte de la rueda de prensa diaria que deberás dar, será con tu imagen y tu voz. Algo que desde este momento debes tener en cuenta y aprender a medir y controlar. Debes contar la menor cantidad de información posible. Ya sabes, lo que te explicaron en la academia.

—¡Joder! No contaba con nada de esto.

Jessie permanece silenciosa mientras avanza a buena velocidad. Yo continúo pendiente al locutor. Suena la señal horaria. Da los titulares de la jornada sin mencionar nada de nuestro caso. Suspiro, quiero tranquilizar a mi compañera, es el momento de darle mi apoyo, debe tener claro que no está sola, le ayudaré en todo lo que pueda.

—De momento hemos ganado media hora, no han dicho nada.

—¡Menos mal! Oye, Tom. Estoy nerviosa. No me da miedo buscar al asesino. Las cámaras y la prensa no sé cómo se me darán, es algo nuevo para mí.

—Tranquila, te las ganarás con facilidad, solo debes tener clara una cosa.

—Dime.

—Escucha con atención y memoriza mis palabras: No

pueden saber lo mismo que sabes tú.

—¿Qué quieres decir?

—No tienes que decirles nada que ya no sepan. Nada nuevo. No tienes que darles ningún dato gratis, nada de información nueva, ni pensar en proporcionarles un titular. Solo tienes que decir lo justo y necesario. Si puedes, no les cuentes ningún detalle, nada fuera del mínimo relato posible. Un solo titular es mejor que dos. Nunca olvides esto en un momento similar. Pocos lo saben ahora, estás tras el rastro de un asesino múltiple, no sabemos si puede volver a matar. Nuestro primer objetivo no es atraparlo, Jessie.

—¿No?

—¡No! En este momento nuestra principal misión es evitar que vuelva a asesinar, para ello es importante atraparlo, aunque lo fundamental es que no aumente su lista de víctimas. El asesino, en cuanto el caso salte a la luz, escuchará todo lo que tú digas. Si quieres atraparlo, no puede conocer lo que sabes, las pistas que tenemos o nuestros próximos movimientos.

—Creo que tienes mucha razón. Acabo de recordar algo que estudiamos en la academia, Tom.

—Cuéntame, hace ya bastante tiempo que dejé mi formación atrás.

—Las estadísticas dicen que la mayoría de los asesinos aumentan su actividad cuando sus crímenes saltan a la luz pública, cuando el foco mediático se centra en sus víctimas. Eso no me tranquiliza nada.

—Lo comprendo bien. Te voy a dar un consejo basado en mi experiencia, Jessie. Fíjate bien en lo que te digo: «Las estadísticas son como la lencería fina».

—Eso me lo tienes que explicar.

—Por supuesto, compañera. Piensa en la lencería, esas minúsculas piezas de tela o encaje dejan ver mucho, muestran partes del cuerpo muy interesantes, consiguen llamar la atención, invitan a mirar con detenimiento todo el conjunto, aunque nunca terminan de enseñar lo más importante. Esa parte queda protegida de las miradas indiscretas.

Mi compañera empieza a reír al imaginar en su mente lo que le digo.

—Comprendo, Tom. Es un gran ejemplo, muestran mucho

sin dejar ver lo más importante. Gracias, compañero. Nunca lo había visto así. ¿Puedes ayudarme más?

—Por supuesto, Jessie. Para eso estoy aquí, no lo olvides.

CAPÍTULO 6

Tom Wilson

Agente del FBI, destinado a la Oficina del FBI en Pierre, Dakota del Sur

Jueves, 14 de abril de 2022. 10:03

Carretera Pierre-Oldham, Dakota del Sur

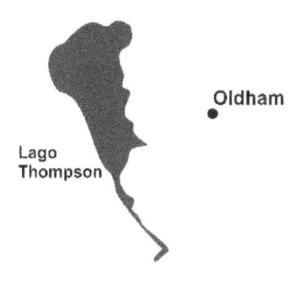

Tomo mi teléfono, busco «Brad Sellers» en el listado de contactos y pulso llamada. Activo la opción de altavoz, mi compañera debe oír todo, este es su caso y debe estar al tanto.

—¿Diga?

—Buenos días, Brad.

—Joder, Tom, dime que vienes tú.

—Sí. Yo voy, tranquilo. Aunque no llegaré solo, vamos dos agentes.

—Menos mal. Os hacéis cargo de todo esto y me quitáis el marrón de encima. Mildred te mandará una tarta.

—No le digas nada a tu mujer, esto no es un favor que te hacemos, es nuestro trabajo. Dime dónde estás.

—Estoy en el lago Thompson, en el escenario donde la perra del demonio ha encontrado los pies.

—Ella no tiene la culpa de nada, Brad, no te enfades con el animal. En todo caso, debemos agradecerle su hallazgo, a saber, imagina cuándo habrían aparecido si ella no interviene.

—Ya te lo digo yo, nunca. No habrían aparecido nunca. Te mando esta ubicación, ya te puedes imaginar que la última parte del trayecto es sin asfalto.

—Algo de eso me temía. Una cosa, queremos llegar para hablar contigo allí, nos parece muy importante ver el lugar, hacernos una composición de la situación, todas esas cosas, ya sabes a lo que me refiero. Una consulta más, Brad. ¿Los pies?

—Mi sobrino Frank, es ayudante ocasional del sheriff, ya sabes, el desfile de navidad, cosas sin importancia, tonterías; hacía mucho tiempo que no le llamaba, él los ha tomado en custodia y se los ha llevado al pueblo. Menos mal que hay una buena nevera en mi oficina. Supongo que estarán allí hasta que lleguemos.

—Vale, mándame eso y te veo en una media hora.

—¡Por lo que más quieras!, ¡no tardes! Esto me viene muy grande.

—Tranquilo, nosotros nos hacemos cargo. Oye, entre tú y yo, ¿qué sabe nuestro querido alcalde?

—Que yo sepa, nada. No le he dicho nada y John no creo que vaya con el cuento a nadie. No me hagas enfrentarme a él.

—No te preocupes, Brad, si pregunta su excelencia le diremos que seguías nuestras órdenes. Ahora te vemos.

Corto la llamada. Poco después llega un mensaje con la ubicación prometida. Activo el navegador en mi móvil para que nos guíe y dejo que Jessie siga las instrucciones.

—No parece un gran investigador.

—No recuerdo que se haya enfrentado a ningún asesinato en todos los años que lleva como sheriff, está nervioso. Mejor dicho, está asustado y no le gusta. Ya se imagina la que se le viene encima: prensa, nosotros, autoridades, etcétera. Todo eso significa mucho trabajo, en definitiva, para alguien acostumbrado a no tener problemas para descansar mucho. Ya me entiendes.

—Creo que sí te …

La pantalla del navegador avisa de una llamada entrante. Se puede leer en grandes letras: «Mami» en el centro de la pantalla del Escalade. Jessie se lo piensa. Quizás busque dónde activar el dispositivo de manos libres, aunque mi sensación es que prefiere ignorar aquella llamada, no le apetece contestar. El sonido no cesa, a regañadientes pulsa el botón de descolgar que se encuentra en el volante mientras lanza un largo suspiro.

—¡Menos mal! —Una chillona voz de mujer resuena en todo el coche gracias al gran equipo de sonido. Las palabras parecen envolvernos, lo que no tiene que interpretarse como algo bueno y agradable—. Ya pensaba que te había pasado algo. ¿No piensas llamar a tu madre? ¿Imaginas que tengo todo el día para estar esperando tus noticias? Jessie, yo también tengo vida propia fuera de mi obligación como madre de estar pendiente de ti.

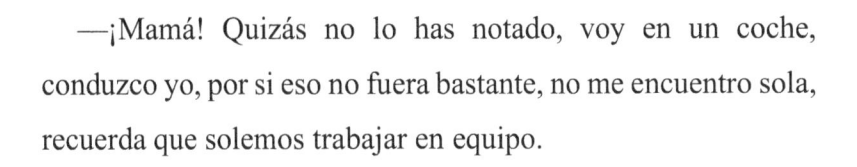

—¡Mamá! Quizás no lo has notado, voy en un coche, conduzco yo, por si eso no fuera bastante, no me encuentro sola, recuerda que solemos trabajar en equipo.

—¿Conduces tú?

—Sí, mamá.

—¿Te han asignado coche?

—¡Ya ves! Ese es el caso.

—Enhorabuena, mi niña. ¡Una cosa! —Parece que esta mujer va de una cosa a otra sin parar—. ¿Has dicho que no vas sola?

—Eso he dicho.

—¿Con quién vas? Si puede saberse.

—Mamá, voy con un compañero y estás en manos libres,

¿entiendes?

—Claro que entiendo, ¿te piensas que soy tonta? Vamos a lo que importa, cielo, ¿quién es tu compañero?

—¡Mamá, escucha todo lo que dices!

—Soy Tom Wilson, señora. Creo que no nos conocemos.

—¡Oh! Mucho gusto señor Wilson. Qué alegría, por fin un compañero educado y agradable.

—¡Un placer, señora …!

—¡Carlsson! ¡Por supuesto!

Rio de buena gana el ataque de dignidad. Noto que esfingida, parece estar muy acostumbrada a hacer aquel tipo de números. Tiene que ser una mujer divertida la madre de mi compañera.

—No se preocupe, señora, yo cuido de su hija.

—¡Oh! Me temo que se confunde usted, Wilson. Estoy bastante segura de algo, ella cuidará de usted, más pronto que tarde, se lo digo desde ya.

—Me vendrá muy bien.

—¡Mamá! Siempre me dejas en ridículo. Nunca más te contestaré si voy con un compañero.

—Ya te cuidarás, muy mucho, de no responder la llamada de tu madre como me merezco, ¿me has comprendido bien, jovencita?

—¡Sí, mamá!

Tengo que reír. Mientras ella contesta a su madre, hace descarados gestos con su cabeza, niega con rotundidad. Le hago un gesto a mi compañera, mis manos hacen como tijeras, por si quiere que corte la comunicación, Jessie me mira con gesto de verdadera súplica, sonrío y pongo mi índice frente a los labios, debe mantener silencio.

—¡Ha sido un placer, señora Carlsson! No se preocupe por su hija, ahora mismo estamos con un grave caso federal que pronto saltará en todos los medios de comunicación nacionales. Le rogamos mantenga la mayor discreción posible sobre todo lo que le haya contado su hija.

—¡Mi hija no me ha dicho nada!

—¡No puede! ¡Orden estricta del juez!

Supongo que algo contestaría, aquella mujer no podría permanecer en silencio nunca. Sin embargo, ni su hija ni yo mismo supimos nunca qué pensaba de todo aquello. Acierto a cortar la comunicación antes de darle opción para contestar. Dejo bien visible la aplicación de navegación en mi móvil con la intención de que Jessie se centre en sus indicaciones, nos dirige a la ubicación enviada por el bueno de mi amigo, el sheriff.

—Ya estamos cerca, sigue las instrucciones.

—Mi madre tiene que estar ahora mismo al habla con una agencia de viajes. En este instante reserva un vuelo para venir a ver cómo estoy y, de paso, partir cualquier mueble o jarrón en tu cabeza.

—Te equivocas, no está acostumbrada a que le ordenen desde que enviudó, está ahora mismo sentada en su sillón favorito pensando si te irá bien conmigo, no imagina que eres tú quien lleva la investigación.

Un extraño silencio se apodera del interior del Escalade. Jessie está pensando en algo, no sé si piensa en un comentario de su madre o mío. Después de unos instantes, decide volver a hablarme.

—Una cosa, Tom. En mi expediente no viene nada sobre que mi madre sea viuda.

—Supongo que no vendrá, es una información irrelevante. Sin embargo, lo es.

—Sí, lo es. Ese no es el asunto. ¿Cómo demonios lo supiste?

—¡Trabajo policial! Los veteranos todavía sabemos trabajar, jovencita.

No pretendo burlarme de mi compañera, había sido una deducción fácil, lo mejor será explicarle cómo he llegado a esta conclusión antes de que su mente imagine cosas que no son.

—Es más sencillo de lo que piensas. Esto es como los magos, si desvelas cómo realizas el truco, pierde su gracia.

—¡Tom!

—Vale, te explico. Si tu madre no está sola, nunca se hubiese puesto tan nerviosa por un retraso de alguna hora en la comunicación contigo, imagino que se pone en contacto contigo un par de veces al día.

—¡Si solo fueran un par de veces!

—Más a mi favor. Por tanto, está sola, dos opciones son las más sencillas, divorciada o viuda. Si mantiene el apellido de su marido, imagino que le tiene cariño, no puede ser un ex, solo queda la opción de la viuda aburrida.

—También pudo ser madre soltera.

—Me suena que tu padre era militar de alta graduación, lo recuerdo, descartado lo de madre soltera.

Creo que he visto algún gesto de admiración, asombro, o quizás son imaginaciones mías. Jessie detiene el Cadillac. El navegador indica que la ubicación del sheriff se encuentra fuera de la carretera, a unos cientos de metros de aquel punto. Me parece ver un pequeño camino olvidado un poco más atrás, no figura en el navegador. Se lo indico a Jessie, que retrocede hasta dar con él. No hay tráfico en la carretera, la maniobra es sencilla y mi compañera la realiza con soltura. Despacio, nos acercamos al lago por aquel perdido sendero, unos árboles tapan parte del coche de Brad, que por discreción permanece con los indicativos policiales apagados. Siempre ha sido un hombre sensato. Un poco más lejos veo la vieja camioneta de John. Un pequeño perro se mueve en todas direcciones, sin alejarse de los pies de su dueño, mientras este permanece apoyado en el viejo Ford oficial, junto al sheriff, parecen mantener una tranquila conversación. Ambos giran sus cabezas en dirección al gran todoterreno negro que se les acerca casi en silencio. Brad sigue tan «corpulento» como siempre, es el ejemplo viviente del estereotipo de policía que se presenta en películas y series. Bajo, calvo, gordo y con bigote, tiene el paquete completo. Jhon sería el típico galán de telenovela sudamericana, bien parecido, sin embargo, nunca fue mujeriego. Está casado con su primera novia del instituto, mantiene el físico del buen deportista; si mal no recuerdo, debe estar en los treinta años, siempre con buena cara, agradable gesto y dispuesto a ayudar. La perra mueve su rabo con un ritmo endiablado, ladra una vez, no conoce aquel coche grande que se acerca. John se alegra cuando me reconoce, me saluda con la mano y una amplia sonrisa, pensará que al llegar nosotros se acabaron sus problemas. Pobre, no sabe que no han hecho más que comenzar. Brad sonríe, todo esto le viene grande. Por lo menos no es como otros sheriffs de pueblo, él lo reconoce.

—Tranquila, Jessie, déjame hablar a mí, yo te presentaré.

Al bajar del Cadillac abrazo a mis dos amigos. No necesitamos más que dos o tres palabras, los típicos saludos entre conocidos que hace tiempo que no se ven. Cuando el silencio entre los tres se prolonga más tiempo del que creo necesario, llamo su atención sobre mi colega.

—Bien, es hora de presentarles a la persona que está al mando de este caso, la agente Carlsson.

Jessie muestra la mejor de sus sonrisas, alarga su mano para saludar, se queda huérfana, abrazando el aire. Brad y John se han quedado paralizados, giran sus cabezas al mismo tiempo y me miran con desasosiego. El sheriff se atreve a decir en voz alta lo que piensan los dos.

—¿Por qué no estás al mando tú, Tom?

—No me lo han ofrecido, Brad. Te digo más, si llegan a hacerlo, no hubiese aceptado jamás. Podría estar implicado algún conocido, uno de mis queridos vecinos... ¿Lo comprendéis?

Ambos hacen gestos afirmativos con su cabeza, aunque sus ojos siguen fijos en los míos, piden más explicaciones. No me queda otra. Suspiro.

—A ver cómo os lo explico. Me queda una semana antes de jubilarme y dejar este trabajo, chicos, nunca se asigna un caso a un agente al que le queda menos de un mes de servicio activo. Al ser este mi pueblo, me he traído mis cosas, en una semana vendrá un agente a relevarme, a partir de ese momento yo me quedaré en casa, ya para siempre. No puedo llevar este caso aunque quisiera, me jubilo antes de resolverlo, seguro. Jessie es la mejor agente, este proceso está en las mejores manos, yo solo le ayudaré a moverse por el pueblo sin dar muchas vueltas, actúo como ayudante y guía. Y ahora me toca demostrar la verdadera cordialidad y hospitalidad de la zona, saludad como se merece a mi compañera.

Jessie parece confundida, sin embargo, saluda con buen gesto al carpintero y recibe, por sorpresa, un abrazo de nuestro sheriff. Le hice un gesto para que tomase las riendas. Es una chica lista, llegará lejos. Lo comprende rápido y comienza a preguntar lo normal en estos casos. Dónde estaba Jhon, el lugar donde el perro encontró los pies…, mis amigos acompañan a Jessie dándole explicaciones de todo lo sucedido hasta el momento. Yo me quedo junto al coche, veo cómo se alejan, es el momento de apartarme un poco, mi compañera debe tomar el protagonismo que acabo de explicar y ellos tienen que asimilarlo y aceptarlo. Lo mejor es apartarme y dejarla trabajar. No quiero darme cuenta del cambio que sucederá en mi vida en cuanto pasen estos siete días, tengo que asumirlo ya. Será algo radical, dejaré el trabajo, la ciudad y volveré a Oldham, a ver pasar los días sin nada que hacer. Hasta que lo he dicho en voz alta, no lo he asimilado. Lo sabía, por supuesto, aunque mi cabeza no quería aceptar el fin de mi vida laboral. Mi trabajo ha llenado todo mi tiempo, eso ha sido así hasta ahora. Tengo que buscar qué hacer a partir de unos días. Mi mente está volando muy alto, con mis propios pensamientos. Un pequeño ladrido me hace volver a la realidad.

Corcho se ha quedado conmigo y no me he dado cuenta. Su instinto le indica que aquel es el momento ideal para romper su silencio, se lo agradezco con una sonrisa y una cariñosa caricia en su cabeza. Jessie me hace un gesto para que acuda con ellos. Dedicamos un par de horas a fotografiar, marcar todo y balizarlo. Nadie irá a tocar allí, ni por curiosear, aunque está bien que siga el protocolo habitual. Cuando todo parece estar en orden, decide ir a la oficina del sheriff. «Es el momento de ver los puñeteros pies». Lo dice así. Palabras textuales.

CAPÍTULO 7

Jessie Carlsson

Agente del FBI, destinada a la Oficina del FBI en Pierre, Dakota del Sur

Jueves, 14 de abril de 2022. 10:57

Lago Thompson, Oldham, Dakota del Sur

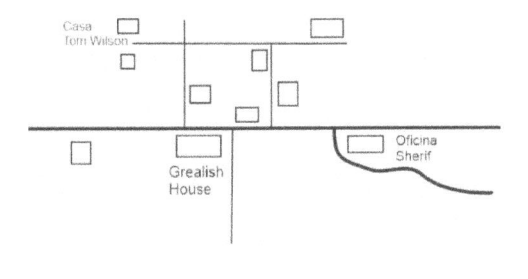

El motor del Cadillac se pone en marcha al instante. Dejo que el coche del sheriff se ponga a la cabeza de nuestra pequeña comitiva, así no necesito el navegador ni las indicaciones de Tom. Nos sigue el carpintero. Mi veterano compañero ha cumplido con creces, no solo me ha presentado como la agente al mando, actúa como debe hacerlo un agente de apoyo. Espero toda su ayuda, la voy a necesitar. Tengo que asimilarlo, esto no son unas prácticas, es un verdadero caso con víctimas muy reales, es el puñetero Santo Grial de un agente especial del FBI, el que todos soñamos y deseamos en secreto, un asesino en serie. Ahora que lo pienso, tengo una buena duda. No sé el número exacto de personas asesinadas, creo que es un buen tema para romper el silencio entre compañeros.

—Tom, una pregunta, ¿cuántas víctimas crees que tenemos entre manos?

—¿Cómo dices?

—Es matemática pura. Tenemos diecisiete pies, la solución está entre nueve víctimas, como mínimo, o diecisiete de máximo.

—¡Comprendo! Me temo que debemos identificar a diecisiete propietarios de esos pies. Hasta hoy, siempre he tomado como premisa la peor hipótesis, con un psicópata entre manos, creo que lo mejor es situarse siempre en el peor escenario posible, pocas veces me han dado un respiro.

—¿Pocas veces?

—¡Ninguna, diría yo!

17 Pies

—¿Con cuántos te has cruzado?

—Así, de pronto, una decena.

—¿Los pillasteis a todos?

—No, Jessie, no. Solo he podido meter entre rejas a cuatro. Esa carga te la llevas siempre. Todos te dicen que no pudiste hacer más. Aunque eso no es lo que un buen agente piensa. Siempre crees que, en alguna pista perdida en tu memoria, podía estar la clave y pasó delante de tus narices sin percibir el detalle que resolvería el caso. Hay noches que me despierto sudando. Mi mente tiene presente, por ejemplo, el caso del carnicero de Fall River. Con todos sus detalles. Sin embargo, aquello pasó hace más de veinte años. ¿Entiendes lo que quiero decir?

—Lo entiendo, y me da miedo cagarla en este caso.

—Tranquila, no te dejaré frente a los leones. Recuerda esto, Jessie, no lo olvides jamás: Tú y yo, juntos, vamos a comernos a los leones.

—¡Vamos a comernos a los leones!

—No tengas ninguna duda, el más viejo y la más joven de la oficina, vamos a resolver este caso.

—¿Recuerdas que te jubilas en una semana?

—No pienso irme a mi casa mientras tengamos un asesino rondando por la zona. Recuerda que viviré aquí desde hoy.

Solo el ronroneo del motor rompe el silencio que se produce entre nosotros. Yo todavía no me he dado cuenta de lo que hago en este sitio, en este momento. Trabajamos en la caza de un criminal, de un asesino sin piedad, tras la pista de un psicópata. Tengo que demostrar lo que valgo y dar lo mejor de mí para limpiar este mundo de ese homicida. Solo tengo una ventaja, el asesino no sabe que ya lo buscamos, él debe pensar que los pies están lejos de cualquier persona, enterrados y perdidos a orillas de un lago poco conocido y visitado. Espero que cometiera algún fallo y podamos darle caza rápido.

Conduzco en silencio hasta que el coche oficial se detiene frente a una gran casa. Me cuesta trabajo localizar el cartel de oficina del sheriff, aunque allí está, más pequeño y discreto de lo previsto. Con un gesto de su mano, el corpulento policía nos invita a entrar mientras abre la puerta con la otra mano. Dentro hay una versión joven del sheriff, igual de calva, no tan corpulenta, aunque todo se andará, supongo. No lleva uniforme, me saluda nervioso cuando me presentan. Me indica si quiero ver los pies. Le digo que sí, hago un gesto con la cabeza a Tom, lo entiende a la primera, le pide que nos muestre dónde están las pruebas. Abre la puerta de una habitación e indica un gran frigorífico. No parece muy dispuesto a volver a tener que tocarlos. Mi colega le invita a quedarse fuera, una vez solos, abre la puerta de la nevera. Un espectáculo dantesco se descubre al encenderse la luz interior; varios pies, amontonados de cualquier manera, todos con un tono ceniza, sucios, algunos en bolsas.

—Bien, Jessie, ¿quieres hacer algo con ellos o prefieres una sugerencia?

—Gracias, Tom, dime.

—Llama al jefe Millan, pide que nuestro equipo de forenses venga a recoger las pruebas y analicen la zona donde aparecieron, de paso te contará si hay alguna novedad.

—¿Qué novedad puede conocer el jefe que no sepamos nosotros?

—Por ejemplo, si la noticia aún no ha saltado a la prensa.

—¡Comprendo!

Me hace un gesto mientras él mira aquellos restos humanos. Había guardado a buen recaudo la tarjeta con el número personal del jefe, la pongo frente a mis ojos, marco el número y espero respuesta.

—¿Cómo va todo?

—Bien, jefe, bien. O eso creo. Hemos hecho un primer análisis del lugar del hallazgo. Debería venir nuestro equipo forense para tomar los pies y analizarlos. Y también la zona.

—Por supuesto, deben estar al llegar, les mandé partir hace tiempo con la esperanza de que la prensa no los viera recoger las pruebas. ¿Dónde están?

—En la oficina del sheriff.

—Entendido. —Apartó un poco el móvil y dio instrucciones a voces. Primero debían recoger los restos en la oficina del sheriff de Oldham, pidió que lo hicieran rápido, a ver si esquivaban a la prensa. Luego a analizar el lugar del hallazgo. Después de dar todas aquellas órdenes, volvió conmigo en un tono amable—. No tardarán mucho en aparecer por allí, dales instrucciones para llegar al lugar y que Tom te busque donde dormir, él sabe lo que ha de hacer, que te ayude.

17 Pies

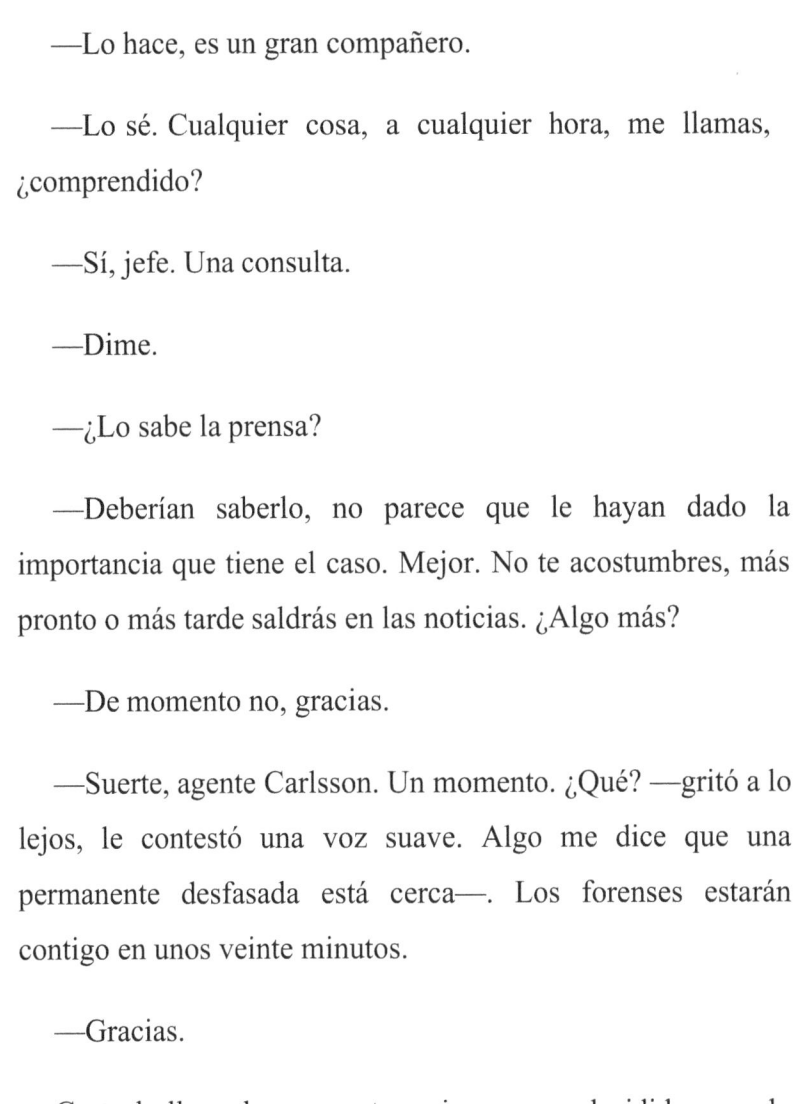

—Lo hace, es un gran compañero.

—Lo sé. Cualquier cosa, a cualquier hora, me llamas, ¿comprendido?

—Sí, jefe. Una consulta.

—Dime.

—¿Lo sabe la prensa?

—Deberían saberlo, no parece que le hayan dado la importancia que tiene el caso. Mejor. No te acostumbres, más pronto o más tarde saldrás en las noticias. ¿Algo más?

—De momento no, gracias.

—Suerte, agente Carlsson. Un momento. ¿Qué? —gritó a lo lejos, le contestó una voz suave. Algo me dice que una permanente desfasada está cerca—. Los forenses estarán contigo en unos veinte minutos.

—Gracias.

Corto la llamada con gesto serio, aunque decidido, guardo mi móvil y le cuento a mi compañero lo que me ha dicho el jefe. Este sigue mirando los pies sin llegar a tocarlos, desde la puerta de la nevera. La amarillenta luz interior baña su rostro preocupado. Le pregunto qué ha visto hasta ahora. Tom da un largo suspiro y cierra aquel frigorífico. Me mira directo a los ojos, su rostro refleja tristeza y cansancio.

—Lo primero es que han sido cortados por algo que ha proporcionado un corte bastante limpio, *post mortem*. Todos muestran un similar estado de descomposición, lo que me aclara algo.

—No comprendo qué te puede aclarar eso.

—Jessie, piensa. No quiero decirte yo las cosas, tienes que deducirlas tú, para que puedas asumir el mérito final como un triunfo tuyo, no debe ser un regalo que te haga antes de mi jubilación. Me comprendes, ¿verdad?

—Te comprendo, Tom. Aun así, por favor, ayúdame algo.

—No sabemos de ninguna desaparición múltiple en los últimos meses. Ni en nuestro estado, ni en ningún otro, ¿verdad, agente al mando?

Entiendo que es una especie de desafío, algo para que me espabile, debo ser la voz cantante, no esperar a que me lo den todo hecho. Pienso en lo que ha dicho y comienzo a hablar en voz alta.

—No hay registrado ningún grupo de desaparecidos, por tanto, debo pensar que no ha sido un asesinato múltiple. Ha debido ser un asesino en serie, víctima a víctima. La misma descomposición solo puede deberse a que ha congelado los pies, seguro que son el macabro trofeo del criminal.

—¡Muy bien, Agente Carlsson! Lo has hecho muy bien, y sola, no te ha ayudado nadie.

Con una sonrisa en los labios, me regala un guiño de complicidad.

—Ahora, si quieres la guinda del pastel, fíjate en formas y tamaños, por favor.

Con un gesto teatral, me invita a acercarme al refrigerador. Lo hago, abro bien la puerta y comienzo a mirar todos aquellos restos, prestando especial interés en sus formas y tamaños.

¿En sus formas? Demonios, Tom, todos tienen forma de pie, ¿de qué van a tener forma, si no? Un vistazo más tranquilo, sosegado, tamaños… Un momento. No hay una gran variedad de tamaños, todos son similares, un poco más grandes o pequeños, aunque ninguno presenta una especial variación. Sí que sabe mi viejo colega, la experiencia es un grado, se me ha pasado y mi compañero me lo ha hecho ver.

—Gracias, Tom.

—¿Por?

—Todos parecen pies de hombre, quiero decir que todos tienen un tamaño similar, no hay ninguno más pequeño.

—Lo que quiere decir…

—Que no hay indicios de que entre las víctimas haya ningún menor. ¡Gracias a Dios!

—Sí, le daremos las gracias a su debido tiempo. Bien, ya tienes una base y una información que no tiene nadie más, te aconsejo que no la compartas con nadie. Repito: con nadie.

—¡Mensaje captado! Boca cerrada.

En ese momento entran por la puerta cuatro agentes, llevan los distintivos del FBI y del departamento forense. Saludan primero a Tom, este conoce a todos por su nombre, momentos después me presenta como agente al mando. Me pide permiso para enviarles la ubicación del lugar del hallazgo. Yo, casi de forma mecánica y sin darme mucha cuenta de lo que hago, afirmo con la cabeza. Les indica dónde están los pies. Abren la nevera, el que está al mando del equipo manda a los otros dos a por algo a su furgoneta. Mientras van a cumplir su encargo, prepara un documento, lo repasa y me lo entrega. Es un formulario para el control de la custodia de pruebas, intento mostrar rostro serio y leo lo que me ha presentado. Recogida de pruebas, miembros inferiores de cuerpo humano sin identificar. Ocho de ellos están embolsados, nueve no. Se catalogan como diez pies derechos y siete izquierdos. Nada más.

Levanto mi vista de aquella hoja, el jefe del equipo forense me mira con gesto serio y profesional. Me dice que le dé mi móvil si quiero que me informe a mí primero como agente al mando. Por supuesto, le doy mi tarjeta para contactos, en ella viene mi nombre y apellido, debajo pone «Agente Especial», la dirección que figura abajo es la de la oficina de Pierre. En la esquina superior izquierda se ve el emblema de la agencia. Creo que es la segunda que entrego. Si soy seria y no cuento con la que le dejé a mi madre, debo reconocer que es la primera tarjeta de agente que entrego. Entran los dos compañeros con un gran arcón metálico, al abrirlo se descubre su verdadera función, es una cámara frigorífica, de alguna manera se conectará en la furgoneta para mantener la cadena de frío. Con mucho cuidado guardan cada uno de los miembros encontrados por Corcho. Cuando los tienen todos a buen recaudo, saludan y se van. Me recuerdan que en cuanto sepan lo más mínimo, me informan.

Con la misma rapidez que han llegado, se han ido.

—Tom, no tengo su teléfono para llamarles.

—No te preocupes, son buenos chicos y mejores profesionales. Ellos te llamarán a ti, es su trabajo. Si necesitas algo, yo tengo su contacto y te lo paso o consultaré en tu nombre. Ahora se encargarán del escenario a conciencia, no te preocupes, es su misión y son muy buenos en su trabajo. ¿Qué hacemos, jefa?

—No te burles de mí. ¿Tú qué harías?

—Aprovechar el momento para comer algo y hablar con Brad y John sin que parezca un interrogatorio. Por el momento, hasta que el departamento forense no te dé ningún informe, poco más puedes hacer que interrogar a John con discreción, el mejor momento para sacar algo de información será durante la comida. No hay nada más por ahora. Luego te buscaremos dónde dormir.

—Tienes toda la razón. Vamos a tomar algo.

Esa ha sido mi última decisión por un buen rato. Brad dijo que Mildred nos esperaba, no mentía. Fuimos a su casa y tenía preparado todo un banquete. Tom se preocupó de sentar a John frente a mí en la mesa, de forma que viera sus gestos y reacciones. Después de una larga comida puedo anotar un breve resumen. John no parece saber nada más. Brad no parece saber nada en absoluto y Mildred lo quiere saber todo. Tom desvía con rapidez y agilidad todas las preguntas de la buena mujer, no sé si es curiosidad o cotilleo lo que la empuja a buscar cualquier información. Después de agradecerle su hospitalidad Tom me lleva a la otra punta del pueblo. Dos minutos en coche, rodando despacio. Al final de aquella especie de calle principal hay dos casas, una frente a la otra, una a cada lado. La de la izquierda parece deshabitada; la de la derecha, también.

—Bienvenida, Jessie, estos son mis dominios.

—¿Cómo dices?

—Cuando termine de trabajar en este caso, aquí me podrás

encontrar. Estas son mi casa y la de mis padres.

Sin pretenderlo, he debido hacer algún gesto que ha delatado mi pensamiento. Tom sonríe y me contesta.

—No te preocupes, mis padres ya no están entre nosotros, su casa sí. Está limpia y aseada, preparada para que te instales. Vienen dos veces a la semana a darle un repaso a mi casa y a la de mis padres.

—No entiendo.

—Pues es muy sencillo, te lo aseguro.

Tom aparca junto a la que había denominado «su casa». Se baja del coche mientras da un largo suspiro, camina despacio hacia la puerta mientras olvida todo su equipaje. También parece olvidarse de mí.

CAPÍTULO 8

Jessie Carlsson

Agente del FBI, destinado a la Oficina del FBI en Pierre, Dakota del Sur

Jueves, 14 de abril de 2022. 15:52

Oldham, Dakota del Sur

Tom me explica su situación actual. Su hijo vive en la casa de los abuelos, él vive en la otra, la que está frente a esta. Para evitar cualquier situación incómoda, considera la opción más sencilla, él dormirá con su hijo, dejándome su casa para mí sola. Primero enciende un buen fuego en la chimenea, asegura que calentará la casa con facilidad, después me hace una pequeña ruta por la vivienda para mostrarme todo, después me ayuda con mis cosas, me encarga cruzar la calle cuando más o menos lo tenga todo organizado. Me he aseado un poco, he dejado mi maleta abierta en el dormitorio y he decidido ir a la casa de la acera de enfrente.

Dos ligeros golpes en la puerta son suficientes para conseguir que Tom la abra. Me invita a pasar con su habitual cortesía. Al fondo del gran salón, junto a una chimenea encendida, permanece su hijo. Es él, sin duda, parece unaversión joven de su padre, igual de atractivo, si no lo es más. Me mira directo a los ojos. No me resulta muy amigable y cómodo, la verdad. Con las manos en los bolsillos le cuesta acercarse a mí, parece costarle la misma vida sacar su derecha para darme el más frío de los saludos del día, a pesar de la cálidatemperatura en aquella estancia. Ha murmurado llamarse Dan, nada más. Debe tener unos años más que yo, no sabría decir cuántos. Controla tus movimientos y acciones, Jessie, este hombre andará enfadado con su padre, ignóralo, estás en el momento más decisivo de tu trabajo, no puedes despistarte contonterías, quizás no vuelvas a tener en tus manos un casosemejante durante toda tu carrera. Mientras pienso esto, Tom seacerca con una sonrisa preciosa, me pregunta si ya estoy instalada. Le digo que más o menos. Quiero quedar bien con micompañero, vamos a ver qué tal se me da imitar la cordialidad de mi madre. Ella sabe relacionarse con todo el mundo con unanaturalidad asombrosa, esa cualidad no la heredé yo, de ninguna manera.

—Perdona, Dan, no sé si lo dije antes, me llamo Jessie.

—Lo sé, me lo comentó mi padre.

—Debes pensar que estoy un poco fuera de sitio. Estoy un poco nerviosa, es mi primera vez en una situación como esta.

—Ya me imagino, eso es algo que no termino de entender, a ver si tú me lo puedes explicar.

—¿Qué no entiendes?

—Cómo una novata está al mando en lugar del agente con más experiencia.

—Hijo, sé comprensivo.

—¡Tú deberías estar al mando, papá! Eres el más veterano. El agente con más experiencia del FBI, además eres de aquí, conoces a todo el mundo y el terreno. ¿No ven que eres la mejor opción para encontrar al asesino?

—¡Y me jubilo en una semana, Dan! Recuerda esto, hijo, lo he pedido yo, para que te quede bien claro. Cuando nos faltan meses para irnos, no nos asignan casos en los que estemos al mando. Además, es mejor que yo no esté al cargo de este caso, imagina la situación si hay algún conocido implicado.

—¿Cómo puedes decir que si hay algún conocido implicado? ¡Conoces a todo el mundo aquí! Nadie de nosotros ha hecho todo esto, tiene que ser un forastero.

—¡Por eso mismo, Dan! No podemos descartar cualquier relación, donde menos esperas salta el culpable, hijo. Existe la posibilidad de que el criminal sea uno de nuestros vecinos. No lo dudes.

—¡Vale! Puede que tengas razón. Aunque estoy seguro de que esto es obra de gente de fuera.

—Ojalá tengas razón, lo deseo con todas mis fuerzas.

Mientras padre e hijo mantienen su pequeña trifulca, intento ser invisible, disminuir mi tamaño hasta conseguir pasar desapercibida. Mi mirada va de padre a hijo y vuelta a empezar. En mi subconsciente me parece ver un constante viaje al pasado y retorno al instante, como si Tom hablara con su yo más joven. El hijo se va del salón sin dejar de renegar, su cara muestra a las claras que las explicaciones del padre no le han convencido lo más mínimo.

—Bien, Jessie, esta noche, y sin que sirva de precedente, Dan nos va a preparar una suculenta cena.

—Me parece bien.

—Es lo menos que…

Suena el móvil de Tom. Este conecta la llamada y cambia el semblante. Después de unas pocas palabras, corta la llamada y me mira serio.

—Ya están aquí.

—¿Quién?

—¿Quién va a ser? ¡La prensa! Vamos al bar. Están volviendo locos a todo el mundo.

—De acuerdo, vamos, Tom.

—Dan, atiende. A la hora de cenar estaremos aquí.

—Una cosa os digo a los dos, como me dejéis con la mesa puesta, nunca vuelvo a hacer de comer para vosotros.

—Te lo prometo, hijo.

—Hasta luego, Dan.

Intento despedirme con un buen tono, no sé si lo consigo. No me ha contestado, tengo claro que no he comenzado con buen pie con este hombre. Céntrate, Jessie, este es tu momento, para el que te has preparado durante años. Ahora tienes algo más importante entre manos. Nunca he lidiado con los medios. Seria. No digas nada que pueda comprometer la investigación. Respira hondo, habla con calma, mira directa a quien te pregunta. Sí, las normas básicas las tengo claras, nos las explicaron en la academia, ahora hay que ver si soy capaz de no convertirme en un flan delante de la cámara. Sigo las pocas indicaciones de Tom y llego cerca del único bar del pueblo. Por encima cuento seis furgonetas con antena parabólica en su techo. Paro el coche, escucho a Tom sin dejar de mirar a qué me voy a enfrentar, me dice «Tranquila, tú puedes con ellos». Suspiro, Tom me dice que vaya a la puerta de la oficina del sheriff, si está Brad o su sobrino Frank, debo esperar allí, él va a comunicar a los de la prensa que les diré unas palabras y daré explicaciones. Me guiña un ojo, desciende del Escalade y se dirige a la entrada del bar. Debo agradecerle el detalle de dejar claro quién está al mando de la investigación en este momento. Llegó la hora de la verdad. En la oficina está Frank, esta vez con uniforme, se pone en pie y le explico la situación. Me dice que estoy al mando, lo que yo quiera o necesite. Poco después entra Tom y me invita a salir, con la mayor de las cortesías se sitúa un paso por detrás de mí. No sé de dónde han salido tantas cámaras, micrófonos y móviles, todos pendientes de mí. Esto no va a ser tan fácil como podía imaginar.

—Buenas tardes. Soy la agente especial Jessie Carlsson, estoy al mando de esta investigación.

—¡Agente Carlsson!, ¿qué nos puede contar?

—Han aparecido restos humanos y ya están en nuestros laboratorios forenses para ser analizados según los procedimientos previstos para estos casos.

—¿Es cierto que estamos hablando de muchas víctimas?

No sé con exactitud quién me pregunta, creo que no es el mismo chico de antes, tampoco sé muy bien a dónde mirar, decido hablar mientras miro un poco a cada cámara. Mi madre tiene que estar dando saltos en su salón. Recuerda, Jessie, la menor información posible.

—De momento solo puedo afirmar que tenemos la certeza de varias víctimas, no podemos concretar el número exacto.

Deben tener en cuenta que estamos en las primeras horas de la investigación. Debemos ser prudentes y estar bien seguros antes de asegurarles cualquier dato.

—¿Cómo se produjo el hallazgo? ¡Dicen que fue un perro!

Esta vez ha sido una chica la que ha preguntado, aunque no la he visto.

—Fue de forma fortuita y, sí, existió la intervención de un perro.

Todavía no he cerrado mi boca y veo a Tom, por el rabillo del ojo me hace un gesto para que corte la sesión de preguntas. Pienso que es lo mejor. Como siga hablando, terminaré por decir algo de lo que me arrepienta después.

—Si me lo permiten, debemos continuar con la investigación de los hechos. Cuando tengamos alguna novedad se lo haremos saber. Gracias.

Las cámaras bajan su objetivo todas a la vez, una mujer se dirige a mí, me suena su cara, seguro que la he visto en la tele. Parece la veterana del grupo.

—Agente, en este pueblo no tenemos ni donde dormir.

—No comprendo a dónde quiere llegar.

—No es nuestro plan permanecer de guardia tras sus pasos, sabemos que nuestro grupo de prensa puede entorpecer su investigación. Si nos dice una hora y un lugar, quedamos todos los días, nos cuenta las novedades que quiera, nosotros cumplimos con nuestras cadenas y no molestamos a nadie, ni a ustedes, ni a los vecinos. El FBI realiza su trabajo y nosotros el nuestro, sin molestarnos, yo me encargo de que ninguno vaya de listillo detrás de sus pasos.

Tom hace un gesto afirmativo y decide intervenir.

—La próxima rueda de prensa será mañana, quizás un poco más tarde, aquí, en la puerta de la oficina del sheriff, así pueden entrar todos en el noticiario de la noche. ¿Le parece bien, agente Carlsson?

—Me parece bien. ¿Está conforme?

—Por nuestra parte, sí. Hasta mañana, agente. —La periodista gira sobre sus talones y se dirige a los compañeros. Queda claro que es la voz dominante de aquel grupo. Supongo que la experiencia es un grado, como en todos los sitios. —Chicos, recoged y ahora os cuento, esto os va a costar una copa esta noche.

Como una bandada de pájaros, desaparecen todos en distintas direcciones en cuestión de segundos. Miro a Tom para realizar la pregunta clave.

—¿Cómo lo he hecho?

—Pareces una veterana, Jessie, muy bien, no te preocupes, lo has hecho muy bien, no has dicho nada que no sepan y has parecido muy profesional. En Pierre varios compañeros se tirarán de los pelos en cuanto vean las noticias, fijo. Llamarán al jefe para pedir explicaciones, lo que se va a reír el bueno de George.

Los dos reímos de buena gana la ocurrencia de mi compañero. Nos despedimos de Frank, ha desaparecido cualquier rastro de los chicos de la prensa cuando subimos al coche para volver a la casa de Tom. Al acercarnos a la vivienda noto un buen aroma de carne guisada.

—¿Tu hijo cocina bien?

—Bastante bien. Su abuela se encargó de eso, y de alguna que otra cosa más.

—¿Por ejemplo?

—Ella era una gran pintora, Dan heredó esa capacidad, se encargó de pulir sus buenas habilidades, tanto que ahora es capaz de vivir de eso.

—¿Es pintor?

—Algo así, es ilustrador. Realiza dibujos para libros, cuentos, anuncios, portadas, esas cosas. Has visto muchos de sus trabajos, Jessie, estoy seguro.

En el comedor, en una gran mesa redonda, Dan tiene preparado todo para cenar. Sigue mostrando una cara seria. Creo que no le caigo nada bien.

—Ya tenemos aquí a las nuevas estrellas de la tele.

—No te burles de nosotros, Dan. ¿Cómo me has visto?

—No sabría decirte, Jessie, sigo pensando que era mi padre quien debía estar hablando con la prensa.

—Dile tu opinión, hijo. A poder ser, sincera.

—Parece que lo haces todas las semanas, no te he visto sudar, tartamudear o dudar en ningún momento. Por tanto, bien.

Estaría bien una pequeña ayuda para terminar de poner todo.

—Hijo, yo te ayudo.

—¿Qué quieres que haga?

Tom me dice que soy su invitada, que no haga nada. No creo que su hijo piense lo mismo. Mientras ellos se dirigen a la cocina, veo al fondo una especie de biblioteca, junto a la librería hay una gran mesa de dibujo bien iluminada por una lámpara de trabajo. Debe ser el sitio donde dibuja Dan. Soy curiosa por naturaleza, quiero ver lo que está haciendo. No me considero una experta, ni mucho menos, sin embargo, veo un dibujo maravilloso de una joven, un lobo y un puñal. Parece que la chica está matando a la bestia.

—Es el boceto para una portada de un libro, ya sabes, la moda de los hombres lobo.

—¿Dibujas por encargo? —Puede ser que baje su enfado hacia mí si le muestro un poco de empatía. Hay que reconocer que me parece un excelente trabajo, sin ser una entendida, claro.

—Sí, hoy estoy con esto, le mandaré el dibujo a la editorial, si les parece bien, lo terminaré o modificaré según me indiquen, mientras se deciden, debo ilustrar un cuento infantil.

—Eso me gusta más. ¿De qué va?

—Ni idea, hasta que no me ponga con él, ni lo sé.

—¡Qué trabajo más frío!

—Mira quién lo dice. La jefa de una investigación de asesinatos. Mañana serán dibujos amables y alegres, hoy toca el lobo frío y criminal, debo aislar mis emociones.

—Visto así, tiene su lógica.

Antes de que pueda darme su réplica, suena mi móvil. Veo en la pantalla que es mi madre. Se lo muestro a Dan, que me hace un gesto de tranquilidad, me indica que me siente en su silla de trabajo y me deja sola. Sin muchas ganas, aprieto el botón verde en la pantalla.

—¡Muchas gracias por contestarme, Jessie!

—¿Qué te pasa, mamá?

—¿Qué me pasa? Te lo voy a decir, cariño. —Ese «cariño» suena como una auténtica ráfaga de ametralladora. Me preparo para el chorreo que vendrá a continuación—. A una madre le gusta saber cuándo va a salir su hija en todos los noticiarios, no enterarse porque nuestra vecina, ya sabes a quién me refiero, nuestra cotilla oficial del barrio, doña Sophie, ha venido a darme la enhorabuena. Ella venía a chismorrear, en lugar de eso, se encontró que la madre de la protagonista no sabía nada de su hija saliendo en la televisión nacional.

—Comprendo, eso es lo que te duele de verdad, que nuestra vecina tenga un chisme nuevo que contar. Haz memoria. Te dije que estaba en una investigación. ¿Recuerdas mis palabras, mamá?

—Sí, no las olvido, lo dijo tu compañero, que saldrías en las noticias, nunca imaginé que sería tan pronto, y lo peor, sin el aviso previo de mi única hija.

—No puedo avisarte antes de una entrevista en directo, no sabía que la harían. A mí también me pilló desprevenida, ¿comprendes?

—Bueno, te perdono, una madre siempre lo hace con su pequeña.

—Gracias. Acostúmbrate, saldré a dar la cara mientras este caso sea noticia. En lugar de enfadarte con Sophie, restriégaselo, como tú sabes.

—Tienes razón, eso haré. Por cierto, ¿dónde duermes?

—Mi compañero es de la zona, me deja dormir en su casa, mamá.

—¿Duermes con tu compañero? ¡Jessie!, ¿no te habrás liado con él? ¡Sin decirme nada!

—Mamá, tranquila, que te va a dar algo. No van por ahí los tiros. Se jubila en una semana, no es para mí, es un hombre apañado, sin embargo, no es mi estilo. Él duerme en otra casa, con su hijo.

—¿Su hijo tiene una edad conveniente?

—¡Mamá!

—Tienes que comprenderme, no quiero irme de este mundo sin ver casada a mi hijita. ¡Me haría tanta ilusión jugar con mis propios nietecillos!

—Eres incorregible. Tengo que dejarte, me llaman para cenar.

Es mentira, mi madre ya ha llegado a ese punto de la

conversación que no me interesa nada. Toca cortar la llamada.

—Vale, ve a cenar, aunque mañana avísame antes de salir por la tele, que pueda restregarle algo a Sophie cuando venga a contarme que te ha visto antes que yo.

—De acuerdo mamá, así lo haré. Hasta mañana.

—Llámame luego, si puedes. Adiós, cariño.

Cuando vuelvo al salón Dan y Tom hablan con calma, se nota el gran parecido entre ambos, aunque el hijo es algo más alto y corpulento, los dos son muy guapos. ¡Jessie!, ¡céntrate! Tu madre ha vuelto a influenciar en tus pensamientos. ¡Debo ser más profesional!

—Supongo que tendréis muchas cosas que contaros. No quiero ser un estorbo.

—No te creas, Dan solo vive para sus dibujos, no tiene muchas novedades que contar.

—Eso es cierto, mi vida es muy monótona, trabajo y poco más. Vamos a cenar.

—Tiene buena pinta, ¿qué es?

—Una receta de mi abuela.

—¿La receta de tu madre? —pregunté a Tom.

—No, Jessie, es la receta de mi suegra. Mis padres fallecieron hace mucho tiempo, no conocieron a Dan. Él se ha criado con mis suegros, yo estaba fuera mucho tiempo, ya sabes, por trabajo.

—Lo siento. ¿Y tu madre?, ¿también murió?

—No. Ella nos abandonó a mi padre y a mí cuando yo era un bebé.

—Creo que voy a callarme un buen rato. Solo hago una cosa, meter la pata una vez tras otra.

—No te preocupes, no tengo ningún recuerdo de ella, solo alguna foto. Nos dejó antes de cumplir yo el año.

—Cambiemos de tema, por favor. —Me muero de la vergüenza, no puedo ser más inoportuna.

—Me parece bien. Mi padre prefiere cerveza, ¿tú quieres vino o lo mismo que él?

—¿Qué tomarás tú?

—Vino barato, se sube pronto a la cabeza.

—Del mismo quiero yo.

El resto de la cena transcurre contando anécdotas sin importancia, terminamos y recogemos todo entre los tres. Queda claro que Tom explicó a su hijo todo lo relativo a nuestra misión y las funciones de cada uno, este dejó de lado sumalestar inicial conmigo. Poco después, Dan se va a dormir, mientras, su padre me acompaña al otro lado de la calle. Mi mente piensa lo que podía cambiar una situación en veinticuatrohoras. Descansa esta noche, Jessie, mañana será un día duro.

CAPÍTULO 9

Jessie Carlsson

Agente del FBI, destinada a la Oficina del FBI en Pierre, Dakota del Sur

Jueves, 14 de abril de 2022. 20:44

Oldham, Dakota del Sur

Desde que recogí a Tom tras el bombazo «regalado» por mi jefe esta mañana, creo que es la primera vez que estoy sola en todo el día. Toca meditar, Jessie, valorar tu situación actual y las opciones que se presentan. Esa es la idea, mi cabeza funciona de otra forma. Ahora mismo está centrada en las cosas más mundanas. Es mono este sitio. Aunque sea una vieja casa, es más cálida que tu moderno apartamento en Pierre. Estoy bien abrigada en la cama, debería descansar, mañana promete ser una jornada larga, muchas cosas dependerán de ti. Ponte al día y céntrate. Estoy sola, es el momento de aclarar ideas, agente especial al mando. Ya he salido en las noticias. Eso tiene una consecuencia importante para nuestro trabajo, desde este momento el asesino sabe que estamos tras su pista. El FBI con toda nuestra artillería vamos a buscar el más mínimo rastro que nos pueda llevar hasta él. Yo debo ser capaz de encontrar ese detalle, ese fallo, tengo que estar atenta a todo y a todos, este caso no me puede venir grande.

Qué majo ha resultado Tom, ha cumplido su palabra, es un auténtico caballero de Dakota del Sur. No solo me ayuda, también me guía, su experiencia me puede salvar de más de una metedura de pata. Necesito a este compañero para llevar la investigación a buen puerto.

En este momento hay que cumplir con las obligaciones adquiridas. Suspiro, miro al techo con una mueca de fastidio, aunque es más bien una pose que un sentimiento real. Busco en la agenda de mi móvil y pulso el botón de llamada.

—¡Qué susto! Ya dormía, Jessie.

—Dos cosas, mamá. La primera: Las dos sabemos que no dormías, estabas viendo una serie o los anuncios de teletienda.

—Vale, esa te la compro. ¿La segunda?

—Para que veas que he salido a ti, yo también puedo ser la mar de inoportuna.

—Muy graciosa. Cuéntame cosas, todo, necesito saber hasta el último detalle, cariño. Hoy no puedes decirme eso de que no tienes nada que contarme.

—Eso es verdad. Estoy en un pequeño pueblo, bastante más chico que el nuestro, no te imaginas. No tiene ni doscientos habitantes.

—¿Piensas que el asesino es uno de sus vecinos?

Mi madre siempre tan directa. ¿Para qué esperar a que te cuenten pequeños detalles? Al grano siempre.

—Existe esa posibilidad, sin embargo, no parece que ese sea el caso. Todo son conjeturas, no hay pruebas concretas ni nada parecido. Comenzamos a ciegas, si lo miro bien. Lo único real que tenemos son diecisiete pies, nada más de momento. Como mínimo se han encontrado restos de nueve víctimas, la cifra puede crecer hasta diecisiete, no hay registro de tantas desapariciones en esta zona. Debemos pensar que este puede ser el punto donde ha decidido dejar los restos con la idea de despistarnos. Puede ser que las víctimas sean de California y hayan traído esos restos a la otra punta del país para volvernos un poco locos, despistarnos, cualquier opción puede ser la buena. Oye, de lo que te diga, ni palabra a nadie, que te conozco.

—Tranquila, hija, sé lo que te juegas en estos momentos, no seré yo quien mande este caso al traste. Ni palabra saldrá de mi boquita.

—Eso espero.

—Háblame de tu compañero.

—Es el agente más veterano de la oficina, tanto que se jubila en una semana. La gran ventaja es que es de este pueblo.

—¡Qué casualidad!

—Ya, sé lo que piensas. Los mejores planes se camuflan entre casualidades.

—¡Exacto! Siempre te lo dije, desconfía de lascoincidencias, hija. Las cosas no pasan por que sí, siempre hayalgo que las provoca.

—Sí, mamá, solo tengo un pequeño inconveniente, debo basarme en hechos y pruebas, no en suposiciones y teorías más o menos locas. Necesito hechos y pruebas.

—Búscalas, estoy segura de que eres muy capaz de

encontrarlas. Hablemos de otras cosas, cielo. Te he visto muy segura con las cámaras, bien hecho, Jessie.

—No las tenía todas conmigo. Estaba más nerviosa que en los exámenes. ¿Me has visto bien?

—Perfecta, cariño, has estado perfecta. Y ahora lo que importa, hija.

—¿Lo que importa?

—Claro, eso que nos interesa. Si tu compañero está pasado de fecha para ti, su hijo, ¿cómo está?

—Su hijo está enfadado conmigo.

—¿Qué has hecho esta vez?

—¡Nada!, te lo aseguro. Él piensa que su padre es quien debería estar al mando y yo, que soy la novata, de ayudante.

—En parte no le falta razón, hija.

—No lo discuto, yo también lo he pensado varias veces, parece ser que entre el jefe y él mismo han decidido que yo esté al mando de este caso. Mamá, este hombre piensa que un asesino múltiple no se suele capturar en un plazo corto de tiempo, estos casos duran meses, con bastante probabilidad, años. Creen que desde el principio debe llevarlo un agente que pueda trabajar en él hasta el final, no parece ser su caso.

—Un escalofrío me ha recorrido la espalda cuando has dicho asesino múltiple, hija. Ten cuidado, esto no es un juego.

—Lo tendré, mamá, lo tendré.

—Descansa, Jessie, tienes que estar perfecta mañana.

—Lo intentaré.

—Hazte amiga del hijo de tu compañero.

—No lo veo fácil.

—Tú puedes conseguirlo, sonríe de vez en cuando.

Cuando me dispongo a dormir, mi mente imagina mi cara intentando sonreír a Dan mientras este me mira enfadado. Esto no va a salir bien, de ninguna de las maneras.

No es fácil conciliar el sueño, mi cabeza da vueltas a la conversación con mi madre, algo hemos dicho, hay un detalle que destaca, no encaja con la situación. Mientras lo busco, termino dormida, vencida por el cansancio acumulado a lo largo de todo el día.

17 Pies

CAPÍTULO 10

Jessie Carlsson

Agente del FBI, destinada a la Oficina del FBI en Pierre, Dakota del Sur

Viernes, 15 de abril de 2022. 05:48

Oldham, Dakota del Sur

Creo que nunca me acostumbraré a este frío, soy una chica de Florida. ¿Alguien me puede explicar qué hago corriendo por estas calles a semejante hora con la temperatura que hace? Todavía doy vueltas a la conversación con mi madre, repaso todos los acontecimientos del día de ayer, busco algo que debíamos realizar y que se nos pasara. Creo que de momento todo está bien, la ayuda de Tom es necesaria en estos casos. Debería decir imprescindible. Si lo analizo con frialdad, no podía tener mejor compañero hoy.

Si pienso en otra cosa, mientras corro a buen ritmo, estoy acostumbrada a ser invisible, en Pierre nadie se fija en mí, soy transparente para el resto del mundo, una chica más que practica deporte, aquí todos me miran con descaro, sonríen y me saludan. ¡Me saludan a mí! ¡Como si me conocieran de toda la vida! Al principio no sabía qué hacer, después de varios encuentros, levanto la mano a modo de respuesta. Aunque parezca imposible, creo que he recorrido todas las calles del pueblo. Retorno a casa. Al fondo de la calle diviso las dos viviendas. En la de ellos hay una persona en la puerta, parece esperarme, si mi vista no me engaña, está en pijama, en el porche de la casa, con este frío. ¿Será Dan? Debo sonreír, como me aconsejó mi madre.

Es Tom, me hace señales para que entre. Ha preparado desayuno para ocho personas, como mínimo, aunque estamos solos los dos. Dan tenía algún compromiso, de trabajo, me ha parecido entender. Me guardaré mi sonrisa para luego. Después de las preguntas obvias, qué tal he dormido, cómo me encuentro y todo eso, con los últimos sorbos del café llega el momento de comenzar a trabajar. Tom me gusta, en lugar de decirme qué debo hacer, me pregunta qué vamos a hacer. Si es que tengo que quererlo.

—Esperaba que tú me lo dijeses, Tom.

—Somos un equipo, Jessie, quiero que te quede claro quién está al mando, en unos días deberás imponerte a tu nuevo compañero, no dejes que te quiten la tostada. ¿Me entiendes?

—A la perfección. Me gustaría llamar a la oficina forense, por si hay alguna pista disponible tras analizar los restos.

—Esa es una buena iniciativa. Vamos a la oficina del sheriff, por si han desviado alguna información allí, y entonces te pones en contacto con la oficina forense. Una vez tengas el más mínimo adelanto, deberías llamar al jefe para darle novedades y tenerlo al tanto de todo.

—Comprendo. Es lógico. Tienes razón.

—Ahora cuéntame tú cómo llevas todo este conjunto de experiencias desconocidas hasta ahora.

—No sé decirte, tengo la extraña sensación de estar subida a un tren en marcha, no lo controlo, no sé dónde va. Aunque todo eso me da un poco igual, yo voy en el tren y no me bajo hasta la parada final.

—Me parece una buena explicación. No te bajes, no. Vamos a ponernos a trabajar, que nos vean activos, preguntaremos, buscaremos, lo que sea. ¿Cuánto tardas en estar lista?

—Dame diez minutos.

—De acuerdo, en el coche en veinte.

Reímos la gracia de Tom. Le dejo allí, en pijama, dando los últimos sorbos a su taza de café, con su sonrisa socarrona. Toca ducha y prepararme para un día que promete ser largo si no conseguimos avanzar en la investigación. Muy largo. Tengo que plantearme con seriedad si yo estoy preparada para esto. Sí, he pasado los exámenes y pruebas con buena nota, debo ser sincera conmigo misma, una cosa es la teoría, otra muy distinta la práctica. Ahora no es una simulación. Estamos tras las huellas de un asesino en serie, alguien con varias muertes a su espalda, del que no tenemos la más mínima pista, mientras ese criminal ya sabe que conocemos de su existencia y que buscamos su rastro. Me conoce, ha visto mi cara, si nos cruzamos en la calle sabe quién soy yo, yo no puedo identificarle. Tengo que estar a la altura de las expectativas puestas en mí, debo demostrar a todos que puedo con este caso.

Respira hondo, Jessie, tú puedes. ¡Tienes que poder!

CAPÍTULO 11

Jessie Carlsson

Agente del FBI, destinada a la Oficina del FBI en Pierre, Dakota del Sur

Viernes, 15 de abril de 2022. 07:26

Oldham, Dakota del Sur

Si soy sincera, al final ha estado más cerca de los veinte minutos de Tom que de mis diez. El Cadillac se pone en marcha con facilidad, ya no necesito que me guíe mi compañero, el pueblo son cuatro calles, y no es una forma de hablar, es literal. Comentamos el tiempo que hace, igual que harían unos vecinos que se encuentran en el ascensor, como si no tuviésemos ningún asunto importante entre manos. Al entrar en la oficina del sheriff nos encontramos a tío y sobrino, esperan instrucciones, por sus caras diría que ellos han dormido menos que yo. No tienen nada para nosotros, era lo esperado, no puede ser de otra forma. Brad me cede su mesa, tras un segundo de vacilación le tomo la palabra y me acomodo en su asiento. Sin dudar busco en la agenda el contacto del jefe de nuestro equipo forense. Veo cómo me miran el sheriff y su ayudante, esperan mis instrucciones, no consultan a Tom, a quien conocen desde hace tiempo, debo pensar rápido una tarea para ellos, quiero dejar clara mi posición en este momento. Tengo una idea, les digo que estaría bien darse una vuelta de vez en cuando por el lugar del hallazgo; no pienso que el criminal vuelva a la zona, ahora que es público que el FBI está tras el caso, aunque no debemos descartarlo. Brad ordena a su sobrino que se dirija a esa zona, mientras que él patrullará por el pueblo para hacerse ver. Saca unas llaves de la oficina, para que podamos usarlas en cualquier momento. Por su gesto inicial parece ofrecerlas a Tom, aunque él no hace ningún ademán de cogerlas. Sin dirigirme siquiera una mirada comprendo su gesto a la primera, me levanto y tomo posesión de las llaves. El sheriff me mira con sorpresa, le doy las gracias con la mejor de mis sonrisas, Brad me la devuelve forzada y ambos se van a realizar sus patrullas. Cuando nos quedamos solos, le pregunto a mi compañero.

—¿He hecho bien?

—Perfecto, Jessie, ahora saben quién está al mando. No volverán a dudar, te lo aseguro.

—Bien, es el momento de saber novedades.

Vuelvo a sentarme en el lugar del sheriff, veo cómo Tom sonríe, pulso el botón de llamada. Dejo el móvil sobre la mesa, activando la función de manos libres para que mi compañero también escuche lo que tengan que decirnos. Al segundo toque contesta. Tom se sienta en la silla que está al otro lado de la mesa para escuchar mejor.

—Esperaba su llamada, agente Carlsson.

—Gracias. Usted conoce mi nombre, el suyo es…

—Perdóneme, ayer no me presenté como es correcto, cuando recojo pruebas, no pienso en otra cosa. Soy el doctor Bukowski, Seth Bukowski.

—Bien, doctor, tengo que preguntarle. ¿Hemos avanzado con nuestros pies?

—A lo largo de la mañana podré decirle más cosas, por ahora solo tengo pocas novedades para usted. Hemos comenzado con las pruebas de ADN y puedo confirmarle que tenemos restos de diecisiete víctimas distintas.

—Comprendo, doctor Bukowski.

—No se complique, llámeme Seth, como todos.

—Bien, Seth, ¿tiene algo más?

—Sí, no podemos precisar cuándo fallecieron las víctimas, pues los restos han permanecido tiempo congelados, algunos puede que muchos años. Todos los pies dejaron el congelador donde estaban guardados a la vez.

—¿Puede decirme una fecha aproximada?

—Con las temperaturas de la zona, en muchos momentos del día bajo cero, no puedo darle más que una aproximación. Entre tres días y varios meses.

—Eso no me ayuda mucho.

—Lo siento, agente Carlsson.

—No lo haga, no es culpa suya. ¿Algo más?

—Ya le digo que a lo largo de la mañana podré darle más datos. ¿Tiene alguna indicación que darnos?

Piensa rápido, Jessie, el jefe de forenses te pregunta por dónde debe investigar, eso lo debías tener preparado. ¡Tengo una idea!

—Seth, imagino que hay una base de familiares de personas desaparecidas, o algo así.

—La hay, entiendo que quiere que coteje los restos que tenemos con esa base. Buena idea, agente Carlsson, le informo de cualquier novedad que encontremos.

—Gracias, espero su llamada.

Cuelgo la llamada, suspiro y miro a mi compañero, este sonríe.

—Bien, Jessie, bien. Has tomado las riendas, como debe ser, como espera todo el mundo del agente al mando. ¿Cuál será tu siguiente paso?

—Toca llamar al jefe. Deséame suerte.

—No la necesitas, lo harás bien.

Marco el número, vuelvo a conectar el altavoz y espero a que conteste.

—Al habla George Millan.

—Buenos días, jefe.

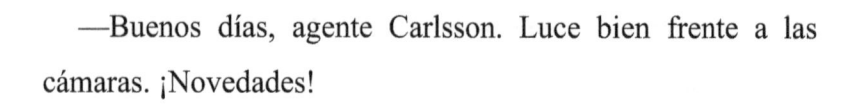

—Buenos días, agente Carlsson. Luce bien frente a las cámaras. ¡Novedades!

—Solo una, nos confirman diecisiete víctimas.

—Por ahora.

—¿Piensa que hay más?

—Siempre me sitúo en el peor de los escenarios posibles, eso me evita sorpresas desagradables. ¿Nada más?

—Me han dicho que podrán concretarme algo más a lo largo de la mañana. Les he pedido que comparen las muestras de ADN de los restos con la base de datos de personas desaparecidas, para ver si tenemos algún hilo del que tirar.

—Bien pensado, Jessie, eso es lo que esperaba de usted. Manténgame informado, estoy disponible a cualquier hora.

Sin esperar más respuesta, corta la comunicación. Tom me mira con su sonrisa socarrona.

—Ya está con nosotros la jefa del caso. Bien, Jessie, bien.

—¿Te burlas de mí?

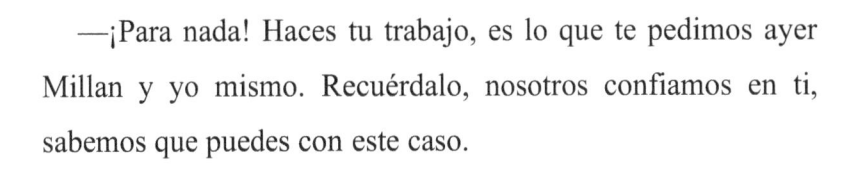

—¡Para nada! Haces tu trabajo, es lo que te pedimos ayer Millan y yo mismo. Recuérdalo, nosotros confiamos en ti, sabemos que puedes con este caso.

—Vale, si acepto lo que me dices, debes saber una cosa. Necesito tu ayuda y tus consejos, no voy a poder hacerlo sola.

—No estás sola, me gusta que ya tengas claro tu papel en esta situación.

—¿Qué vamos a hacer ahora?

—No te entiendo, ¿qué quieres decir?

—Mientras llegan más resultados del equipo forense algo tendremos que hacer.

—Por supuesto, a lo que se dedican en estos momentos muchos de nuestros compañeros del FBI.

—Me parece bien. Ni idea de lo que hablas. ¿Eso qué es?

—Vamos a tomarnos algo para calentar el cuerpo, Jessie, es la hora justa para tomarnos un buen café.

Nos ponemos en marcha, cierro la oficina, guardo las llaves y nos dirigimos al bar del pueblo.

17 Pies

CAPÍTULO 12

Jessie Carlsson

Agente del FBI, destinada a la Oficina del FBI en Pierre, Dakota del Sur

Viernes, 15 de abril de 2022. 08:18

Oldham, Dakota del Sur

En un pequeño pueblo los negocios se tienen que reinventar, o quizás sea mejor expresión, explotar al máximo. Tom me explicó qué pasaba con Grealish House, era un negocio camaleónico. Es el típico bar de la tarde, cuando llega cierta hora se convierte en el antro de copas nocturno. Lo consigue a base de apagar luces y convertir el negocio en una cueva oscura. Sin embargo, por la mañana es el típico e inocente café de pueblo donde desayunar tranquilo. El dueño, Luke Grealish, regenta el negocio por la noche, alguna tarde ayuda a su sobrino, también se llama Luke, aunque todos le dicen Lucas, para diferenciarlos. Por la mañana la tía Dolly es quien atiende el negocio, enciende todas las luces y eso, sumado a la luz del día que entra por las ventanas, hace que parezca un negocio muy distinto al de por las noches.

Cuando entramos, todos saludan a Tom, es lo normal, supongo, todos le conocen de siempre. Ya no veo tan normal que todos me saluden a mí. Sigo las indicaciones de mi compañero y me siento en una mesa, lejos de la entrada, junto a un ventanal desde el que se ve la calle principal de Oldham. Una mujer mayor, embutida en un uniforme rosa con delantal blanco, bienentrada en carnes, rolliza, con una gran cabellera rizada, rojiza y muy llamativa, nos sonríe, se acerca y da un gran abrazo a Tom. Este se lo devuelve con mucho cariño.

—Tom, querido, ¿lo de siempre?

—Por supuesto, Dolly.

—¿Doble? —dice mientras me señala con el pulgar.

—Probaremos, creo que será capaz.

Dolly me mira de arriba a abajo con gesto de incredulidad, yo no sé qué hacer en ese momento, miro a Tom, este ríe de buena gana, vuelvo a mirar a la camarera, en ese momento ríe a mandíbula batiente.

—Perdona, querida, es la broma que hacemos a todos los que llegan. Dame un abrazo tú también. Todos los amigos de Tom son mis amigos, sin más explicación. Una pregunta, ¿cómo te llamas?

—Soy Jessie.

—Yo Dolly, la tía Dolly para todo el pueblo. ¿Qué te apetece?

—Tomaré lo mismo que Tom.

—Perfecto, querida, sé bienvenida a nuestro pequeño pueblo, y muchas gracias.

—¿Gracias por qué?

—Sería fácil decir que por venir a ayudarnos, lo cierto es que te las doy por ver a Tom con tan buena cara. No es lo normal, suele estar siempre serio y de mal humor. Hoy no es así, eso me alegra el día.

—Jessie es una gran compañera. En este caso lleva ella el mando, imagina lo buena que es.

—Si te está dando órdenes, tiene mi admiración. Ahora os traigo todo.

Mientras se va hacia lo que supongo es la cocina, Tom se cree en el deber de explicarme algunas cosas.

—Tienes que perdonar a tía Dolly.

—¿Por qué la llamáis así?

—Tiene una trágica historia detrás, Jessie. Se casó muy joven, casi era una niña, yo recuerdo con dificultad a su marido, no lo trataba mucho, hasta olvidé su nombre. Imagina, llevarían dos o tres años casados. Dolly estaba sola en el mundo, su familia había fallecido por una extraña intoxicación o enfermedad al poco de la boda. Su esposo casi nunca iba a la iglesia. Un domingo, después de misa, se lo encontraron en la escalera del sótano, muerto, había tropezado al descender y en la caída se abrió la cabeza. Sus suegros no le ayudaron mucho, era una gente rara. El padre de Luke Grealish le ofreció abrir el negocio por las mañanas, dar cafés y desayunos para poder ganarse la vida. Y gracias a eso vive. A pesar de todo, no recuerdo verla enfadada jamás. Siempre tiene unas palabras cariñosas acompañadas de su sonrisa.

—La aprecias mucho.

—Fue la única persona de este pueblo que no le puso nunca mala cara a mi mujer, solo por eso la tengo que querer, Jessie.

—Estoy en tu terreno, Tom, yo no voy a preguntar a nadie que no seas tú la historia de tu mujer. Seguro que fue un duro golpe, no puedo ni imaginarlo con Dan tan pequeño. Si quieres me lo cuentas. Si no, no digas nada.

—Quizás en otra ocasión.

—Lo que tú digas.

Dolly no tarda en servir los cafés junto con el resto del desayuno, compuesto de tortillas rellenas de verdura y el hash de carne en conserva. Como soy una ignorante en temas culinarios pregunto qué es ese plato llamado «hash». La respuesta de Dolly da a entender que mucha gente se lo pregunta, parece ser que es un plato de carne picada procedente de un *roast beef*. Se prepara cocinando cebollas, patatas y diversas especias mezcladas junto con la carne, más algún truco o toque que aporta cada cocinero. A pesar de ponerme unos platos más pequeños que los de mi compañero, no puedo terminar semejante desayuno. En un momento dado, se acerca Dolly y nos rellena los cafés mientras susurra:

—Chicos, se avecina tormenta.

—¿De dónde procede? —pregunta Tom sin levantar la mirada de su plato.

—Del ayuntamiento, querido.

—Gracias, Dolly. No hay problema, yo me encargo. —Espera a que se vaya la camarera para comentarme, mientras sigue mirando su tortilla de verduras—. Sígueme el rollo, yo contestaré primero para aplacar su furia.

—¿Su furia?

—Estará enfadado, imagino porqué.

—¿Quién?

En ese momento, un hombre delgado, flaco hasta el extremo más exagerado, bajo, con dificultad sobrepasa el metro sesenta y con un traje que le viene grande en exceso, se encara con Tom. Mi compañero, con una sonrisa divertida, se pone de pie, lo que deja de manifiesto la diferencia de estatura y ridiculiza bastante la actitud del recién llegado.

—Tom, esta falta de consideración nunca me la hubiese podido esperar de ti.

—Buenos días, alcalde Adam James Carpenter. No sé de qué me habla. —Veo a mi compañero divertido, me ha hecho un guiño y ha dejado claro quién es nuestro visitante. Después de mantener un momento la posición de él mirando hacia el suelo, mientras el alcalde mira al cielo, le invita a sentarse con nosotros.

—Cuando se es la máxima autoridad de la zona, uno espera ser informado cuando se da el caso de que otra autoridad competente viene a trabajar en *mis dominios*. Lo normal en situaciones similares a esta, como mínimo, es acudir al ayuntamiento y presentarse.

—Adam, si después de estudiar juntos desde críos, tengo que ir a presentarme, mal vamos. Por otra parte, imagino que el bueno de Brad te ha tenido bien informado. No te hagas el sorprendido, todos sabemos cómo funcionan las cosas aquí, Adam. Para terminar, la autoridad competente a la que te refieres, no soy yo.

—¿Qué quieres decir?

—Te presento a la agente especial Jessie Carlsson, al mando de este caso.

Qué bien ha sonado en boca de otro. No puedo hacer otra cosa que sonreír, de paso saludo a este hombrecillo mal encarado. Ahora me presta atención, hasta el momento parecía no haber reparado en mi presencia. Creo que me da un buen repaso, me mira desde los pies a la cabeza con cara de asombro, yo mantengo el gesto divertido.

—Perdón, agente especial Carlsson, me presento ante usted. Soy el alcalde de este pueblo, tal como explicó su compañero.

—Deja de mirarme, gira su cuerpo y se encara con Tom—. ¿Puedes hacer el favor de explicarme esto? Con sinceridad, no lo entiendo.

—¿Qué es lo que no comprendes, Adam?

—¿Cómo no eres tú el que lleva este caso?

—Es muy sencillo, Adam. Nuestro tiempo ha terminado, me jubilo pronto y un caso como este suele ser largo de resolver. Nuestro jefe, con buen criterio, se lo ha asignado a mi compañera. Nosotros debemos ceder el paso a los jóvenes, toca apartarnos. Quizás deberías aplicarte el mismo cuento, alcalde.

—Me niego a jubilarme, estoy en el mejor momento de mi carrera política.

—No voy a discutir contigo, jamás, no me interesa ni me divierte. Tú sabrás lo que debes hacer.

—Por supuesto. En cuanto a lo que he comentado antes, agente Carlsson, imagino que tomará medidas con respecto a la información que recibirá la alcaldía sobre esta investigación.

—Cuente con eso, señor alcalde. —He decidido dejarle claro al bueno del alcalde quién manda aquí ahora. Creo que voy a hacer feliz a mi colega—. De forma inmediata daré un aviso tajante al sheriff y a su ayudante ocasional. Si transmiten alguna información sobre este caso, a quien sea, incurrirán en un delito al no mantener en secreto las diligencias de la investigación, poniendo en peligro la captura de un peligroso asesino en serie. ¿Le parece bien, señor alcalde?

—Me ha quedado muy claro, agente especial Carlsson.

Se levanta más enfadado que cuando llegó. Cuando sale del local, Tom ríe de buena gana y me agradece la respuesta.

—Eres muy inteligente, has calado a la primera al personaje, yo no me hubiera atrevido a cortarle así.

—Para eso estoy yo. Tenemos que hacer las cosas bien, Tom. Debemos darle a Brad y Frank unas sencillas instrucciones, si les llama el alcalde y pide información, deben darle mi número, si es capaz, que me llame a mí.

Terminamos nuestro desayuno con la sensación de haber sentado un buen precedente, al alcalde le ha quedado bien claro quién es ahora la autoridad competente en Oldham. Yo misma.

CAPÍTULO 13

Jessie Carlsson

Agente del FBI, destinada a la Oficina del FBI en Pierre, Dakota del Sur

Viernes, 15 de abril de 2022. 09:44

Oldham, Dakota del Sur

El coche del sheriff pasa a nuestro lado mientras caminamos desde el bar hasta la oficina. Tom le hace un gesto, Brad lo entiende a la primera, aparca su coche junto a nuestro Escalade.

Mientras abro la puerta, mi compañero ha comenzado a contarle nuestro encuentro con el alcalde, al principio se mostraba nervioso, cuando ha terminado de explicarlo, me ha agradecido mucho quitarle de encima al pesado del alcalde. Brad se lo trasladará a su sobrino, seguro que lo intenta también con él.

Suena mi móvil, el sheriff comenta que prefiere dejarnos solos y se va de la oficina. Veo en la pantalla que llaman del laboratorio forense, pulso el icono verde y pongo el altavoz, Tom también debe escuchar lo que nos dicen.

—Buenos días, agente Carlsson, soy Seth Bukowski.

—Buenos días, doctor, ¿tiene alguna novedad?

—No tengo muchas, si le soy sincero, estos restos no tienen muchas cosas que decir, aunque alguna sí.

—Perfecto, tiene toda mi atención.

—Hemos identificado el sexo de las víctimas, dieciséis hombres, solo una mujer.

—Esa distribución de sexos dentro de un número considerable de víctimas no es muy frecuente, imagino.

—Para nada. Lo normal son dos casos. O encontramos víctimas de un solo sexo, por una fijación del asesino, es su elección, solo quiere hombres o mujeres. La otra opción es que el criminal termine con una relación más equilibrada entre géneros, no solemos tropezar con un dieciséis a uno.

—Eso debe significar algo. Es poca cosa para comenzar. ¿Tiene algo más, doctor?

—Sí y no. Si me permite un poco de humor, bromas de forenses. Sí tengo otra novedad. No, no hay ninguna coincidencia con la base de desaparecidos del estado de Dakota. Estamos ahora comprobando estados cercanos.

—Interesante, doctor Bukowski.

—Si usted lo dice, yo no comprendo la importancia de no encontrar ninguna coincidencia.

—El asesino ha conseguido reunir víctimas que nadie parece echar de menos. Son personas olvidadas, nadie las espera ni busca.

—Ahora comprendo su punto de vista. Nunca lo hubiese analizado así. Si me lo permite, tengo otra cosa para ustedes.

—Cuénteme.

—Los pies han sido cortados por una gran cuchilla, siempre *post mortem*. Una guillotina o una hoja de gran tamaño y peso, para poder realizar un corte tan limpio y preciso, solo muestra una trayectoria.

—Bien, por algún lado debemos empezar. Espero más noticias suyas.

—Seguimos trabajando. Lo que necesite, llámeme.

—Cuente usted con eso.

Finalizo la llamada, Tom me mira serio. Creo que los dos intentamos asimilar y comprender lo que nos ha contado Seth. Mi mente necesita encontrar cosas y puntos que pueda aprovechar, ahora mismo no veo muchos hilos de los que tirar para solucionar este caso. Hay una vieja pizarra de escuela en una pared, está limpia, en una pequeña caja hay varias tizas, algunas de colores. Tomo una de buen tamaño, blanca. Sin pensar mucho me pongo a escribir en la pizarra. Lo primero, pegado al lado izquierdo de la pizarra, un gran diecisiete, el número de víctimas. Debajo, «dieciséis hombres, una mujer». En una línea inferior, «no hay coincidencia con la lista de desaparecidos». Trazo una línea en vertical, arriba escribo en buen tamaño una sola palabra: «Arma». Un poco más abajo: «Hoja cortante de gran tamaño y peso», en la siguiente línea «de un solo corte». Cuando termino, dejo la tiza donde la encontré, me alejo para visualizar mejor lo que he escrito, miro a Tom, este me hace un gesto, parece pedirme permiso.

—Por favor, Tom, no tienes que pedirme permiso para nada, somos un equipo. ¿Qué te parece?

—Como resumen, me parece correcto, aunque yo le encuentro un error.

—Ilumíname, por favor, necesito nuevos enfoques, además de una seria corrección de errores.

—Con tu permiso.

Mi compañero se acerca a la pizarra, toma una tiza blanca, borra la palabra «Arma», con una caligrafía horrorosa escribe «Herramienta usada para cortar los pies». Me mira, parece pedirme aprobación.

—¡Por supuesto! Gracias, Tom. No sabemos cómo han muerto las víctimas. Supongo que podemos descartar envenenadas, el laboratorio habría encontrado restos, quizás. Salvo ese método, pudo asesinar de cualquier forma, desconocemos el procedimiento utilizado, está claro. La guillotina, o lo que sea, se usó con las víctimas una vez habían fallecido, no sabemos la causa de su muerte, mucho menos el arma. Gracias, Tom, buen apunte.

—Gracias a ti, Jessie. Me has rejuvenecido veinte años, antes se usaban mucho las pizarras como esta, hoy todo son ordenadores y móviles. Esto es mucho más visual y podemos trabajar mejor en equipo.

—Tienes razón. Una pregunta, Tom, ¿crees que debo llamar al jefe?

—Debes. Este caso no te va a dar muchas oportunidades de hacerlo, mejor que se entere de las novedades por ti antes que por otro.

—Tienes razón.

Busco su número entre las llamadas recientes, pulso «llamada en altavoz», y mientras miro a la pizarra le cuento a nuestro jefe las pocas novedades que tenemos hasta este momento. Me da las gracias por la información y termino la llamada. Miro las palabras escritas a tiza, algo tiene que haber entre ellas que nos tiene que ayudar a encontrar a ese culpable. Los dos estudiamos aquellos trazos, cuando entran Brad y Frank, me pongo seria con ellos. Ha llegado el momento de tomar las riendas de esta investigación y ponerme en el papel de agente al mando. Nunca imaginé esta situación, yo me dirijo a mis compañeros para decirles cómo llevamos el trabajo. ¡Tú puedes!

17 Pies

—Bien, chicos, ya empezamos a tener alguna información sobre el caso. Es poca cosa, lo reconozco, sin embargo, es lo que tenemos. Nadie, lo repito para que os quede bien claro, nadie más debe saber lo mismo que nosotros. No podemos permitir que el criminal sepa por dónde vamos, de ninguna manera debe conocer lo que sabemos.

—¿Quiere decir que está cerca de nosotros? —Frank pregunta con más miedo que curiosidad.

—No dije eso. Es muy simple, no puedo descartarlo, como tampoco descarto que la prensa terminase por saber algo y publicarlo. Si la información que conocemos no sale de este círculo, nadie se entera.

—¿Qué le voy a decir a Mildred?

—Brad, dile que me pregunte a mí, tú no sabes nada. Yo le contestaré. —Tom ha tomado la palabra, veo que me apoya y es una ayuda muy importante. Le sonrío cuando me mira.

—Pues ahora en la comida se lo dices, si eres tan amable.

—¿Cómo dices?

—Se ha empeñado en hacernos de comer, supone que así se enterará de más cosas para comentar con sus amigas.

—Comprendo. —Ahora soy yo quien entra en la conversación. Intento dar imagen de seria, espero no parecer enfadada—. Llámala y dile que no vamos a comer en tu casa.

—¿Quiere crearme un conflicto? ¡De ninguna manera! Todos a comer a casa.

Bien, Brad también parece reclamar alguna parcela de poder. Miro a Tom y me hace un gesto para permitirle ese capricho. Se lo concedo, con una única condición: dejaré bien claro a su mujer que no hay más información que la que yo facilite, y esta será en las ruedas de prensa que se irán dando día a día.

Llega la hora de comer. Mildred, después de conversar con su marido, me mira con cierto enfado. Al terminar la comida me ofrezco a ayudarla. Solas en la cocina, le hablo con la mayor seriedad.

—Mildred, en este mundo de hombres es muy difícil abrirse hueco, imagino que lo sabes, mucho más aún en un trabajo como el mío, donde no ayuda mucho ser una mujer joven, como yo.

—Lo comprendo, Jessie.

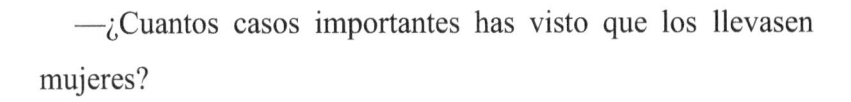

—¿Cuantos casos importantes has visto que los llevasen mujeres?

—La verdad es que muy pocos, quizás ninguno.

—Imagina mi situación, todos mis compañeros esperan que cometa un solo fallo para saltarme al cuello y quitarme el puesto. No puedo permitirlo, ¿verdad?

—Claro que no.

—No puedo cometer ningún error. Un fallo que me hundiría sería cualquier filtración, si la prensa se entera de algo, si se comenta algún informe interno, cualquier detalle de este tipo me quita del caso y pone a un compañero en mi lugar. ¿Crees que debemos permitirlo?

—¡De ninguna manera!

—Entonces comprendes por qué no podemos comentar nada con nadie, ¿verdad?

—¡Por supuesto!

—Por eso te pido que no pongas en un compromiso al bueno de Brad, él solo sigue mis órdenes, ayúdame a ganar este caso.

—Cuenta conmigo. Entre mujeres tenemos que apoyarnos para conseguir todo lo que nos propongamos.

Al volver con el grupo Brad y Tom me miran con ansiedad, les hago un guiño para dejarles claro que la tempestad desapareció, todo está en calma ahora. En un aparte me pregunta mi compañero.

—¿Cómo has conseguido que Mildred deje de acosar a su marido?

—Ha sido fácil, la he añadido a mi equipo.

—¿Cómo?

—Cosas de mujeres, Tom, ahora te lo explico.

Dejamos al matrimonio en su casa y vamos a la oficina. Durante el trayecto le explico mi conversación con Mildred, me parece que a mi compañero le ha resultado divertida mi forma de convencerla. Bien por mí, Jessie, buen trabajo. Esta minicrisis ha sido fácil de resolver, no las tengo todas conmigo con el enigma que tenemos delante. Toca remangarse y trabajar.

CAPÍTULO 14

Jessie Carlsson

Agente del FBI, destinada a la Oficina del FBI en Pierre, Dakota del Sur

Viernes, 14 de abril de 2022. 15:58

Oldham, Dakota del Sur

En la oficina, Tom se sienta mirando a la pizarra, pareceestudiar cualquier opción. Reconozco que hay tan pocos datos,son pocas las conclusiones que podemos sacar de ahí, sinembargo, es lo único que tenemos en este momento.

Necesito pensar en otra cosa, desconectar un par de minutos. Sé lo que debo hacer para conseguirlo en este momento. Aviso a mi compañero. Voy a llamar a mi madre, me sonríe y me hace un gesto con su mano y el pulgar arriba. Me anima, sabe que lo necesito. Suspiro largo y marco su número mientras salgo de la oficina para hablar tranquila. De paso, no molesto.

—Hola, mamá. ¿Cómo estás?

—Hola, cariño. ¡Desesperada!, ¿cómo quieres que esté?

—Te prometí llamarte antes de la rueda de prensa, como ves, cumplo mi palabra.

—Sí, eso sí, aunque has tardado mucho.

—Mamá, trabajo siempre rodeada de compañeros, supongo que lo entiendes. No puedo llamar a mi madre en medio de una investigación de varios asesinatos.

—Claro que lo entiendo, aunque un momento para llamar a tu madre y ponerla al día siempre se puede encontrar.

—Suponía que es lo que hago en este momento.

—Sí, cariño. Tranquila, son caprichos tontos de madre consentida. Sigue así, lo haces muy bien. Ahora cuéntame las novedades.

—¿Las novedades?

—¡Claro! Antes de hablar con la prensa, me dices todos los descubrimientos que habéis conseguido, para que pueda presumir.

—No hay nada que contar, mamá. Por desgracia solo tenemos los dichosos pies. Piensa que estos no dicen mucho, no me dan ninguna pista.

—Jessie, si no descubres nada te van a quitar el puesto, tienes que entenderlo. Debes empezar a demostrar toda tu valía.

—No, mamá, esto no funciona así. Este caso es muy

complicado y el asesino no ha dejado pistas, trabajamos sin parar, aunque no encontramos nada. No es un crimen donde puedes analizar muchas cosas. No tenemos víctimas, ni escenario, no tenemos nada. El criminal nos ha dejado unos restos, para divertirse mientras nos mira dar vueltas alrededor de los pies.

—Normal, si yo me cargo a esas tres vecinas insufribles que tengo, no voy a dejar las pruebas en mi jardín, me señalan de forma directa, las pongo en el jardín de otra vecina, o me las llevo tres estados más allá.

—Te comprendo, mamá. Sé lo que dices. Perdona, tengo que dejarte, me llaman para una reunión.

—¿Entonces no tienes nada nuevo para la prensa hoy?

—No, nada.

—Pues una de dos, o se van todos los periodistas, o te vas tú. Espero que sea lo primero. Suerte, cielo.

—Gracias, mamá.

—No te olvides de llamarme mañana.

—Eso nunca.

Cuando entro en la oficina del sheriff, le cuento a Tom parte de mi conversación, se lo cuento todo. Al principio se ha divertido con la idea de mi madre de acabar con las tres vecinas molestas y llevarlas al jardín de otra persona para despistar. De pronto cambia de actitud y se pone serio. Me pide permiso para escribir en la pizarra, se lo repito: para trabajar en este caso, no necesita ningún permiso. Toma una tiza blanca y se va al encerado. Traza una línea vertical dejando el tercio derecho de la pizarra bien delimitado.

Comienza e escribir. Arriba, «Localización de restos». Yo no sé dónde quiere ir a parar. Debajo «¿Por?» para poner varios puntos, como opciones. Junto al primero escribe: «Despistar». Al lado del segundo pone «Por cercanía». Marca un tercer punto para escribir «para incriminar a alguien». Tom se siente satisfecho, se aleja para ver el conjunto de la pizarra, mientras tanto, yo estudio lo que ha escrito.

—¿Qué opinas, Jessie?

—Pues me enfada bastante.

—Perdona, no te entiendo.

—Es sencillo, eso también lo debía pensar yo. Sin embargo, se te ocurrió a ti.

—De eso nada, fue a tu madre. Ella me hizo caer en el detalle.

—Quizás tengas razón, analicemos el conjunto por si se nos ocurre algo.

17 Pies

—De momento, mientras no aparezca ninguna otra prueba, podemos descartar el punto de incriminar a un tercero, no tenemos ninguna pista que señale a nadie.

—Tienes razón, Tom, en un futuro puede tener sentido, ahora no. Supongo que debemos pensar si el asesino está cerca o, por el contrario, nos manda un mensaje mientras se ríe de nosotros desde otro sitio, el lugar de los crímenes, bien lejos de aquí.

Los dos mantenemos silencio mientras nuestra mirada se pierde entre las letras escritas con tiza. Mi cabeza empieza a funcionar y las ideas parecen cruzar de un lado a otro de mi mente. Para no perder detalle, decido comenzar a hablar en voz alta.

—Tom, cuando pienso, mil ideas bullen en mi cabeza, voy a decirlas en voz alta, por si alguna te parece válida.

—Bien, ya puedes empezar.

—Ahora que me he centrado en lo único que tenemos, los pies...

—Gracias a tu madre, no lo olvides.

—Créeme, no se me olvida, no. Vamos a concentrarnos en estos restos. Si lo pensamos bien, alguien que ha matado a diecisiete personas es muy capaz de desprenderse de estos restos de forma que nunca sepamos de su existencia. No podemos olvidar que ha hecho desaparecer los cuerpos a los que pertenecen esos pies. ¿Ha sido capaz de eliminar cualquier rastro de un montón de personas y nos deja un pie de cada uno como suvenir? ¡No lo entiendo! Recuerda que esos pies no parecen pertenecer a nadie, no hay ninguna persona esperando encontrarlos. Nadie echa en falta a esas víctimas.

—Por el momento sigo tu pensamiento, no tengo ni idea de a dónde se dirige, aunque lo sigo.

—Me vale, de momento. Hagamos una tormenta de ideas locas, pongámonos en la piel del asesino cuando decide deshacerse de los pies. Podría haberlos hecho desaparecer de uno en uno, repartiéndolos en cubos de basura, o de mil formas distintas, seguro que conoces más que yo.

—Cierto. Sigue, Jessie.

—En lugar de eso, ha ido a un lago cercano a este pueblo, que está en uno de los lugares menos visitados del país, los ha enterrado por separado, a poca profundidad, tan poca que un pequeño perro los ha localizado fácil. ¿Con qué idea lo hizo? Quizás con la esperanza de que este verano algún pescador los encuentre.

—Es una opción, Jessie.

—Pienso otra cosa, si no quisiera que nadie encontrara esos restos, no los hubiéramos visto jamás, estoy segura. Se han encontrado esos pies por una sola razón: el asesino ha querido que los encontremos. Nadie parece buscar a las víctimas, recuerda.

—No lo olvido, no.

—Algo me dice que el asesino está jugando con nosotros. No encontramos los cuerpos, por tanto, ha sido capaz de hacer desaparecer diecisiete cuerpos completos, aun así, encontramos un pie de cada una de sus víctimas. ¿Lo ves normal?

—Dicho así, no, de ninguna manera.

—Nos ha enviado a este perdido rincón de Dakota del Sur, tiene que ser por algún motivo. Bien para alejarnos de él, o quizás para tenernos cerca.

—Eso no me ha sonado bien, mejor que tu madre no conozca esa idea.

—Tienes razón. Esa idea le perturbaría mucho.

Continúo mirando la pizarra, mientras las ideas que recorren todos los rincones de mi mente parecen disminuir de velocidad y pararse en cualquier rincón. Tom analiza mis palabras a la vez que busca la manera de encajar las piezas en los datos que conocemos, en esa pizarra que parece mirarnos, mientras buscamos las soluciones escondidas entre los trazos de tiza.

CAPÍTULO 15

Jessie Carlsson

Agente del FBI, destinada a la Oficina del FBI en Pierre, Dakota del Sur

Viernes, 15 de abril de 2022. 17:20

Oldham, Dakota del Sur

Llevamos un buen rato con la mirada fija en la pizarra. Las ideas que he soltado antes no paran de moverse delante de mi vista, intento encajar los conceptos entre las palabras que hemos escrito con tiza, no encuentro la manera de montar este puzle, parece que he tomado piezas de distintos rompecabezas, por eso no puedo unirlos en ningún punto. Tom, por fin, se decide a terminar con el momento de silencio.

—Jessie, aunque no pueda ser tan brillante como tú, déjame que analice también estos temas, más o menos de la misma forma, aunque me quiero referir a otro de los puntos de la pizarra.

—Por favor, dime. Necesito ideas nuevas, algo tiene que destacar o desentonar del resto, tenemos que encontrar ese detalle distinto que nos guíe hacia la solución.

—Déjame intentarlo.

Tom se acerca a la pizarra, señala con su dedo la frase «herramienta usada para cortar los pies», me mira antes de comenzar a hablar.

—Sabemos que es muy difícil que el asesino se traslade de un sitio para otro con una guillotina o algo similar.

—Cierto. Eso es casi imposible, no encajaría, debemos borrarlo como hipótesis.

—Bien, por mucho que lo pienso, solo se me ocurre un gran machete o una gran hacha. Seguro que hay más armas capaces de dar un golpe de esas características, aunque esas son las que me han venido a la mente, son las más corrientes, me resisto a decir habituales. Con un arma de este tipo, de las que he propuesto, si tienen un peso adecuado, no es necesario ser una persona muy fuerte para cortar un pie…

—Hay que cortar de un solo golpe la tibia y el peroné, recuerda.

—Sí, lo tengo en cuenta. Con un arma de este tipo, si tiene

un buen peso, al aplicar la velocidad necesaria al arma, el filo hará el resto del trabajo. Quiero decir que no hace falta ser un superhéroe para realizar un corte de este tipo, si se cuenta con la herramienta adecuada.

—Comprendido. Entonces debes añadir ese punto a la pizarra.

—Tienes razón, Jessie.

Toma la tiza y en el lugar correspondiente añade «muy afilada», sigue con sus pensamientos en voz alta.

—Si tenemos en cuenta lo dicho hasta ahora, cualquier persona puede llevar un arma que cumpla estas condiciones en su coche.

—Eso no nos ayuda mucho, Tom.

—Hasta el momento, pocas cosas encontramos que nos ayuden en este caso.

—Cierto. Déjame la tiza, yo también he pensado en un punto que debemos añadir a la pizarra.

—Veamos.

Me dirijo a la columna de la derecha, la que se refiere al lugar del hallazgo. Debajo de la pregunta «¿Por?» Hay tres puntos: despistar, por cercanía, para incriminar a alguien. Yo añado otro, «para atraernos». Me giro mirando a mi compañero mientras me sacudo las manos de tiza.

—Explica ese añadido, Jessie.

—Imagina ese asesino que necesita publicidad, llamar la atención de todo el mundo y de la prensa en particular. Busca su minuto de fama, de gloria, sabes muy bien de lo que hablo.

—Sí.

—Ese punto me dice algo, me ayuda con una conclusión, Tom. Si ese asesino nos ha querido atraer, me hace suponer que está entre nosotros ahora. Es uno de tus queridos vecinos. Si me pongo a pensar mal, esa es mi conclusión.

—¿Por?

—Por una sencilla razón, en este momento yo soy nueva en el pueblo, destaco sobre todos vosotros, soy la intrusa, estoy fuera de mi lugar, el asesino se camuflaría entre los vecinos de siempre, porque es uno de ellos.

—No olvides la prensa, ellos también son forasteros.

—No los olvido, recuerda, no están aquí y se irán al segundo día sin nada que contar.

—Tienes razón. Ahora recuerda todo lo que has aprendido y dime qué les vas a contar en la rueda de prensa de esta tarde, deben estar al llegar.

—Nada que no sepan.

—Perfecto, prepárate, no tardarán mucho. Recuerda que el criminal se alimenta de las noticias que damos, no le des de comer.

—Lo recordaré. Intentaré mantenerlo con hambre.

Esperamos en la oficina a Brad y Frank, van llegando poco a poco los vehículos de la prensa, estos aparcan en las cercanías. Un buen rato después me vuelvo a situar frente a las cámaras, micrófonos y móviles, para contarles el discurso que me había preparado. Tom se sitúa detrás de mí, a un par de metros.

—Buenas tardes. Solo queremos comentar la dificultad de avanzar en este caso, no disponemos de nuevas pistas que nos puedan guiar hasta el autor o autores de los lamentables crímenes que investigamos. Nos encontramos en una difícil situación, los restos han sido colocados en una zona perdida, lejos de los verdaderos escenarios del crimen. Por tanto, sin pistas para nosotros.

—Agente Carlsson, ¿no se ha podido identificar ninguno de las víctimas?

—Las comparativas de ADN no han dado ningún resultado positivo, por el momento.

—¿Quiere decir que ninguna de las víctimas figura en la base de desaparecidos?

—Lamento tener que repetir mi respuesta anterior, no tenemos nada nuevo en estos momentos.

—Agente Carlsson, ¿qué acciones van a tomar en vista de esta situación?

—De momento vamos a esperar a que nuestro laboratorio forense logre alguna identificación positiva. Gracias.

Mis respuestas no han dejado nada satisfechos a los periodistas, el gran reportaje no parece estar en Oldham. Nada más cerrar la puerta de la oficina se ilumina mi móvil, el jefe me llama, lo pongo en manos libres sobre la mesa, Tom se acerca para escuchar la conversación, Brad y Frank salen de la oficina para dejarnos con discreción.

—Buenas tardes, jefe.

—Jessie, ¿me puedes explicar tu rueda de prensa? ¡Parece que no hacemos nada! Podías haber contado algo de lo que ya sabemos.

—Puedo explicarlo.

—Me gustaría, quiero saber qué decirle a nuestro gobernador, no tardará en llamar.

—Si nuestro asesino en serie espera mucha publicidad, no se la voy a proporcionar, prefiero que siga pensando que tiene delante a una agente novata, sin experiencia, alguien que no ha sido capaz de encontrar nada.

—¿Está por ahí Tom?

—Aquí estoy, George.

—Dime que estás de acuerdo y que es parte de un plan vuestro.

—Te lo aseguro, Jessie lleva el caso mejor que lo haría yo.

—Confío en ti, también en tu compañera, reconoce que este no es el procedimiento normal.

—Tampoco lo es no tener víctimas, tampoco escenarios. Hasta ahora tenemos diecisiete pies sin sus correspondientes cuerpos e identidades.

—Vale, comprendo, os concedo algo más de tiempo. ¡Jessie!

—¡Dígame!

—Ten cuidado, puedes quedarte para siempre con la imagen que das en prensa, la de agente novata e incapaz, es peligroso.

—Espero borrarla pronto.

—Yo también lo espero, con sinceridad te lo digo.

No esperó mi respuesta. Sus palabras me hicieron pensar. ¿Me equivoco? Tom parece comprender mis dudas. Me da un cariñoso abrazo, me repongo rápido, no quiero que puedapensar que soy una agente débil. Al volver a mirar la pizarra, después de hablar con el jefe Millan, empiezo a pensar en posibles soluciones. ¿Pudiera ser?

No. Es una idea loca.

Posible, sí, loca, también.

CAPÍTULO 16

Jessie Carlsson

Agente del FBI, destinada a la Oficina del FBI en Pierre, Dakota del Sur

Viernes, 15 de abril de 2022. 18:45

Oldham, Dakota del Sur

Mi mente, quizás espoleada por las dudas de mi superior, valora distintas opciones y posibilidades. Tom me mira con curiosidad, imagino que confía en mí y sabe que estoy con mis conclusiones. Sin darles ninguna explicación, tomo mi teléfono, busco en la agenda y realizo una llamada.

—Buenas tardes, agente Carlsson.

—Buenas tardes, doctor Bukowski.

—¿Qué necesita?

—Así me gusta, directo al tema. Quiero realizarle esta vez solo una consulta.

—Dígame en qué podemos ayudarle.

—Es una suposición que me planteo, si le ofrezco una reducida cantidad de muestras de ADN, ¿cuánto tiempo necesitará para compararlo con nuestros pies?

—¿Cómo de reducida, agente Carlsson?

—Digamos que entre cien y ciento cincuenta comparaciones.

—Esa comparativa se puede realizar en un plazo de tiempo bastante breve. Puedo darle resultados muy rápido.

—Perfecto, voy a organizarla.

—¿Cuándo puede tener las muestras?

—Espero que en un par de horas tenga la mayoría.

—¿Puedo preguntarle el lugar donde las realizará?

—Por supuesto, Seth, en Oldham. Quiero tener el ADN de todos los habitantes de la zona, si es posible.

—En ese caso uno de mis forenses irá a recoger las muestras a su oficina, estará allí para cuando las tengan. Saldrá en un momento.

—Muchas gracias, doctor.

Una vez cuelgo al jefe del laboratorio forense, toca explicar mi repentina ocurrencia.

—Bien, compañeros. Tenemos un asesino en potencia, no sabemos si es de la zona o bien ha traído hasta aquí esos restos.

Hablo de un criminal que ha hecho desaparecer no menos de diecisiete cuerpos y, sin embargo, ha dejado que encontremos los pies.

—¿Ha dejado? —preguntó Frank.

—Si no quisiera que los encontrásemos, esos pies estarían unidos a sus correspondientes pantorrillas, o los habría hecho desaparecer, de la misma forma que al resto del cuerpo, incluso en el mismo lugar. No encuentro ninguna explicación con algo de lógica para cortar un miembro a cada víctima y dejar que aparezcan todos juntos un tiempo después. Estoy convencida, cada vez más, esos pies tenían que ser encontrados, ignoro la finalidad que busca el asesino, qué interés puede tener para que los tengamos en nuestro poder. De la misma forma, a nuestro delincuente no le interesa que conozcamos los escenarios ni tengamos acceso al resto de los cuerpos. De momento, jugamos a lo que quiere el criminal. Sigo: Si es de fuera, no tiene más motivo que despistarnos, no le veo lógica a esa respuesta, no me imagino a ningún psicópata que viaja hasta aquí para dejarnos estos «regalitos», llámame loca, sin embargo, algo enmi interior me dice que esa no es la razón. Nos quiere aquí, quiere vernos buscarle, dar vueltas sin sentido, ni con un destino definido. Piénsalo bien, Tom, la única persona ajena a este rincón del mundo en estos momentos soy yo. Seguro que, si hacemos un muestreo total entre los vecinos, ocurrirán una de estas dos cosas. Puede que tomemos el ADN del asesino, o bien, como mínimo se enterará de que estamos buscándole entre los vecinos, no estamos a la expectativa, reaccionamos y trabajamos, movemos ficha para localizarlo. En cualquiera de esos dos casos, espero que reaccione y de una forma u otra, dé señales de vida.

—Quieres agitar el árbol para que caigan los frutos.

—Exacto, esa es mi intención, que se vea que hacemos algo, a ver si de alguna manera se pone nervioso el criminal. Para conseguir nuestro objetivo vamos a utilizar la siguiente excusa: se han hallado restos de ADN que no coinciden con las víctimas, podría ser del asesino, queremos descartar a todos los vecinos.

—No tenemos orden de ningún juez, no podemos obligar a nadie.

—Vuelves a tener razón, Tom. Imagina esta situación, después de recorrer todo el pueblo, diez personas se han negado a darnos una muestra suya. Si lo piensas bien, es lo mejor que nos puede pasar. De forma automática, esos vecinos entran en nuestra lista de sospechosos. ¡Vamos! Esas muestras no se toman solas.

Nos organizamos para reunir todas las pruebas en el menor tiempo posible, yo iré con Frank y Tom con Brad. Mientras recogían los tests necesarios, pienso que quizás es una locura o una metedura de pata, lo mejor será tener autorización de mi superior. Llamo a George Millan para comentarle mi plan, le parece buena iniciativa, según sus propias palabras, «así parecerá que hacemos algo». Con el beneplácito del mandamás de mi departamento, comenzamos por lo fácil, el lugar donde podríamos reunir el mayor número de muestras posible, con los clientes y empleados del bar de Luke, para después continuar casa por casa. Todos los vecinos se muestran receptivos, la excusa convence a todos. Ser un pueblo pequeño, donde todos se conocen, facilita mucho las cosas. Se tarda más en registrar las pruebas, anotar de quién es cada una, que en tomar la muestra misma. Dos horas después ya tenemos más de cien muestras de ADN, hemos localizado a casi todos los habitantes de la zona, los que no estaban presentes cuando les visitamos, prometieron acudir a la oficina del sheriff para dejar su correspondiente muestra. Lo hicieron. Cuando nos reunimos en la oficina del sheriff, en la puerta nos espera un forense que se hace cargo de todas las muestras para llevarlas cuanto antes al laboratorio, con la promesa de proporcionarnos los resultados en el menor tiempo posible. Brad y Frank se van a sus casas, ha sido un día largo y complejo para ellos.

—Espero conseguir algo con esto, Jessie.

—Yo también lo espero, confío en todo lo que os he dicho. Deseo con todas mis fuerzas que esto nos ayude a solucionar nuestro enigma.

—Tu razonamiento tiene una cierta lógica, lo reconozco. Vamos a cenar, cuando le tomé la muestra a Dan le prometí llevar unas pizzas.

—Buena idea, ya me dirás cómo.

—Ahora las recogemos del bar de Luke.

Pasamos a recoger nuestra cena. A lo mejor son imaginaciones mías, quizás esté equivocada, me parece que los vecinos están algo más contentos, puede ser por ver que se hace algo para encontrar al asesino, también puede ser efecto de la acumulación del alcohol, quiero pensar lo primero, aunque no tengo ninguna base o prueba científica que me lleve a esa conclusión.

CAPÍTULO 17

Jessie Carlsson

Agente del FBI, destinada a la Oficina del FBI en Pierre, Dakota del Sur

Viernes, 15 de abril de 2022. 22:24

Oldham, Dakota del Sur

Con tres cajas de pizza en los asientos traseros del Escalade, cruzamos el pueblo. Es muy tarde, sin embargo, Tom está bastante animado.

—¿Me quieres decir que le has dicho a George tu plan y le ha parecido bien?

—Sí, Tom, así ha sido. No me ha puesto ninguna pega. Es más, te diría que me animó a realizarlo.

—Que me aspen, antes nuestro jefe no era así, parece cambiar con el paso de los años. Espero que tu loca idea sirva para algo.

—No quiero estar aquí tres meses a la espera de un gesto, de un movimiento del asesino. Aunque, si lo pienso bien, si esto no funciona, será lo que va a pasar.

—Mientras no encontremos un nuevo caso entre nuestras manos, puede ser así. Te diré lo que sucederá, si no hay novedad relevante, tú sigues con esta investigación asignada, a tu cargo, aunque trabajarás en otras mientras no aparezca alguna novedad o se encuentre otra pista. A mí me ha pasado varias veces, tener unos cuantos casos a mi cargo al mismo tiempo. Mientras no encontramos una pista nueva, se intenta avanzar en otra investigación, ya me entiendes.

—Si hago caso de lo que me dices, en un par de semanas estoy de vuelta en Pierre, mientras no aparece nada nuevo.

—Como mucho te doy tres semanas entre nosotros.

—Pues en este momento me encuentro con las manos atadas, no se me ocurre nada más que podamos hacer.

—Solo te queda esperar a los resultados del laboratorio, que encuentren alguna pista o a la aparición de una nueva prueba.

—Tienes toda la razón.

Llegamos a la casa de Tom, yo pido unos minutos para asearme. No quiero que se enfríen mucho más las pizzas, me doy prisa, quizás demasiada. Al acercarme a la casa de Tom no puedo evitar ver una figura que pasa de forma fugaz frente a la ventana. Al principio me cuesta reconocerlo, siempre lo he visto con un pantalón de chándal y con algún grueso jersey de lana o una amplia sudadera. Ahora ha pasado delante de mí, sin saber que era observado, con una pequeña toalla pillada a la cintura, muy pequeña, ha sido solo un instante, mi mente ha trabajado de prisa, me deja grabar en mi memoria su cuerpo, sus abdominales bien marcados, sus fuertes brazos y piernas, sus... Jessie, céntrate, que te pierdes. Es un hombre, ya está. Quizás perdiste la costumbre de ver cuerpos bien torneados, algo fácil en Florida, nada habitual entre la nieve y estas temperaturas. Tiene un buen cuerpo, sí, nada más que un buen cuerpo, y nada menos. Relájate, Jessie, lo has visto de manera furtiva, no ha querido lucirse delante de ti, esa no era su intención, de hecho, no sabe que lo he visto. Me ha sorprendido, normal, no lo había visto de esta forma porque estoy concentrada en mi trabajo, y así debe ser, tengo que centrarme en lo mío, es lo que me interesa, mi futuro. Además, él sigue enfadado conmigo, ya no lo dice de forma abierta, aunque me lo demuestra con sus acciones.

Hace frío en la calle, donde me he quedado parada tras la visión. Reacciono por fin, entro y saludo en voz alta, no quiero cruzarme con nadie más en paños menores, ya está bien de sorpresas por esta noche. De la cocina surge sonriente mi compañero. Ayudo a Tom a montar la mesa y poco después se une a nosotros Dan con su habitual indumentaria, pantalón ancho de chándal y otro grueso jersey de lana. Me como unas porciones de la pizza, una cerveza y doy por terminada mi cena. Me despido de padre e hijo, que protestan sin insistir mucho, me excuso al decir que estoy cansada, el día ha sido largo, muy largo para esta joven agente especial al mando. Me dejan ir, ellos siguen dando cuenta de la cena. Mientras me alejo observo que hablan más como amigos que como padre e hijo.

Ya en mi casa tomo el móvil y marco el número de mi madre, con el teléfono en la oreja, con la otra mano, pongo varias piezas de leña en la chimenea, quiero calor en la casa esta noche.

Con la mirada perdida en las llamas, ensimismada en las lenguas de fuego, escucho la voz de mi madre y vuelvo a conectar con la vida normal. Compongo mi postura, como si me hubiesen pillado al hacer algo malo.

—¿Sí?

—Dime que no te desperté, mamá.

—Sabes que a esta hora siempre duermo.

—Ya, sé que es tu costumbre, sin embargo, si no te llamo es peor.

—Mucho peor, hija. Venga, cariño, ya estoy espabilada,

17 Pies

cuéntame este día, supongo que mal. He visto las noticias. No parece que tengáis nada nuevo. Si eso es así, no tienes nada con lo que trabajar, es lo que parece desde este lado del televisor.

—Eso es lo que has visto en la televisión y es real, muy real. Aunque debo ser sincera contigo. Mañana no será así, después de la rueda de prensa hemos trabajado, se me ocurrió una loca teoría, se la comenté a mi compañero, le pareció bien, a mi jefe también, puede que dé algún resultado, aunque lo más lógico es pensar que no nos ayudará mucho. No voy a darle más vueltas, en resumen, mamá, he tomado muestras de ADN de todo el pueblo.

—¿De todos?

—Sí, de todos. Es un pueblo muy pequeño, ha sido sencillo, si lo pienso bien.

—¿Para qué? Entiéndeme, cariño, eso que dices tiene que servir para algo, debes buscar algún objetivo, supongo que servirá para tu trabajo.

—Por supuesto, la idea es descartar a los vecinos, se ha encontrado una muestra en los restos de los pies que no coincide con ellos, puede ser del asesino, no es seguro, en este caso lo mejor es eliminar la opción de que el rastro de ADN coincida con algún habitante de Oldham.

He decidido contarle la misma versión que a los vecinos, la usaré siempre para evitar confusiones tontas. Seguro que es la que mañana cuentan los periodistas. Tom me explicó que suelen hacerse «amigos» de un camarero, de algún vecino, les prometen unos dólares a cambio de cualquier chisme o rumor que pueda ayudarles a llenar sus espacios en las noticias, les dirán lo que le hemos dicho nosotros. Será la versión oficial, la que transmitirán en todas las conexiones, no ha sido al azar o por capricho, es lo que quiero que escuche el asesino, que tenemos una muestra de ADN que comprobar, un cabo suelto para el criminal, un fallo en su plan. Quiero ver si consigo que se ponga nervioso, obligarle a dar algún paso, me da igual hacia donde, en la dirección que sea, algo que nos facilite una pista para localizarlo.

—Bien, Jessie. Esa es mi chica. Hazme un favor, cariño, demuestra a todos de lo que eres capaz.

—Lo voy a hacer, mamá, lo sabes.

—Estoy segura.

—Te dejo descansar, yo también lo necesito. Mañana promete ser otro día largo. Buenas noches.

Ya en mi cama intento dormir, mi cuerpo me pide hacerlo, preciso reponer fuerzas, sin embargo, cada vez que cierro los ojos, una imagen viene a mi mente sin poder evitarlo. Un hermoso cuerpo cubierto, solo en parte, por una pequeña toalla.

17 Pies

CAPÍTULO 18

Jessie Carlsson

Agente del FBI, destinada a la Oficina del FBI en Pierre, Dakota del Sur

Sábado, 16 de abril de 2022. 05:53

Oldham, Dakota del Sur

___

No he descansado bien, mi cuerpo tiene la sensación de que le faltan horas de sueño, muchas horas. Aun con esa impresión, he salido a correr, mi rutina diaria me ayuda a centrarme en mi tarea y olvidar todo lo que no es necesario para mi trabajo.

Desde primera hora de la mañana, nada más abrir los ojos, estoy dando vueltas a un pensamiento. Intento entrar en la mente del asesino, quiero saber cuál es su razonamiento, su forma de pensar. Recuerdo algo dicho por Seth, comentó que algunos pies llevaban años congelados. Mi pregunta es sencilla. La respuesta puede resultar complicada. ¿Por qué y para qué guardó los pies de sus víctimas? ¿En qué universo de locura se mueve el criminal para necesitar tener semejante trofeo congelado a buen recaudo? Por si estas preguntas no son suficientes, mi cabeza se centra en la que más me preocupa. Si para este homicida, como ocurre en muchos casos, es imprescindible tener un trofeo o recuerdo de cada víctima, ¿qué motivo puede tener para elegir este momento como el idóneo para dejarnos descubrir esos restos? Sigo convencida de esta conclusión, el interés del asesino era que los encontremos, me pierdo intentando descubrir la finalidad que esconde esta acción, o qué puede beneficiarle si tenemos en nuestro poder esos diecisiete pies.

Mi cabeza no para de buscar las causas o razones que han provocado esa acción. Casi no me he dado cuenta, he corrido de forma mecánica, sin pensar en nada de lo que mi cuerpo hacía, y ya estoy de vuelta. Una figura está en la calle, me saluda para que me acerque hasta donde se encuentra. En el porche me espera Tom, me ofrece un café bien caliente. Se lo agradezco, me reanima bastante. Le cuento mis dudas mientras desayunamos. Dan dibuja en su mesa, ajeno a nosotros, se encuentra cerca y lejos a la vez, está aislado en sus cosas. No pienses, Jessie, no busques esos músculos escondidos tras la lana. Lo mejor es evitar esas visiones, ignorarlo. Le pido a mi compañero unos minutos para irnos a la oficina con la idea de continuar con nuestra tarea.

No transcurre mucho tiempo cuando llegamos a las dependencias del sheriff, estamos solos. Brad y Frank deben realizar alguna patrulla en estos momentos. Mejor, nos encontramos frente a la pizarra los dos solos. Después de repasar todo varias veces, tomo una tiza para escribir por encima de las tres columnas esta pregunta: «¿Por qué ahora?» Me retiro un poco, al poco rato Tom me quita la tiza, se acerca a la pizarra y al lado de mi pregunta escribe otra: «¿Para qué?» Pasamos casi todo el día a la espera de una novedad que no llega. Después de comer preparamos mi intervención. Si nuestro asesino no sabe que hemos tomado las muestras de ADN, por tanto, no es uno de nuestros vecinos, vamos a intentar convencerle de que tenemos una pista, un rastro suyo. Si lo analizo bien, la idea es sencilla y simple, hay que poner al homicida nervioso para que dé señales de vida y, si es posible, poder pillarlo en algún fallo. No va a ser fácil, toca intentarlo o, como me advirtió Tom, en un par de semanas este caso se aparcará hasta que aparezcan más novedades. Y con la investigación, me aparcarán a mí también. Mi gloria como agente al mando va a ser muy breve si no aparece ninguna pista nueva.

Quiero convencerme, eso no va a pasar, si tengo razón y el asesino nos ha dejado encontrar estos restos, debe tener algún motivo que se me escapa ahora mismo. Creo que quiere llamar nuestra atención, no pretende que el caso se quede guardado en un cajón, imagino que intenta llamar la atención. Sin que sirva de precedente, tengo una intuición, algo inusual. No soy muy intuitiva, creo que la rueda de prensa de hoy va a desatar alguna reacción del asesino, va a provocar un movimiento que nos va a ayudar a encontrarlo. Lo creo, debe ser así. Por mi bien, que suceda así.

Pasan las horas y llega el momento de ponerme otra vez frente a la prensa. Detrás de mí, cerca, como siempre, se encuentra Tom. Brad y Frank, en un segundo plano, están ahí, hacen acto de presencia, aunque me dejan todo el protagonismo. Para eso estoy yo aquí, carraspeo un poco mientras miro todas y cada una de las cámaras y periodistas que están centrados en mí, lleno mis pulmones de aire, recuerdo el discurso que he preparado y memorizado con la intención de dar la sensación de algo improvisado y comienzo a hablar.

—Buenas tardes. Paso a comentarles las novedades sobre el

caso que los medios han denominado «diecisiete pies». Nuestro laboratorio forense ha localizado entre las muestras recogidas, un ADN que no coincide con ninguno de los restos, por tanto, ajeno a las víctimas que tenemos registradas en este momento. Valoramos que puede tratarse de un fallecido del que no hemos localizado ningún otro indicio, aunque no podemos olvidar que se podría tratar del rastro dejado por la persona que realizó los crímenes que investigamos. Ante esta posibilidad, y con la intención de descartar a los vecinos de la zona como sospechosos, hemos decidido tomar unas muestras a toda la población local. Mientras tanto, a la vez que se analizan estas muestras, continuamos con la búsqueda de alguna coincidencia con todos los bancos de muestras que disponemos.

—Agente Carlsson, aquí. Supongo que se refiere a las bases de datos de personas desaparecidas. ¿A qué nivel se realiza esta comparativa?, ¿estatal?

—No, ya estamos trabajando a mayor nivel, en estos momentos usamos bases de datos nacionales.

—¿Podemos decir que están tras una pista sólida?

—Queremos pensar que es muy sólida. Es una muestra que, por el lugar donde se ha localizado, solo puede proceder de otra víctima o bien del asesino. Estamos muy seguros de encontrarnos frente a la segunda suposición.

Miro a los ojos a todos los periodistas, uno a uno. No veo gestos de incredulidad, han tomado muy en serio mis palabras. Mejor. Si consigo engañar a los profesionales de la prensa, puedo hacerlo también con el culpable. Espero que el farol que me he marcado, la falsa noticia, llegue a su destino y provoque una reacción. Cualquier reacción. Necesito que la investigación avance, no sé si tendré otro caso importante en mi carrera, es posible que no ocurra si este queda guardado sin solución en un cajón para siempre.

Los chicos de la prensa ya tienen lo que han venido a buscar, algo con lo que rellenar sus minutos en antena o sus espacios en la prensa, en cualquier caso, es lo que buscaba.

Una vez nos hemos quedado solos, hablo a mis compañeros.

—Chicos, debemos recordar la importancia de mantener nuestro secreto. Nadie debe sospechar que esa muestra de ADN sin identificar no existe. Una pequeña filtración nos puede tirar la estrategia. El asesino tiene que pensar que estamos tras sus pasos, que tenemos algo a lo que agarrarnos, no puede permanecer tranquilo y agazapado en la sombra.

—No te preocupes, Jessie. Por mi parte, ni Mildred lo sabe. Esto me costará un disgusto gordo algún día.

—Eso será si llega a saberlo, Brad, no tiene por qué conocerlo nunca. Si no se entera, eso que te ahorras.

—Parece que ya has descartado que el asesino sea algún vecino de nuestro pueblo.

—Creo que sí, Frank, supongo que la primera reacción de un criminal, imagino que la más lógica si se enfrenta a la situación que planteamos, sería negarse con cualquier excusa a dejarse tomar la muestra de ADN o, en el mejor de los casos, esquivarla. No nos falta la muestra de nadie, y tampoco ningún vecino del pueblo ha dejado entrever que se negaba a hacerlo. Más bien al contrario, todos se han ofrecido con ganas. Supongo que para ellos ha sido una novedad, algo distinto a sus quehaceres diarios. Quiero pensar que también se han involucrado al ver que hacemos cosas, algo les hace pensar «trabajan para resolver esta investigación». Bien, chicos, es sábado, vayan a descansar con sus familias, por hoy ya está bien.

Nos quedamos solos Tom y yo. Antes de que me llame el jefe, marco su número para ponerlo al día, pongo la llamada en manos libres.

—Al habla George Millan.

—Buenas tardes, jefe.

—He visto tu farol ante la prensa, Jessie. Con sinceridad, y de forma egoísta, espero que salga bien.

—No tenemos muchas pistas que seguir, después de pensarlo mucho, es lo único que podemos hacer. O esto, o esperar. No veo otra opción.

—Soy de otra opinión, en ocasiones el tiempo también da buenos frutos, tenlo en cuenta, no obstante, me parece bien tu decisión. Mover el árbol para ver si caen frutos. Tú eres la agente al mando, quien lleva esta investigación, está bien que tomes tus propias decisiones, Jessie. Veremos a dónde nos lleva.

Al colgar, sin pensarlo mucho, suelto un largo suspiro. El estrés de ayer se deja notar en los cuerpos, sobre todo en nuestras cabezas. Me pongo de acuerdo con Tom, vamos a recuperar fuerzas, damos por finalizada la jornada de trabajo de hoy.

CAPÍTULO 19

Jessie Carlsson

Agente del FBI, destinada a la Oficina del FBI en Pierre, Dakota del Sur

Sábado, 16 de abril de 2022. 18:31

Oldham, Dakota del Sur

Estoy tumbada en la cama, necesito descansar. Para conseguirlo me vendrá bien quitarme una obligación de la lista de tareas pendientes. Marco el número de mi madre.

—Jessie, cariño, ¿cómo estás?

—Fundida, mamá, ahora mismo no soy persona. He sufrido una jornada muy estresante, muchas cosas nuevas en una situación que no conozco aún.

—No digas eso, yo te veo muy bien.

—¿Esa es tu opinión? ¿Eres sincera?

—Sí, te he visto más suelta de lo que tú piensas, has mostrado quién lleva las riendas, estoy muy contenta de lo que haces, mejor dicho, de cómo lo haces. Orgullosa, más bien.

—Me alegro mucho, mamá, aunque mi jefe me ha recordado que a veces es mejor esperar, no provocar que pasen cosas, darle su tiempo. He tenido una iniciativa y la hemos puesto en marcha. No me ha dicho que lo hice mal, creo que él llevaría la investigación de otra forma.

—Puede ser, yo no creo que te equivoques. Recuerda lo que siempre te he dicho, cariño. Eres la mejor, no lo olvides.

—Nunca estuve segura de eso, mamá. Siempre había una más alta, más guapa, …

—Aunque no más lista, Jessie. Tú siempre demostraste ser más inteligente que el resto. Mira dónde estás, lo que estás haciendo. ¡Sales en la tele! Por tu trabajo, por lo buena que eres. No lo olvides, cielo, este era tu sueño y lo has conseguido.

—Gracias, mamá, necesitaba tus palabras, algo de ánimo.

—Hoy es sábado, hija, ¿vas a hacer algo? ¿Salir a tomar una

copa, quizás?

—Estoy cansada, mucho. Me han invitado a cenar, de ahí a la cama directa. Mañana es domingo, promete ser un día tranquilo, una larga jornada de relax. Creo que me vendrá muy bien.

—Eso espero, cariño.

Poco después cruzo la calle, el viento del sur ha suavizado un poco la temperatura. Se agradece. Tom abrió una botella de vino, repartió un poco en cada copa y brindamos antes de empezar a comer. Por el éxito en nuestro caso. Se ilumina la pantalla de mi móvil, puedo leer «Seth Bukowski». Activo la opción de manos libres y no le dejo comenzar a hablar, imagino lo que quiere decirme.

—Buenas noches, Seth. Antes de que me diga nada, quiero pedirle disculpas, ya supongo lo que quiere comentarme, sabemos que no encontraron ninguna muestra extraña en los restos, no debí decirlo a la prensa quizás, debe saber que el jefe Millan está al tanto.

—No se preocupe, agente Carlsson, lo entendimos al instante, en cuanto lo vimos. No es una práctica habitual, tampoco es la primera vez. Olvídese de eso. Le llamo por otro motivo.

—¡Ah! Perfecto. Dígame.

—Hemos encontrado una coincidencia. Tenemos una muestra, la de Sally Gilbert, el análisis no deja lugar a dudas, su padre es una de las víctimas.

—Bien, en ese caso, tenemos una identidad, por fin conocemos un nombre.

—Ese es el problema, figura en nuestros archivos como hija de madre soltera. No están cumplimentados los datos relativos al padre.

—Mañana la visitaremos para que nos facilite su nombre, si es eso posible —contesté en un tono menos alegre.

—No será necesario. —Tom intervino con un tono de voz serio, parecía estar afectado—. El padre de Sally se llamaba Andy Shelby.

—Si está usted seguro, lo apunto en el informe, agente Wilson.

—Lo estoy, Seth, puedes incluirlo en tu informe.

—Perfecto, así lo haré, ahora mismo.

—Seth, una consulta, ¿habéis comparado ya todas las muestras recogidas en Oldham? —pregunté al jefe forense.

—No. Aún queda trabajo pendiente. Aunque la comparativa sea pequeña, lleva su tiempo, nuestros trabajos son más lentos en la vida real que en las series de televisión. En cuanto hemos dado con un positivo se lo he querido decir, supongo que le interesa para su trabajo.

—Por supuesto, si hay alguna coincidencia más, le ruego me avise de inmediato.

—No lo dude, así lo haré.

—Gracias. Buenas noches.

Después de colgar, llamo a George Millan, le cuento la identificación, me felicita, mi iniciativa ha dado algúnresultado, quizás no el esperado, aunque lo importante es avanzar en el caso. Me pide que le tenga al corriente, a cualquierhora. Una vez terminada la llamada, miro a los ojos a padre e hijo. Tengo que soltar lo que llevo dentro en este momento.

—Esto no ha salido como esperaba. Resulta que sí hay relación entre las víctimas y el pueblo. Ahora todo tiene que ver con la zona. Hay algún motivo o conexión que se nos escapa, este une víctimas con Oldham de forma directa. Se han roto todas mis teorías. Ahora tenemos que analizar todo el caso desde otro punto de vista.

—No, Jessie, no tienes que cambiar nada.

—No te entiendo, Tom, esto lo modifica todo, todas nuestras conclusiones ahora no tienen ningún sentido.

—Lo que tienes que hacer es añadir esta prueba a tu pizarra de ideas, ver dónde encaja y cómo. No debes variar ninguna de tus ideas, si eran válidas antes, no tienen por qué dejar de serlo.

—Gracias, Tom. En este momento no sé muy bien cómo hacerlo.

—Mañana, a la luz del día, verás las cosas más claras. Yo voy a dormir, no tengo vuestra fuerza, estoy cansado. Terminaos el vino, os sentará bien.

Tom nos dejó, escuchamos a lo lejos cómo cerraba la puerta de su dormitorio.

17 Pies

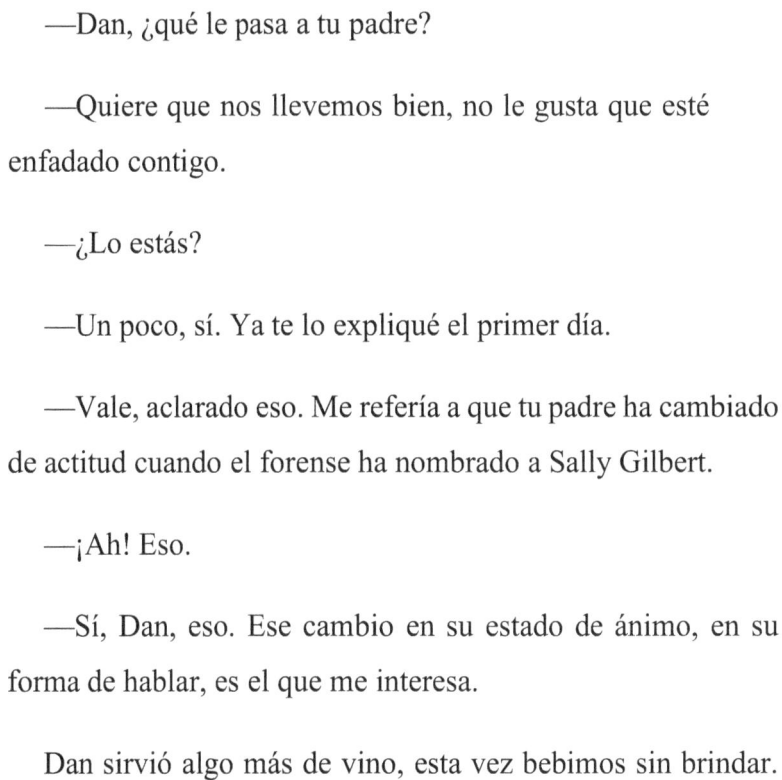

—Dan, ¿qué le pasa a tu padre?

—Quiere que nos llevemos bien, no le gusta que esté enfadado contigo.

—¿Lo estás?

—Un poco, sí. Ya te lo expliqué el primer día.

—Vale, aclarado eso. Me refería a que tu padre ha cambiado de actitud cuando el forense ha nombrado a Sally Gilbert.

—¡Ah! Eso.

—Sí, Dan, eso. Ese cambio en su estado de ánimo, en su forma de hablar, es el que me interesa.

Dan sirvió algo más de vino, esta vez bebimos sin brindar. Se tomó su tiempo antes de continuar con la explicación.

—Sally, Sally. Es cierto que no está reconocida como hija de Andy Shelby, sin embargo, todo el pueblo sabe que ese es su padre. Perdón, era su padre.

—Vale, eso parece quedar claro, ahora quiero saber el motivo del malestar de Tom.

—Es un tema delicado, bien pensado, es mejor que lo sepas por mí. Todo se remonta a cuando yo era un niño. Te dijimos que mi madre nos abandonó a los dos, ¿recuerdas?

—Sí.

—La situación es la siguiente: Al parecer, mi madre se fue con Andy Shelby, se perdió la pista de los dos, varias personas del pueblo los vieron marchar juntos. Mis abuelos maternos no sacaban el tema nunca, para ellos mi madre se fue a trabajar a California o a cualquier otro sitio. Mi padre nunca quiso decirme nada. Ni para bueno, ni para malo. Era un tema tabú, no se habla de él y nada más. Esta noche no le sentó bien volver a escuchar su nombre.

—Todo eso lo puedo comprender, Dan. Ponte en mi lugar, entiende que debo preguntar, no es mi intención causar daño o molestar.

—Tranquila, si puedo ayudarte en algo, dímelo.

—¿Qué sabes de Andy?

—Era un mal tipo, camorrista y ladrón, pasó un tiempo en la cárcel, poco más te puedo decir.

Termina de servir el vino que aún quedaba en la botella. Bebemos en silencio. Yo le veo, triste, los ojos húmedos, muestran unos rasgos cargados de sentimientos perdidos en el tiempo, olvidados quizás hasta el momento de descubrir la identidad de una de las víctimas. Bebo otro trago de vino. Pienso que es mejor dejarle solo con sus pensamientos, ha vuelto a pensar en su madre mucho tiempo después y debe tener un buen conflicto de sentimientos en este momento. Me levanto en silencio, doy un par de pasos hacia la puerta, giro mi cuerpo para verlo, aún tiene su mirada baja, no repara en mi presencia, continúa sumergido en sus recuerdos, me acerco a él decidida, tomo su cara con mis manos y le doy un cálido y largo beso, me corresponde con más cariño del que podía esperar. Separo mis labios de los suyos y ahí están sus ojos, entre desafiantes y curiosos, parece no entender mi gesto. Para ser sincera, yo tampoco. Sin darle oportunidad a nada más, con toda la rapidez que puedo, salgo de la casa, mientras cruzo la calle, solo soy capaz de repetir una palabra:

—¡Mierda, mierda y mierda!

Enfadada conmigo misma, la única culpable conocida de este suceso, me meto en la cama sin parar de repetir en mi cabeza la misma palabra que grité al cruzar la calle. ¡Jessie, estás muy tonta! Mucho, mucho.

CAPÍTULO 20

Jessie Carlsson

Agente del FBI, destinada a la Oficina del FBI en Pierre, Dakota del Sur

Domingo, 17 de abril de 2022. 05:42

Oldham, Dakota del Sur

No paro de repetir lo tonta que fui anoche mientras corro. ¿En qué estaría pensando? Bueno, sí sé en lo que pensaba, en esa imagen triste de una persona que necesita consuelo. ¡Aunque eso no es una excusa, ni mucho menos! Para consolar da un abrazo, no un beso, Jessie. Nunca he actuado así, no sé el motivo para hacerlo ayer. ¡Y con Dan! El hombre que más me odia en varios estados a la redonda.

Una vibración me hace aminorar la marcha. ¿Quién en su sano juicio me puede llamar un domingo a estas horas? ¡Seth! El jefe del laboratorio forense. Descuelgo la llamada mientras dejo de correr, ahora camino.

—Buenos días. ¿La desperté?

—No, Seth, hago ejercicio. Cuéntame.

—No sé muy bien cómo hacerlo.

—Hasta el momento ha demostrado buena habilidad con las palabras. Pruebe a intentar explicar las novedades sin adornar mucho los hechos.

—Tiene razón, agente Carlsson. Hemos encontrado otra muestra, esta tiene dos coincidencias.

—Bien, prosiga, por favor.

—El vecino también es hijo de Andy Shelby.

—Eso no nos ayuda mucho. Esa víctima la tenemos ya identificada. ¿Cuál es la otra coincidencia?

—Coincide con los restos de la única mujer del grupo, es su madre.

—¡Qué extraño! No hay ningún desaparecido en el pueblo y ahora encontramos dos sin registrar. ¿Quién es el donante de la muestra que coincide? Le haremos una visita cuanto antes.

—Esa es la parte difícil del caso, agente Carlsson. El donante es Dan Wilson.

El móvil resbala de mis dedos y cae al suelo. Reacciono de forma mecánica, lo recojo y continúo con la llamada, mientras mi cuerpo ha girado y vuelvo sobre mis pasos.

―¿Tiene alguna novedad más?

―No, de momento no. Casi hemos terminado con las muestras que tomaron en Oldham. ¿Alguna indicación o sugerencia?

―Ahora mismo ninguna. Espere, acabo de recordar un detalle. Andy Shelby estuvo preso, no sé cuánto tiempo ni por qué. Pienso que puede ser buena idea comprobar si hay alguna coincidencia entre los restos encontrados con las muestras de la población reclusa.

―Comenzamos con nuestro estado. Estas comprobaciones son más rápidas, las hacen los ordenadores con los datos que ya tenemos subidos. Si damos con algún resultado positivo le aviso.

Camino en dirección a la casa. Llamo a mi jefe. Debo comunicárselo a él primero. Puede ayudarme, quizás me dé alguna indicación para explicárselo a Tom. ¿Cómo se puede decir a alguien que esa persona que ha sido tu hijo toda la vida resulta que no lo es? Yo no sé cómo voy a poder hacerlo.

―Al habla George Millan.

―Buenos días, jefe. Espero no molestarle.

―Si no me cuentas algo nuevo, sí será una molestia.

―Nuestro laboratorio ha encontrado otro donante.

—Bien.

—Tiene dos coincidencias, padre y madre.

—Entonces tenemos identificadas a tres víctimas.

—No, el padre es Andy Shelby, el mismo de ayer.

—Vaya, bueno. ¿Tenemos identificada a la madre?

—Me temo que sí. La muestra es de Dan Wilson.

—¿Dan Wilson?, ¿el hijo de Tom?

Mantengo silencio, necesito que llegue a la única conclusión posible sin tener que explicarla yo. A través del silencio en la comunicación, creo adivinar su mente atando cabos. Oigo una respiración profunda.

—¡Dios! No puede ser. Joder. ¿Lo sabe ya Tom?

—No, acabo de enterarme, me ha pillado haciendo ejercicio en la calle, me dirijo a verlo y veré cómo se lo explico.

—Mejor cara a cara. Si necesitas cualquier cosa, no dudes en llamar. Sabes cómo hacerlo, Jessie, dar malas noticias es parte de nuestro trabajo, hazlo con tacto.

—De acuerdo.

Nunca, hasta este momento, avancé hacia mi destino mientras deseaba con todas mis fuerzas alejarme de él y evitar la conversación que debo tener. Llego a la entrada de la casa, bajo la manivela, abro la puerta y entro en silencio, Tom está en la cocina, supongo que prepara café.

—¿Es café lo que preparas?

—Por supuesto. ¿Quieres?

—Sí. ¿Dónde está Dan?

—Salió temprano, dijo algo de entregar unos dibujos.

—¿En domingo?

—¡Eso pensé yo!

No sé por qué me preocupo, me viene bien no distraerme con Dan, quizás sea mejor no enterarse por mí. Ya tenemos el café en nuestras tazas. Le pido sentarnos. Tom no es tonto, lo ha notado desde el primer momento, sabe que algo pasa.

—Suéltalo ya, Jessie.

—¿Tanto se me nota?

—Sí.

—La verdad es que no sé cómo contártelo. Supongo que lo más fácil es decirlo directo, sin rodeos.

—Suele ser lo más sencillo, sí. Habla.

—Me ha llamado Seth. Han encontrado una muestra con dos coincidencias, padre y madre.

—¿Padre y madre?

—Sí. El padre coincide con Sally, es Andy Shelby. No sé bien cómo decirte esto. —La mirada de Tom me hace sospechar que conoce la respuesta. Parece querer que se lo diga ya, sin más rodeos. Eso hago—. La muestra es de Dan.

—Comprendo.

Dejo que el silencio invada nuestro espacio. Tom asume las repercusiones de la noticia que acaba de conocer. Tras un rato pensativo. Se levanta y me habla.

—Es domingo, necesito un descanso, tú también lonecesitas. Voy a tumbarme un rato. Por favor, déjame contárselo yo a Dan.

—Por supuesto, no os molestaré en ningún momento. Si necesitas cualquier cosa, un hombro donde apoyarte, un abrazo, aquí estoy. No lo dudes, cuenta conmigo.

Me hace un gesto, es momento de desaparecer. Continúo vistiendo mi ropa deportiva, hoy no me pondré la ropa habitual para trabajar. Subo al Escalade, necesito información y voy a buscarla en el único lugar en que puedo encontrarla hoy. Aparco el coche frente a Grealish House. Es domingo y hay pocos clientes. Me siento en la mesa más alejada, tía Dolly se acerca.

—¿Quieres café?

—Sí, Dolly, pon dos tazas.

—Bien. ¿Viene ahora Tom?

—No, hoy va a descansar, la otra es para ti.

—Esto me huele a interrogatorio, Jessie. —Llena dos tazas, deja la jarra sobre la mesa y se sienta frente a mí, con sonrisa un poco burlona.

—No, por favor. Casi convivo con dos hombres, con Tom no tengo ningún problema, aunque Dan es otra cosa.

—Se resiste. Siempre ha sido un poco así, ¿sabes? Es muy buen chico, todo corazón, le cuesta abrirse, solo es eso. Desde siempre lo recuerdo desconfiado.

—La otra noche salió el tema de su madre. Solo alcanzó a decirme que abandonó a su padre y a él cuando era muy niño.

—¿Quieres la historia completa o la resumida?

—Es domingo, tienes pocos clientes, no ahorres en detalles. Tom me comentó que eras buena amiga de ella.

—Sunny Sue solo tenía una amiga, yo era su trapo de lágrimas cuando tocaba, otras veces su compañera de fiesta, en alguna ocasión su consejera, aunque ella siempre sabía qué hacer. Éramos inseparables desde la escuela. Si te soy sincera, ella también era lo mismo para mí. Nos casamos muy jóvenes las dos. Yo por dejar de vivir sola, soy huérfana desde niña. Ella por un embarazo indeseado. Susy siempre estuvo enamorada de un perfecto indeseable, Andy Shelby. —Permanecí quieta. No moví un músculo de mi cara al oír aquel nombre—. Era un delincuente, con todas las letras, tanto que fue a la cárcel. Creo que en el momento que lo detuvieron y encerraron, Susy perdió todo su interés en él, o ese parecía. Tom siempre estuvo enamorado de ella, al poco tiempo se casaron. Como imaginarás, Dan nació «prematuro», nadie preguntó, aunque un sietemesino de casi cuatro kilos es una rareza médica, no sé si me entiendes.

—Creo que me hago una idea de la situación.

—Con el paso de los meses, todo estaba tranquilo. Ella hacía vida normal, su bebé, su marido…, por aquel entonces ya era ayudante del sheriff, poco más. Nosotras ya no nos veíamos con tanta frecuencia, nada más que los domingos en la iglesia. Entonces ocurrió el accidente de mi marido, de la noche al día me convierto en una viuda joven y sin dinero. Mi única amiga me consoló, me ayudó a pasar aquellos malos momentos, no tenía a nadie más. De vez en cuando venía a mi casa con su pequeño. Algún tiempo después apareció Andy por el pueblo, le habían soltado. Ella pareció volverse loca, se olvidó de todo. No me contó nada, aquella vez no fui su consejera ni el hombro donde llorar, el último día que la vi acompañaba en un coche a Andy. Varios vecinos más los vieron, todos comprendimos que se habían fugado lejos, muy lejos y para siempre. Como así fue.

Nunca más tuve noticia de ella, no envió ni una triste postal, muy propio de ella. Si sus padres lo pasaron mal, muy mal, imagina Tom y Dan.

—Supongo que sufrieron mucho.

—Bastante, sí. Esta es la historia de Sunny Sue, quizás la única amiga que he tenido. Viene gente, debo atenderlos. ¿Quieres algo más?

—Ponme un trozo de tarta, del que tú prefieras.

—Eso está hecho, encanto.

Me sirvió más café. Mientras me traía la tarta comenzaba a encajar las piezas del rompecabezas. Al enterarse de la identidad del primer resto, Andy Shelby, mi compañero empezó a valorar que los restos de la única mujer entre nuestras víctimas, podía ser Sunny, su mujer y madre de Dan. Ahora tengo una duda que tiene que resolver Tom. Solo él puede hacerlo.

17 Pies

CAPÍTULO 21

Jessie Carlsson

Agente del FBI, destinada a la Oficina del FBI en Pierre, Dakota del Sur

Domingo, 17 de abril de 2022. 08:36

Oldham, Dakota del Sur

Salgo de Grealish House con una idea clara en mi cabeza. Se fugaron la pareja de tortolitos, eso lo comprendo. Lo que no termino de entender es por qué no figuran como desaparecidos, sus familias no los buscaron, nunca supieron de ellos, o quizás sí. Me vendría bien saber si los mataron en el momento de su huida, cerca de Oldham, donde han aparecido los restos, o tiempo después, bien sea lejos o en un hipotético retorno. Tengo que hablar con el sheriff. A pesar de ser domingo, Brad está en la oficina. Bien por él.

—Hola, Brad. Necesito tu ayuda.

—Si está en mi mano, ya la tienes.

—¿Recuerdas a un tal Andy Shelby?

—Es difícil no recordarlo. Mala gente. Era el típico abusón, yo soy algo menor que él, por eso tengo esa imagen, la de la escuela. De ahí degeneró en pequeño delincuente. Me suena que fue detenido y pasó un tiempo a la sombra. Luego...

Brad parece dudar. Lo mejor es dejarle claro que lo sé todo.

—Tranquilo, ya sé que se fugó con Sunny Sue, la madre de Dan.

—Pues creo que eso es lo último que se sabe de los dos. No puedo contarte nada más.

—Necesito ver el expediente completo de Andy.

—No creo que esté digitalizado, espera.

Brad busca en el ordenador, no encuentra gran cosa. En las carpetas archivadas sí pudo localizar alguna ficha por detenciones menores, pequeños hurtos, sobre todo riñas y peleas. Tomo una de esas fichas y llamo a mi jefe.

—Al habla George Millan.

—Buenos días, jefe. ¿Descansa usted los domingos?

—No, ¿qué necesitas?

—Le envío una ficha policial, necesito el expediente completo de este hombre, es Andy Shelby.

—Vale, una de las víctimas identificadas.

—El mismo. No creo que tengan nada de Sunny Sue, la mujer de Tom, si lo pueden comprobar, mejor.

—Aviso para que te lleguen cuanto antes.

Me sorprendo a mí misma mirando la pizarra. No quiero añadir ningún dato o cambiarla sin Tom. Recuerdo una cosa que tengo en mente, una pregunta para el sheriff.

—Brad, quiero hacerte una pregunta. ¿Puedes decirme por qué no figuran como desaparecidos Andy y Sunny?

—¿Y esa pregunta?

—Me decís que no hay nadie de este pueblo en ese listado, sin embargo, los dos primeros restos identificados corresponden con dos personas de este pueblo que se suponen en paradero desconocido, hace mucho tiempo que nadie sabe de ellas, tampoco se ha preocupado ningún amigo o familiar. Me gustaría saber quién decidió no buscarlas.

—Eso pasó antes de llegar yo a este cargo, Jessie.

—¿Quién puede ayudarme?

—La persona que estaba al mando entonces y continúa hoy: Nuestro querido alcalde Adam James Carpenter.

—Por tu tono, deduzco que no te cae muy bien.

—Si te soy sincero, más bien no, solo se pueden hacer las cosas a su modo, las que él quiere y como desea. No me queda más remedio, debo tragar con sus caprichos y decisiones si no quiero perder el puesto.

—Comprendo.

—Además, tienes una circunstancia importante, Andy Shelby es su sobrino, por la familia de su mujer. Hace mucho tiempo, en algún momento, con la lengua floja, explicó que les dio dinero para marcharse lejos de aquí y no volver. Cuando le preguntaron los motivos para ayudarlo, dijo algo así como que tener un sobrino expresidiario cerca no le venía bien para mantener su buena imagen electoral.

—Claro, me pongo en situación. Si el alcalde financió de alguna manera ese viaje, podía tener información y por eso no quiso incluirlos en personas desaparecidas.

—No te puedo decir más, no estaba en ese momento en este puesto.

Esta información merece una visita personal. Quizás sea buena idea acudir sola, sin la compañía de Tom. Con las indicaciones de Brad, llegar hasta la vivienda del alcalde ha sido fácil. Aparco en su puerta y me encuentro con una señora mayor cuidando las plantas de su jardín. Aprecio su clase y elegancia, es bella hoy, en su juventud rompió muchos corazones, seguro. Deja su labor y se acerca cuando me bajo del coche.

—Buenos días. ¿Necesita alguna cosa?

—Buenos días, señora. Sí, quisiera ver al alcalde.

—¿En domingo y sin estar citada? No sé si eso será posible. Lo veo difícil, será mejor que pruebe mañana en su oficina.

Maldigo ir con la ropa de deporte, tampoco llevo mis credenciales. Espero imponer algo mi autoridad, es hora de mantenerme firme y mostrar una señal de autoridad clara y que no dé lugar a dudas.

—Si es tan amable, dígale a Adam James Carpenter, que la agente especial del FBI al mando del caso de los diecisiete pies necesita verlo ahora mismo para aclarar un asunto.

Parece que he usado el tono adecuado, la buena mujer, protectora de su marido, abre los ojos y me pide un momento. Con más rapidez de la que podía suponer entra en su casa, al poco rato sale el pequeño alcalde, con una bata de estar por casa a todas luces mucho más grande de lo que necesita. Camina con cara de fastidio, sin embargo, al acercarse cambia su rostro a una sonrisa, falsa a todas luces. No me puedo fiar de este político de medio pelo.

—¡Agente Carlsson! No la esperaba. Por favor, pase, pase. Veo que los domingos también se relajan nuestras fuerzas de orden público.

—Algunas novedades me han pillado mientras practicaba deporte, trabajo desde entonces, no he querido perder ni un momento por cambiar mi ropa.

—Espero que esas noticias sean positivas para la investigación.

—Yo también lo deseo. Aunque es pronto para confirmarlo.

—¿Qué necesita, agente Carlsson?

—Información, señor alcalde.

—Usted dirá.

—Cuando pregunté si algún habitante de la zona figuraba en la lista de personas desaparecidas, me indicaron que no.

—Cierto, así es.

—Sin embargo, hemos descubierto algo. Por lo menos hay dos personas que deberían figurar en ella, aunque no lo hacen. Su sobrino Andy Shelby y Sunny Sue.

Me fijo en la reacción de su rostro, creo detectar primero sorpresa, luego miedo.

—¿Quiere decir que entre los restos estaban…?

—No saque conclusiones precipitadas. Si ellos no figuran en ese listado, es posible que falte algún nombre más. He preguntado al sheriff sin resultado, pues él no ejercía el cargo en aquellas fechas, sin embargo, parece que usted sí era alcalde en esos momentos.

—No hay ningún vecino que deba figurar en esa lista, se lo aseguro. Ellos tampoco, agente. Se fugaron como dos enamorados, desaparecieron para dejar atrás su pasado, él tuvo pequeños problemas con la ley, ella huía de un matrimonio que no deseaba. Desaparecieron, sí, en busca de un futuro y una vida mejor, lejos de aquí, con la clara intención de comenzar una nueva vida lejos de este lugar.

—No es fácil para una madre abandonar a su hijo, muy difícil cuando es un bebé.

—Sunny nunca fue una madre ejemplar, si le soy sincero. Le agradezco venir a verme sin su compañero, con él delante no podría hablar con total claridad. La relación de ella con Tom fue por despecho. Ella pensó que Andy se había fugado, la había dejado en este pueblo para irse lejos, el sueño que siempre habían tenido en secreto. Ya se había liado con tu compañero cuando se supo que su ausencia se debía a estar preso, no la había olvidado. Por otra parte, él siempre dijo que fue un error de identificación, le confundieron y pagó el delito de otro. El resultado es este, cuando se enteró ya estaba embarazada de un hombre con el que se había acostado por despecho. No recuerdo el tiempo exacto, un poco más de un año, creo. Andy regresó a

Oldham. En el momento que volvió a ver al verdadero amor de su vida, se fue con él, dejó atrás a sus dos errores, Tom y su hijo.

—Un hijo nunca se puede considerar como un error, alcalde.

—No digo yo que lo sea, le cuento lo que ella pensó, no estoy de acuerdo con sus acciones, en ningún caso. Sus decisiones fueron suyas y de nadie más. Ya era una mujer, no una niña equivocada. Creo que nadie tuvo nada que ver en sus decisiones, ni siquiera mi sobrino, ella fue la que decidió fugarse con él. Lo lamento por Tom, lo digo con el corazón, con sinceridad, él nunca me ha creído y, como usted imagina, no me tiene ningún aprecio.

—De acuerdo, quiero creerle, alcalde. Para ayudarme con esto, imagino que puede explicarme el motivo para darlesdinero cuando se fueron.

—Veo que está bien informada. Era un préstamo, él es sobrino de mi mujer, mi aprecio es limitado, no le «regalé» mi dinero. Era una ayuda para comenzar una nueva vida.

—¿Debo entender que se lo devolvió una vez se instaló y recuperó?

—No. Si soy sincero, nunca más supe de él, tampoco sabía su destino, me habló de California, quizás Brasil. No tenía un destino claro, o a mí no me lo dijo. Se fueron y comenzaron una nueva vida, rompieron con todo su pasado.

—¿Hablamos de una gran cantidad de dinero?

—Hablamos de una cifra importante, agente. Muy importante, diría yo.

—Bien, entonces nunca recibió una postal, una llamada, nada de ellos.

—Lo único que debía recibir era mi dinero, les dejé bien claro que eso era lo primero que quería recibir. No he tenido ninguna noticia suya, jamás.

—Entonces me confirma que usted habló con los dos aquel día.

—Ella habló poco, la verdad. Vinieron juntos y se fueron como una parejita de enamorados. Sí, se fueron los dos en el mismo momento.

—Bien, por concretar todo. Descartados su sobrino y Sunny, ¿puede confirmarme que nadie de la zona debería figurar en el listado de personas desaparecidas?

—Sí, no conozco la identidad de ningún vecino que deba estar en esa lista.

—Bien, no le molesto más.

—¿Puede darme alguna información del avance de las

investigaciones?

—Esta tarde daré una nueva rueda de prensa, no se preocupe. Puede verlo en las noticias.

Abandoné aquella casa con una convicción: el alcalde pensaba que se habían fugado con su dinero para siempre. No volvieron a dar señales de vida para no tener que responder de su «préstamo».

CAPÍTULO 22

Jessie Carlsson

Agente del FBI, destinada a la Oficina del FBI en Pierre, Dakota del Sur

Domingo, 17 de abril de 2022. 13:15

Oldham, Dakota del Sur

No es momento de molestar a Tom, bastante tiene con sus cosas. Voy a Grealish House a comer mientras intento asimilar toda la información acumulada. Todos piensan que Andy y Sunny se fugaron, viven más o menos felices lejos de aquí, no quieren volver y por eso no dan señales de vida. Unos creen para olvidar lo que dejaron atrás para siempre, la cárcel y mala vida de él, un matrimonio y un hijo no deseado ella, nuestro alcalde tiene claro que el motivo es otro bien distinto: para no tener que devolver una importante cantidad de dinero.

En lugar de eso, yo sé que en el laboratorio tenemos los restos de los dos. Algo me dice que nunca llegaron a alejarse de

Oldham. No tiene sentido irse lejos y que tus restos viajen de retorno a tu punto de origen.

¡Un momento! También puede ser que el asesino los matase si regresaron en alguna ocasión. Esta opción debo tenerla en cuenta. Termino la comida cuando recibo una llamada del sheriff. Ha llegado el expediente de Andy Shelby. Le digo que voy a la oficina en un rato. Antes de ir debo cambiarme, si me despisto doy la rueda de prensa en chándal y eso no estaría bien, de ninguna manera.

Procuro no molestar a mis vecinos, entro y me cambio rápido. Ya con la imagen adecuada de agente especial al mando, me dirijo a la oficina del sheriff. Brad me cede su mesa para que vea el expediente que han mandado. Lo leo con detenimiento, de joven las travesuras van subiendo de nivel hasta que dejan de serlo. De pequeñas broncas y riñas, pasan a peleas constantes, se añaden pequeños robos, estos pasan a un tamaño superior. La última anotación del apartado de detenciones tiene lugar en Sioux Falls, este sitio no lo conozco de nada.

—Brad, necesito tu ayuda. ¿Dónde está Sioux Falls?

—Al sur, a unos ciento veinte kilómetros. ¿Esa curiosidad?

—Ahí detuvieron a Andy Shelby. Dime algo de ese pueblo, para hacerme una idea.

—Pues tiene poco de pueblo, son más de ciento cincuenta mil habitantes. Es una pequeña ciudad, Jessie.

—Con eso me basta. ¿Qué hacías allí, Andy?

En el expediente viene el acta del juicio, por fortuna alguien se entretuvo y preparó un resumen. Andy fue detenido por un altercado doméstico. Pegó una paliza a su pareja...

¡Un momento! ¡Su pareja! Mira qué cariñoso nuestro Andy, en el pueblo tiene a Sunny que besa por donde pisa mientras está con otra mujer en esa ciudad. Interesante. Sigo.

Pegó una paliza a su pareja con la que compartía piso. Gracias a los avisos de varios vecinos, la patrulla se presenta en el domicilio y detiene a Andy Shelby mientras este continúa pegando a la mujer.

Señor alcalde, esto no parece un error en la identificación, ni mucho menos, le pillaron mientras pegaba a su pareja. Su sobrino les tenía muy bien engañados, o bien, ustedes lo sabían y consentían. Algo me dice que todos sabían lo «buena persona» que era Andy Shelby. Les venía muy bien tenerlo bien lejos de aquí y olvidarse de él.

La víctima es trasladada a un hospital donde se le diagnostican varias fracturas óseas, hematomas y daños oculares que provocan la pérdida de visión permanente en el ojo derecho. Las pruebas son abrumadoras, el juez lo sentencia a tres años de prisión.

Marco el número de mi jefe, quiero consultarle.

—Al habla George Millan.

—Hola, jefe.

—¿Has leído el expediente, Jessie?

—Sí, una persona muy desagradable.

—Yo también lo pienso. ¿Qué opinas?

—Creo que, o bien tenía engañada a la gente de aquí, o todos conocían la buena pieza que era y se alegraron mucho de no volver a verle, esta última opción la veo más probable. El caso es este, jefe, se fugó con la mujer de Tom y nunca han vuelto a tener noticias. O bien el asesino los eliminó entonces, o en el momento de su regreso, algún tiempo después. No lo tengo muy claro.

—Por mi experiencia, un perfil de maltratador no se esconde con facilidad, si se fue a donde sea, más pronto o más tarde seguro que habría aparecido alguna denuncia por malos tratos. Suelen ser reincidentes.

—Yo también pienso que nunca se alejaron de Oldham.

—Coincidimos. Dime, agente Carlsson, ¿cuál es el motivo de tu llamada?

—Pedirle un consejo. Quiero andar con pies de plomo, sobre todo si tengo presente que puede salir a la luz el nombre de la mujer de mi compañero. ¿Digo en la rueda de prensa que se han identificado a dos víctimas o me lo reservo?

—Buena pregunta, Jessie. —Se toma un tiempo para responder, piensa en la mejor opción—. No pienso en Tom, Jessie, imagino que él tampoco lo hará. Debes saber una cosa, con esta última información imagino al asesino muy cerca de Oldham. Ten cuidado, mucho cuidado, por una parte. Estás tras la pista de un asesino en serie, ha matado varias veces y no dudará en hacer lo que sea para librarse de su castigo. ¡Lo que sea! Grábatelo a fuego en tu cabeza. Por otra parte, no le des información, debe seguir con la idea de que somos unos incompetentes, queremos que piense que él es muy listo, mucho más que nosotros, tanto que no podemos identificar a las víctimas, mucho menos pillarlo.

—Gracias, jefe, seguiré su consejo.

Comienzo a pensar mi discurso ante la prensa. Será corto y discreto, debo mantener perfil bajo para dar confianza al homicida. Pasa el tiempo y llega el momento de ponerme frente a la prensa. Esta vez solo tengo a mis espaldas al sheriff de Oldham y su sobrino. Tenía la esperanza, el deseo, de ver a Tom aparecer. No ha sido así.

—Lamento comunicaros que no se ha realizado ningún avance significativo en este caso. Continuamos a la espera de algún resultado concluyente desde nuestro laboratorio forense.

—Agente Carlsson, ¿los muestreos realizados entre la población local no han dado ningún resultado positivo?

—Los trabajos de laboratorio en la vida real tienen un plazo de tiempo muy superior al que nos presentan en películas y series de televisión. —Por fortuna recuerdo esas palabras de Seth, es un buen momento para usarlas.—. Los análisis avanzan sin que tengamos ningún positivo, al compararlas con los restos encontrados, por lo menos hasta estos momentos.

No doy más información, la rueda de prensa termina pronto. Una vez dejan de grabar las cámaras, la periodista más veterana se acerca para hablarme.

—Mire, agente, voy a ser muy sincera con usted. Sin noticias, sin chicha que contar, nos mandarán a otro sitio en cualquier momento. Hoy es domingo, estamos casi todos, mañana lunes, nuestros directores deciden si nos quedamos o nos vamos a otro lugar. Dependemos de usted.

—Lo siento, no puedo inventarme noticias con la única intención de salir por la tele. No tengo ningún interés, solo quiero realizar mi trabajo de la mejor manera posible.

—Claro, le comprendo. Cuando no estemos, espero que usted también lo entienda.

—Por supuesto. No se preocupe.

Me despido de Brad y Frank. Mientras vuelvo a casa, intento comprender las palabras de la periodista. ¿De verdad piensa que tengo mucho interés en participar en el circo televisivo? ¡Ni que fuera mi madre!

¡Mi madre! Ahora que lo pienso…

No la he llamado en todo el día, tiene que estar buena.

CAPÍTULO 23

Jessie Carlsson

Agente del FBI, destinada a la Oficina del FBI en Pierre, Dakota del Sur

Domingo, 17 de abril de 2022. 19:22

Oldham, Dakota del Sur

Ya en casa, me relajo, decido tomar una larga ducha para aclarar mis ideas. Tengo la extraña impresión de haber perdido algo importante entre los datos almacenados en mi memoria. Hay una idea, lucha por salir al exterior, por dejarse ver, intenta llamar mi atención, sin embargo, yo no la veo, no la distingo. Con esa sensación me tumbo en la cama, marco el número de mi madre, suspiro mientras escucho el tono de llamada. Que sea lo que Dios quiera.

—Hola, mi amor. ¿Cómo estás?

—Dímelo tú, mamá, yo no me veo en la tele.

—Te veo de bajón, sé que mientes, te conozco. Imagino que habéis descubierto algún detalle, cosas que no son para compartir con la tele. ¿Tengo razón?

—Me da rabia admitir que siempre la tienes, mamá. Me da rabia y lo sabes.

—Una hija no tiene secretos para una madre, cariño. ¿Qué ocurre?

—Descubrimos cosas, aunque de momento no nos llevan a ningún lugar.

—Entonces trabajáis bien. Piensa en esta posibilidad, no hay nada más que descubrir, no hay ninguna pista para seguir. Esos casos se dan, ha pasado mucho tiempo, se pierden las huellas, el caso está en un callejón sin salida. No es por vuestra culpa, realizáis un gran trabajo. Es sencillo, no hay ninguna pista para seguirla.

—Puede ser, mamá. Sin embargo, algo me dice que no, está ahí, me espera, quiere que lo atrape.

—¿En serio piensas eso?

—Si buscara permanecer en las sombras, no hubiesen encontrado esos pies, mamá. Estoy segura.

17 Pies

—Lo pensaré con detenimiento y mañana hablamos, ¿te parece bien?

—Estupendo, mamá.

Cuando cuelga, pienso: «solo me faltaría que mi madre diera con la tecla, y yo sin saber a dónde dirigir mis pasos». Me tapo la cara con la almohada y me preparo para dar un grito de rabia o desesperación, no lo tengo muy claro. Unos golpes en la entrada evitan la escena. Abro la puerta y ahí está Tom, no sonríe, como es habitual en él. Tampoco tiene tan mala cara como esta mañana.

—Jessie, ¿puedo pasar?

—Es tu casa, solo faltaría. Entra. ¿Cómo estás?

—Te mentiría si te dijese que bien. No te voy a engañar. Mejor que esta mañana, sí.

—Me alegro.

—Tengo que pedirte un favor.

—Dime, lo que quieras.

—Dan no debe enterarse de la verdad.

—Comprendo.

—¿Quién lo sabe hasta ahora?

—Solo lo conocen en el laboratorio, por supuesto, George, tú y yo.

—Vale, hablaré con Seth, es un hombre discreto, no me pondrá pegas y me debe una. George no es problema y confío en ti.

—Gracias. Puedes hacerlo.

—Lo hago, hoy podrías haberlo publicado a los cuatro vientos y has mantenido silencio.

—Ya sabes mi máxima, la información es nuestra y solo para nosotros. Quien quiera saber, que se compre un libro.

Una ligera sonrisa se dibuja en el rostro de mi compañero, sus ojos están tristes. Le doy un abrazo con la intención de consolarlo, si eso es posible.

—Jessie, no te voy a engañar. Si soy sincero, siempre lo sospeché, aunque nunca quise darlo por bueno. Yo bebía los vientos por Sunny, desde niños, mientras tanto ella solo tenía ojos para Andy, este desapareció y nadie dio cuenta de dónde paraba. Ella se mostró muy cariñosa, tuvimos una noche loca, a los pocos días me habló de su embarazo, las familias ayudaron y nos casamos rápido. En mi casa sabían de mi amor por ella, la familia de ella estaba encantada de no tener que planear un futuro para su hija con Andy. Poco después, Dan llegó a nuestra vida, siempre ha sido y será mi hijo. ¿Entiendes?

—Por supuesto. Te entiendo muy bien. Por mí no lo sabrá, te lo puedo asegurar. Por favor, cuéntame qué pasó.

—Todo iba bien, Sunny era cariñosa conmigo, notaba su falta de amor sincero, aunque no me quejaba, éramos bastante felices en esos momentos, quizás a nuestra manera, yo no pedía más. Un buen día apareció Andy por el pueblo, como si nunca hubiese desaparecido. No dio explicaciones, creo que tampoco se las pidió nadie, ya me entiendes. Pocos días después, Sunny desapareció sin dejar una triste nota, sin despedirse de mí, tampoco de Dan. Los vieron marcharse juntos en un coche. Hasta hoy. No sé nada más.

—¿Nada más?

—Tampoco tenía mucho interés. Solo me preocupé de mi hijo. Conforme crecía se le notaba cierto parecido a su padre, gestos, posturas, en lo físico Andy y yo no éramos tan diferentes. Siempre tuve la sospecha, nunca lo comprobé. No quise hacerlo, no tenía ninguna necesidad.

—Yo he descubierto unas cuantas cosas de su huida, Tom.

—Puedes contármelo mientras cenamos, Dan nos espera.

—¿Dan?

—Le he explicado que han encontrado restos de su madre, para él murió el día que se fue. Piensa que le han identificado por su ADN, mientras que a Andy por el de Sally, no sabe nada de su verdadero padre, me gustaría continuar así.

—Haré lo posible. Mientras esté en mi mano, puedes contar conmigo.

—Gracias, Jessie.

Cruzamos la calle, no he visto a Dan desde que le di el beso. Me tiemblan todos los músculos, creo que voy a gritar. Está en el salón, pone unas copas de vino en la mesa, me mira, ese no es el Dan que conozco, sus ojos están tristes, reflejan mucha pena interior. Me acerco a él y le doy un tierno abrazo, le susurro al oído: «siento mucho lo de tu madre». No se me ocurre otra cosa, después de un pequeño espacio de tiempo, a mí me parecen horas. Se separa de mí, sus ojos no han llorado, continúan sumergidos en un mar de pena, leo en sus labios que me da las gracias. Cuando se aleja, Tom me pide que me siente a la mesa y me lanza un guiño de complicidad. Sentados en la mesa, Tom rompe el silencio por fin.

—Dan, nosotros nunca supimos nada de la partida de tu madre. Parece ser que Jessie ha descubierto algún detalle de aquel día, yo no los conozco aún, si tú quieres estar al tanto, puede contárnoslo durante la cena, si no te apetece, lo comprendemos y me informa mañana. Tú decides.

—Hablemos de mi madre, no quiero más secretos ni misterios. Tenemos asumido que se fue con otro hombre, me interesaría conocer el máximo de detalles, la verdad no puede hacerme más daño que todas las cosas que han pasado por mi imaginación.

—Bien, puedes comenzar a contarnos todo, no ahorres detalle, por favor. —Tom me guiña el ojo mientras me habla, espero que Dan no lo vea.

—Cuando me equivoque, o quieras puntualizar algo, habla, Tom. Hay cosas que no sé muy bien cómo voy a explicarlas, no quiero que sufráis más. ¿Por dónde empiezo?

—Lo mejor es empezar por el principio, Jessie, no sufras, mis abuelos me contaron una versión descafeinada.

—Tienes razón. Vamos a contar lo que conozco hasta el momento. Desde siempre tu madre estuvo enamorada de Andy Shelby, el padre de Sally. Este comenzó siendo un gamberro más, como los miles que hay en todos los pueblos. Suele ocurrir que muchos chavales corrigen su actitud con los años, en su caso no fue así, él empeoró su forma de vida. Eran frecuentes las peleas, hay registrados incluso pequeños robos. Un día desapareció sin dejar rastro. Suponemos que tu madre se sorprendió al notar su ausencia. Nadie le dijo dónde se encontraba o por qué no se le veía por el pueblo. Ella, seguro que por despecho o como forma de venganza, se acercó a tu padre.

—Sé que se casaron estando embarazada, Jessie, el cuento del sietemesino no encaja, puedes saltarte ese mal trago.

—Gracias, Dan. Tus padres hacían vida normal. La verdad era que, mientras tanto, Andy estaba en prisión. Su familia cuenta que fue por un error en una identificación, algo así como estar en prisión por equivocación, mientras cumple el castigo de otra persona. Nada más lejos de la realidad, he leído el expediente del señor Shelby. Un buen personaje. Fue detenido gracias a los avisos de los vecinos. Vivía con una mujer, ella fue identificada como su pareja en Sioux Falls. Las llamadas a la Policía fueron por malos tratos, declararon gritos y golpes salvajes. Cuando intervino la patrulla para detenerlo aún le estaba pegando. No hay duda o excusa posible, le pillaron con las manos en la masa, mientras cometía el delito. Las lesiones fueron muy graves: hematomas, huesos rotos y la pérdida de visión de un ojo, entre otros síntomas. Resultado final para Andy: tres años de cárcel. Cuando sale a la calle, imagino que por buena conducta, al ser su primera condena, vuelve a este pueblo, no sé si tu madre se entera o él la busca, el caso es que al final los ven irse juntos del pueblo. Antes de desaparecer, un último paso. Visitaron al alcalde. —Tom se sorprende al decir esto. Cambia su postura, parece más atento. Supuse que él habría investigado en algún momento a Andy y conocía sus problemas con la ley, los motivos y las consecuencias que produjeron. Esta parte de la historia parece nueva para él—. Tengo entendido que es tío de Andy por parte de su mujer.

—Cierto, así es —confirma Tom.

—El caso es que le pidieron una ayuda, dinero para comenzar una nueva vida lejos, imagino que pensando en la mala publicidad que aporta un sobrino expresidiario, cedió a sus pretensiones y les ayudó con el «préstamo de una importante suma de dinero», según sus propias palabras. Se marcharon con la promesa de devolver la cantidad total prestada. Si nos creemos a nuestro buen alcalde, nunca le llegó un dólar de su parte. Hasta aquí la huida de la pareja. Lo lamento si soy dura, debemos analizarlo todo, Tom.

—Debe ser así, continúa.

—Imagino que solo debemos contemplar dos opciones, el asesino los eliminó en los días próximos a su huida, incluso ese mismo día, o lo hizo en un viaje de retorno, del que no tenemos ningún dato ni fecha aproximada. Existe una tercera opción, que el asesino los matase lejos de aquí, me cuesta creerlo, para luego trasladar los restos de vuelta a su lugar de origen. Esta última la descarto desde ya, carece de lógica.

—Tienes razón, Jessie, solo debemos contemplar las dos opciones primeras.

—Eso deduje yo, Tom. Pensé que solo hay una mujer entre los restos, el punto de unión con el resto de las víctimas masculinas debe tener algo en común con Andy, solo se me ocurrió una opción, le pedí a Seth que comprobara con las bases de datos de los presos.

—Es una buena opción. No se me había ocurrido. Bien hecho, Jessie.

—Gracias, Tom. —En ese momento, Dan aprovecha que su padre no lo ve para lanzarme un beso furtivo.

¡Se burla de mí! ¡Por un momento de debilidad! Me levanto de mi silla con un gesto brusco, me despido sin dar opción, les digo que estoy cansada mientras mi mirada podría helar la sangre de cualquier mortal, aunque parece que a Dan no le produce el menor síntoma, me mira burlón. Tom nota la tensión entre su hijo y yo, no parece entender nada y no pone ningún inconveniente a mi despedida. Cruzo la calle mientras maldigo mil cosas. Hacía tiempo que no me acostaba enfadada. No es propio de mí hablar sola, mucho menos maldecir sin parar mientras pienso en una persona concreta.

Demonios, Jessie. Es muy difícil dormir con este estado de nervios. No puedo pensar en el caso, en el bueno de Tom, en nada. En mi mente solo existe una pequeña toalla y un beso furtivo. ¡Será posible!

17 Pies

CAPÍTULO 24

Jessie Carlsson

Agente del FBI, destinada a la Oficina del FBI en Pierre, Dakota del Sur

Lunes, 18 de abril de 2022. 05:47

Oldham, Dakota del Sur

Avanzo cabreada con el mundo. Mientras corro no puedo olvidar el gesto de Dan la noche anterior. Cuando le besé no se quejó, más bien lo contrario. O eso me pareció a mí. Debo hablar con él, no somos ningunos críos para comportarnos como si lo fuésemos. Tengo que hacerlo a solas, su padre no puede pensar que no soy lo suficiente profesional para no saber comportarme como una buena agente especial. Estos son mis pensamientos mientras avanzo rápido, de forma mecánica, un paso tras otro por la ruta que ya se convirtió en la habitual de cada mañana.

Ya de vuelta, al acercarme a casa, veo cómo Tom ha salido a su porche, me hace señales para que vaya con él. Nada más entrar me ofrece una taza de café bien caliente, es de agradecer. Abrazo la taza entre mis manos con la intención de calentarlas mientras miro a mi compañero a los ojos, algo quiere decirme, espero que no haya descubierto nada entre su hijo y yo. Me muero de vergüenza si es así.

—¿Cómo te encuentras esta mañana?

—¿Qué clase de pregunta es esa, Tom?

—Ayer te fuiste enfadada, eso lo saben hasta las piedras. Yo no noté nada, ni creo haberte dado ningún motivo. Imagino que tu enojo fue con Dan. ¿Le molestó algo que dijiste de su madre?

—Tom, no creo que le molestara nada de lo dicho ayer noche. Le impactó conocer algo nuevo, eso es posible, lo dudo, aunque no lo descarto. Si te soy sincera, creo que dejó muy atrás la historia de su madre. No imagino que le pueda afectar ahora nada de eso.

—¿Entonces?

—No te preocupes, cosas de críos.

—¿Cosas de críos?

—No me hagas mucho caso, estoy nerviosa con el caso.

—¡Claro! Eso va a ser. Avísame cuando estés lista y vamos a la oficina.

—Dame unos minutos.

La sonrisa socarrona de Tom me hace pensar, se equivoca, imagina cosas que no son. Fuera eso de mi mente. Algún tiempo después aparcamos frente a la oficina del sheriff. Brad y Frank van a dar sus rondas, como todos los días, mientras nos quedamos Tom y yo solos frente a la pizarra.

—¿Crees que debemos actualizarla? Solo para tener toda la información de un vistazo, a mí me ayudó.

—Por supuesto, Jessie, también a mí me puede ayudar. Vamos a ver.

Tomo una de las tizas blancas. En la primera columna escribo los dos nombres identificados hasta el momento. AndyShelby, debajo Sunny Sue. Miro a Tom, me hace un gesto de aprobación.

—Tenemos dos víctimas identificadas hasta el momento, quedan quince aún por conocer. He dado vueltas a una cosa, en la columna de la derecha, donde tenemos las opciones de la localización de los restos, casi podemos asegurar que el asesino utilizó esa zona «por cercanía».

Mientras hablo busco una tiza de color rojo y realizo un círculo que encierra esas dos palabras para remarcarlas. Estoy segura de que esa es la opción correcta, miro a la parte alta de la pizarra y subrayo las dos anotaciones que están allí: «¿por qué ahora?» Y también «¿para qué?».

—Estoy segura de que, si encontramos respuesta a esas dos preguntas, avanzaremos mucho en el caso. Necesitamos buscar una mínima lógica a esa acción. Estoy convencida de que debe tenerla, el criminal lo hizo con un motivo que, por lo menos para él, tiene un sentido, una explicación coherente que se nos escapa a nosotros.

—Cada vez que lo pienso, creo que tienes más razón, ha dado ese paso buscando un objetivo concreto, tenemos que descubrirlo si queremos avanzar en este caso.

—Vamos a intentar resolver las incógnitas de esta pizarra. Se me ocurre una cosa. Espera.

Marco el número del jefe del laboratorio forense, conecto el sistema de manos libres.

—Buenos días, agente Carlsson. En este momento voy en coche, llegaré en unos minutos al laboratorio, aunque no lo parezca, a veces estoy fuera, tengo algo de vida fuera de la oficina. Poca, si le digo la verdad, aunque algo hay.

—Ya lo supongo. Es solo una consulta, Seth, no te robaré mucho tiempo. ¿Podemos saber el tiempo intervalo que han estado los restos congelados?

—De forma exacta es imposible.

—Aproximada nos vale.

—Al no conocer la temperatura y condiciones a las que han estado expuestos, no le voy a dar un dato fiable. Prefiero no aventurar un dato que sé que no es fiable.

—Voy a ser más precisa, necesito que me ayude en este punto. Necesito saber si los dos restos identificados se pueden datar, aunque no sea de forma exacta. Quiero conocer si esas víctimas fallecieron el mismo día.

—Llego al laboratorio y la llamo, creo tener un cálculo que puede ayudarle, no sé si le valdrá a usted de algo.

—Quedamos a la espera de su llamada.

Seguimos con el análisis de nuestra pizarra. Tom, con la tiza roja que yo usé antes, subraya con fuerza el nombre de Andy Shelby.

—Las dos víctimas deben ser iguales para nosotros, Tom.

—Recordé algo que dijiste ayer. Todos son hombres menos Sunny. Puede ser que ella estuviese en el sitio equivocado en el peor momento. ¿Es posible?

—Quieres decir que ella puede ser una víctima colateral, el objetivo del asesino era Andy.

—Exacto, algo que coincide con el resto de las víctimas, todas hombres.

—Sí, es muy posible.

—Vamos a considerar esto así y vamos a analizar el caso desde otro punto de vista. Estamos frente a un asesino en serie, sabemos que su víctima objetiva es un hombre.

—Vale.

—No cualquier hombre, no lo olvides. Es uno que desaparece y no le busca nadie, ¿me comprendes?

—Tienes razón, es alguien que nadie echa de menos, ni preguntan por él, es un hombre que desaparece sin dejar huella, a nadie le interesa su paradero o si está vivo.

—O muerto. Tienes mucha razón, Tom. Nuestro asesino en serie busca un tipo de víctima muy especial y particular. ¿Cómo es capaz de elegir dieciséis hombres que desaparecen de este mundo y nadie busca o echa en falta?

—No es posible, estos hombres deben tener familia, amigos...

—Vamos a centrarnos en uno de los cuerpos que tenemos identificado. Nadie busca a Andy por un motivo, todos piensan que se ha fugado para buscar una nueva vida, romper con su pasado, y por eso nadie pregunta por él. ¿Cómo localizas quince hombres más en su misma situación? Quien hace algo así busca el secreto, el anonimato, no lo pregona, ni va a una agencia para cambiar de vida.

—La relación entre las víctimas debe ser otra. No me cabe la menor duda.

En ese momento suena el teléfono, en la pantalla se puede leer «Seth Bukowski», activo el altavoz.

—Dime, Seth.

—No sé si os puede servir de algo. Según nuestros cálculos, los restos más antiguos son los dos identificados, me aventuro a decirte que los cortaron en las mismas fechas. Creemos que pueden llevar congelados más de veinte años, quizás treinta, no puedo darte datos más concretos.

—Gracias, eres de mucha ayuda. Una cosa más, ¿puedes decirme si los pies fueron congelados de uno en uno, en parejas o grupos?

—Sin poder poner mi mano en el fuego, creo que fueron cortados y congelados de forma independiente, los únicos que parecen coincidir, siempre debe tomar esta afirmación con pinzas, son los que tenemos identificados.

—Bien. Más de veinte años, son los más antiguos de todos los restos.

—Sí, eso es.

—Gracias, Seth, cualquier novedad, ya sabes.

—Tengo un dato más, espero pueda serle de utilidad.

—Cuéntame.

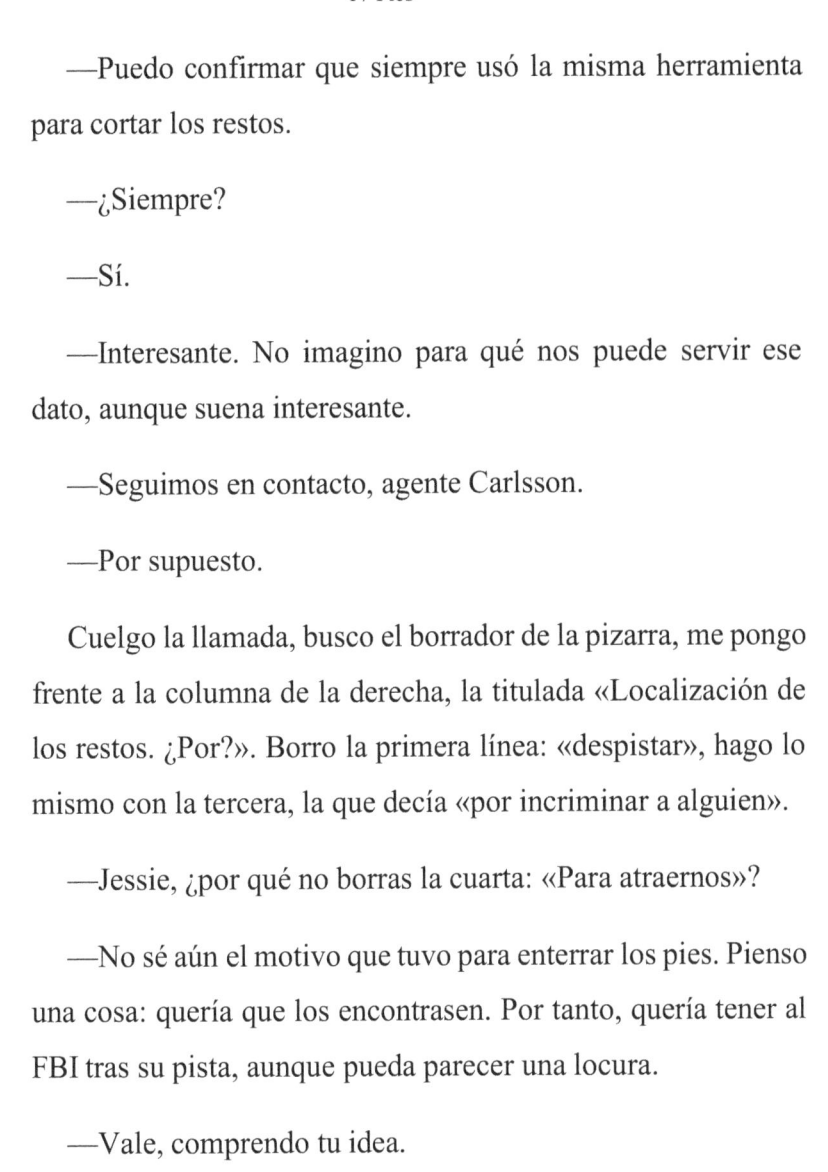

—Puedo confirmar que siempre usó la misma herramienta para cortar los restos.

—¿Siempre?

—Sí.

—Interesante. No imagino para qué nos puede servir ese dato, aunque suena interesante.

—Seguimos en contacto, agente Carlsson.

—Por supuesto.

Cuelgo la llamada, busco el borrador de la pizarra, me pongo frente a la columna de la derecha, la titulada «Localización de los restos. ¿Por?». Borro la primera línea: «despistar», hago lo mismo con la tercera, la que decía «por incriminar a alguien».

—Jessie, ¿por qué no borras la cuarta: «Para atraernos»?

—No sé aún el motivo que tuvo para enterrar los pies. Pienso una cosa: quería que los encontrasen. Por tanto, quería tener al FBI tras su pista, aunque pueda parecer una locura.

—Vale, comprendo tu idea.

—Ahora quiero centrarme en una cosa. Las primeras víctimas las tenemos localizadas e identificadas. El asesino no fue a California o Brasil para matarlas, cortarles un pie, congelarlo y treinta años después enterrarlo en el mismo pueblo de donde proceden, junto a quince pies más. ¿Sabes lo que quiero decir?

—Sí. El asesino es de aquí, es uno de mis vecinos, de mis paisanos. —En ese momento, Tom deja de hablar, da una palmada y habla con otro tono de voz—. Llámame loco, imagina esto, acabo de pensarlo: ¿Y si no buscamos al asesino?

—¿Qué dices?

—Imagina esta hipótesis: el asesino congela los diecisiete pies, los primeros hace muchos años, en ese caso, existen dos posibilidades. La primera, si pienso en el asesino, en su edad, es muy mayor. La segunda, ha fallecido ya. Alguien realiza el hallazgo en un congelador y no sabe qué hacer con ellos, recuerda que no es la misma persona que ha hecho desaparecer todos los cuerpos. Lo primero que se le ocurre es llevarlos a un sitio perdido, enterrarlos, y se olvida del asunto.

—Eso explica casi todo, Tom, muy bien.

—¿Casi todo?

—Sí, no sabemos cómo encontró el asesino a diecisiete víctimas que no importaban a nadie, que ninguna persona relacionada con ellos buscó jamás y no saben que desaparecieron.

—O no les preocupa lo más mínimo.

—Eso también puede ser, sí.

—¿Qué piensas hacer ahora, Jessie?

—Lo primero, poner al día al jefe. A ver sus indicaciones a la vista de tu nueva teoría y de las conclusiones que hemos sacado, si es que se le ocurre alguna que nos pueda ayudar.

Antes de la llamada, necesito aclarar todas mis ideas, la conclusión de Tom tiene su lógica, cambia un poco las cosas, para ser sincera. Si tiene razón, ahora no vamos detrás de un asesino, ya no sé ni a quién buscamos. Estoy hecha un lío ahora mismo.

17 Pies

CAPÍTULO 25

Jessie Carlsson

Agente del FBI, destinada a la Oficina del FBI en Pierre, Dakota del Sur

Lunes, 18 de abril de 2022. 18:11

Oldham, Dakota del Sur

La conversación con George Millan fue larga. Su conclusión era la esperada. La teoría de Tom gana adeptos, debo reconocerlo, no me hace ninguna ilusión, si lo pienso bien, a cada minuto que pasa, también me convence a mí. La rabia quetengo es no haber caído en esa posibilidad, reconocer esa opciónantes. Ahora me parece tan evidente y sencilla... Tom termina de trabajar con nosotros el jueves, su jubilación ya está aquí, sedespide por la puerta grande, su experiencia y perspicacia han quedado de manifiesto hasta en su último caso. Asumió el papelde agente de apoyo, solo puedo tener palabras de agradecimiento por eso, me ayudó en todo, nadie puede pedir más. Cuando ha llegado el momento preciso, ha demostrado su valía, ya me gustaría llegar algún día a su nivel. El jueves se marchará con honores el bueno de Tom. Puede que ese día ni me envíen un sustituto y tenga que volver a Pierre con el rabo entre las piernas después de «mi gran caso».

Si lo pienso bien, es un caso cerrado, va a ser imposible encontrar quién enterró los pies. Por lo menos me queda estudiar lo que me comentó el jefe, no sé muy bien si lo pide para justificar nuestro trabajo, o bien quiere cerrar el caso con todo bien atado, puede que me dejen emplear un tiempo más para descubrir y resolver todos los cabos sueltos. Me toca buscar todo lo que pueda encontrar del resto de las víctimas. Por lo menos tengo una misión, no es la caza de mi asesino en serie, aunque menos da una piedra.

Llega el penoso momento de dar la cara ante la prensa. Seguiré las indicaciones del jefe, mantener perfil bajo y dejar que el caso se apague solo, sin crear ninguna expectativa, sin dar ninguna esperanza inútil. En teoría debe ser la rueda de prensa más fácil hasta ahora. Me preparo y me enfrento con las cámaras, micrófonos y móviles, cada vez son menos, como me temía. Esta vez tengo detrás al equipo completo, Tom con su semblante serio, Brad y Frank a su lado, en su papel de fuerzas

17 Pies

del orden locales. Toca tragar saliva, aclarar la voz en lo posible e intentar salir lo más airosa posible de este trago.

—Buenas tardes. Lamento comunicarles que no se han producido avances en el caso del asesino múltiple bautizado como «diecisiete pies». Seguimos a la espera de hallazgos o pistas que nos puedan proporcionar nuestros compañeros del laboratorio forense del FBI.

Los periodistas no usaron el turno de preguntas, es comprensible, no hay donde rascar, no les he dado algo a lo que puedan agarrarse. Mi gran caso se ha desinflado como un mal globo de feria, mucho antes de lo previsto. Ya han recogido todas sus cosas, algunos se van a gran velocidad, sin pensamiento de volver. La periodista más veterana se acerca para susurrarme algo al oído.

—Esto es una despedida, agente Carlsson. Estos pies no dan para más, se veía venir, han recorrido todo el camino que les ha sido posible. —Ríe su ocurrencia. Si nos encontrásemos en otra situación, yo también reiría, seguro. Aunque en este momento no le encuentro la gracia.

—Me interesa avanzar en la investigación para encontrar al culpable, imagino que lo comprende, no tengo ningún interés en salir en las noticias, nunca ha sido mi objetivo.

—Ya, eso dicen todos, hasta descubrir que quien más minutos sale en la prensa, más pronto asciende. Es una ley matemática, no se enfade conmigo, yo no la he propuesto, solo se lo cuento.

—No seré yo quien le lleve la contraria, no conozco bien este mundo.

—Eso se nota, nosotros lo vemos fácil. Solo quiero decirle una cosa: muchas gracias por dejarnos hacer, me ha caído usted bien. Le voy a contar una noticia, es una primicia, ha saltado un escándalo sexual de un senador de Ohio, algo muy vergonzoso, va a llenar muchos minutos de noticias los próximos días. La mayoría de los compañeros se irán para allá en un par de horas o tres, yo tengo la primicia y me voy directa, ya. No se lo cuente a nadie, a ver si pillo alguna exclusiva.

—No puedo asegurarlo, mi madre sabe sonsacarme todos mis secretos.

—El poder de una madre es sagrado, a ella puede decírselo. Diviértase. Espero vernos pronto, agente Carlsson.

—En otras circunstancias, por favor.

—Se lo compro. Soy más de vino que de cerveza, no lo olvide, por si acaso. Si le soy sincera, hablo con usted para que no me vean partir en dirección contraria, mientras conversamos todos se van en la dirección equivocada. Este es un universo cerrado, en este mundo particular es donde destacan los vivos, los pícaros, ¿me entiende?

—A la perfección.

La veo subirse al coche donde la espera su equipo, el cámara y otra compañera, supongo que era la encargada del sonido. Nunca lo sabré. Unas palabras resuenan en mi cabeza: «Este universo cerrado, este mundo particular es donde destacan los vivos, los pícaros». Yo no destaco, me he perdido dentro de un grupo de pies, la mayoría sin cuerpo conocido.

17 Pies

CAPÍTULO 26

Jessie Carlsson

Agente del FBI, destinada a la Oficina del FBI en Pierre, Dakota del Sur

Lunes, 18 de abril de 2022. 19:26

Oldham, Dakota del Sur

Tom se marcha con Brad, este le llevará después a su casa. Frank se ha marchado hace un rato. Me parece bien, casi prefiero quedarme sola, con mi pensamiento, me auto examino para ver si cometí algún error con la intención de, si llega a presentarse otra oportunidad, no volver a cagarla a lo grande. Me sitúo frente a la pizarra. Miro las columnas, cada pregunta, cada análisis. No veo grandes errores, tampoco se puede resaltar ningún acierto llamativo. Después de ver un buen rato la pizarra, busco el borrador, mi primera intención es borrarlo todo y escribir la frase que tengo en mente desde hace unos buenos minutos: «Este universo cerrado, este mundo particular, es donde destacan los vivos, los pícaros». Lo pienso mejor, escribo la frase como una línea, en la parte inferior de la pizarra. Me va a estallar la cabeza, nada termina de encajar en su sitio.

Suena mi teléfono, sin mirar quién llama, contesto de forma mecánica mientras mi mirada se pierde entre los trazos de tiza.

—Agente Carlsson.

—Aquí la madre de la agente Carlsson.

—Perdona, mamá, llevo un mal día.

—Ya lo he visto, cariño, no parecías tú en la rueda de prensa.

—He dicho lo mismo de los últimos días, si lo piensas bien, que no encontramos nada y que dependemos de nuestro laboratorio forense, si ellos encuentran alguna pista, podremos avanzar.

—No me refiero a eso, las palabras serán las mismas o parecidas. Eras tú la que no estaba igual, dabas la imagen, la sensación, de estar derrotada, hundida, como si no pudieras más. Esa no es mi Jessie, mi hija no se rinde a las primeras de cambio, nunca lo ha hecho, no creo que este sea el momento para una primera vez.

—Lo siento, mamá. ¿Tanto se ha notado?

—No sé si el resto del mundo se dio cuenta, para mí no tienes secretos.

—Si no ocurre un milagro, mi primer caso está en un callejón sin salida, no veo por dónde puedo avanzar.

—Jessie, no te puedes tomar este caso como una carrera de *sprint*, si no me equivoco, el caso de un asesino múltiple hay que plantearlo como una maratón.

—Quizás tengas razón, mamá, seguro que la tienes. Aunque si todo el mundo tiene razón, mi carrera, perdón, este caso ha terminado. Lo peor es que no lo vi venir. Es una deducción sencilla, la pena es que no se me ocurrió a mí. Tom se dio cuenta, yo ni me lo plantee.

—Explícate, Jessie.

—Su teoría es simple. El asesino múltiple mata a sus víctimas, les corta un pie, por el motivo que sea, lo congela y se deshace de los cuerpos. Muchos años después, aparecen esos pies, demasiado fáciles de encontrar, un perro tiene poca capacidad para una excavación profunda, no sé si me entiendes. La teoría de mi compañero es que el criminal meticuloso murió, alguien encontró los pies, no sabía qué hacer con los restos y se deshizo de ellos de manera torpe.

—Vaya, pues no me parece bonito. Ya me gustaría encontrarme cara a cara con tu compañero y decirle cuatro cosas.

—¿Qué le tienes que decir tú a mi compañero?

—¡Que no me parece bien! ¡Querer quedar por encima tuya, solo por haber pensado una teoría!

—¿Qué dices, mamá? Tom no me ha dejado en mal lugar.

—Un momento, lo habéis presentado como equipo.

—Sí, ni yo destaqué en ningún momento, ni el tampoco.

—Entonces, ¿cuál es el problema?

—El problema es que yo quería hacer un buen trabajo, algo que pudiesen valorar en la oficina, los de arriba.

—Eso ya lo haces, hija.

Estoy en un círculo cerrado. Quiero cambiar de tema, ya sé qué decirle a mi madre para que piense en otra cosa.

—Mamá, tengo una primicia para ti.

—Dime. ¿Es sobre tu caso?

—No, es «más jugoso» aún, imagina. Un senador de Ohio ha sido pillado en un gran escándalo sexual.

—¡No me digas! Cuéntame más, por favor. ¿Cómo te has enterado? No te guardes nada.

La conversación se desvía hacia esta nueva noticia, es un fiel reflejo de mi situación, el *affaire* del senador tapa y hace olvidar el caso en el que trabajo. Me da igual el tema, la conversación con mi madre me relaja. Hoy no le cortaré, quiero dejarle hablar, sus palabras me llevan a otro lugar, a otro momento. Mientras me cuenta cosas sin importancia, mi pensamiento está dando vueltas por la pizarra. Pasa de una palabra a otra sin detenerse a analizarla.

17 Pies

CAPÍTULO 27

Jessie Carlsson

Agente del FBI, destinada a la Oficina del FBI en Pierre, Dakota del Sur

Lunes, 18 de abril de 2022. 20:09

Oldham, Dakota del Sur

El motor del Cadillac se pone en marcha con suavidad. Comienzo a circular tranquila, no hay prisa, ninguna urgencia me reclama. El pueblo parece estar dormido, a excepción de Grealish House, dudo un momento. Me tomaría una cerveza, quizás incluso algo más fuerte. Desisto, no mejora en nada mi mermada imagen verme beber sin control. Voy a mantener la fachada, por lo menos de momento. La pantalla central del Escalade se ilumina, indica que entra una llamada, identifica a Seth Bukowski. Si soy sincera, no albergo muchas ilusiones con esta comunicación, espero que no lo note. Pulso el botón del volante para descolgar la llamada.

—Hola, Seth.

—Agente Carlsson, quiero actuar bien. No he querido pasarle un resultado parcial, puede resultar engañoso, ya tengo el informe completo.

—¿Quieres decir que has obtenido algún resultado?

—En concreto ocho, sin contar a Andy Shelby. Con él son nueve positivos.

—No termino de entender, perdona. Necesito más datos, explícate, por favor.

—¿Recuerda que me pidió que comparase las muestras de los pies con los reclusos del estado?

—Sí, lo recuerdo.

—Ocho han dado positivo. Nueve con Andy.

Cuando Seth termina de pronunciar su frase, aparco frente a la casa de Tom. Paro el motor mientras mi mente analiza la nueva información.

—Quieres decir que tenemos la identidad de ocho nuevas víctimas.

—Correcto, en total conocemos diez de las diecisiete.

—Bueno, es un gran paso adelante en la investigación.

—Recopilamos en estos momentos toda la información posible, se la envío durante la noche, nos encontramos con varias dificultades añadidas, imagine nuestra situación. Nos encontramos que no hay constancia de sus fallecimientos ni desapariciones, recopilar todos los datos es un poco más complejo. Si todo va bien, mañana podrá analizarlos. ¿Dónde quiere que se la envíe?

—Al mismo correo del informe anterior, a la oficina del sheriff de Oldham, si eres tan amable. Muchas gracias, Seth, me has alegrado el día.

—Si necesita cualquier otra cosa, solo tiene que decírmelo. Continuamos con nuestra tarea.

—Gracias, doctor Bukowski, buen trabajo. Dígaselo a todo su equipo.

—Se lo traslado a mis compañeros. Muy amable.

Entro en la vivienda, mi mente comienza a pensar en las pocas repercusiones que pueden tener en el caso las nuevas identificaciones. Nadie notó su ausencia, ocho individuos que han abandonado este mundo y ninguna persona se preocupó de dónde estaban o el motivo de su desaparición. Diez si también incluyo a Andy y Sunny. No veo cómo puede ayudarme saber eso, de momento seguimos sin conocer la identidad de los propietarios originales de siete pies.

Busco alguna opción de indicio, algo que pueda usar como pista, un hilo del que tirar para desenrollar este ovillo. No veo cómo hacerlo. Me tumbo boca arriba en la cama, en el techo de la habitación mi mente proyecta la imagen de la pizarra con las anotaciones en tiza. Mi visión desaparece en parte, la parte central y derecha. Ahora solo distingo la columna de la izquierda, en la línea más alta figura un diecisiete en números. La segunda dice dieciséis hombres y una mujer. En mi mente borro la tercera línea, antes decía «no hay coincidencias en la lista de desaparecidos». Con una tiza ficticia, imaginaria, escribo «Andy Shelby / Sunny Sue pareja». Sonrío y afirmo, bien. Es un dato objetivo, no ayuda nada, qué le vamos a hacer. Mi ilusión continúa trabajando. Añado otra línea más, esta dice: «9 exreclusos».

Esto no puede ser una coincidencia. Seguro, no lo es.

¿Cómo me ayuda?

No lo sé. Mejor dicho: ¡Aún no lo sé!

Ahora, mi mente solo ve la última línea. Mi cabeza me quiere decir algo. Casi sin darme cuenta, en mi fantasía, desaparece poco a poco esta frase de mi pizarra ficticia. En mi delirio, ahora solo veo una frase que llena toda esa pizarra. Esta frase se está haciendo más grande, comienza a ocupar hasta las paredes. En este momento solo puedo leer una cosa: «Andy Shelby / Sunny Sue pareja».

Son la única conexión con este pueblo, que sepa, claro. ¿Qué hacen ellos dos entre las víctimas? ¿Por qué están mezclados con el resto? ¿Qué relación pueden tener esta pareja local con un mínimo de ocho expresidiarios más? Si hay un vínculo entre la cárcel y las víctimas, ¿qué pasa con las otras siete? ¿Son delincuentes, aunque no los apresaron? ¿Cómo puede saber el asesino que son culpables de algo, si la justicia no se ha pronunciado?

Unos golpes en la puerta hacen desaparecer las letras que ven mis ojos en el techo. No me he dormido, parecía estar en trance. Bajo deprisa mientras miro mi móvil, nadie me ha llamado. Abro la puerta de golpe y veo en el centro de la calle el coche del sheriff que se aleja, una mano me saluda, le digo adiós al bueno de Brad. Tom me pide que vaya con ellos a cenar, algo tendrá preparado Dan. Acepto su invitación, si lo pienso bien, tengo cosas que contarle.

—Me parece perfecto, de paso te pondré al día con las últimas novedades.

—¿Tenemos novedades?

—Las tenemos, aunque no sé muy bien dónde nos llevarán.

Espero que su experiencia sepa encontrar un camino para continuar, ahora mismo me veo sentada en un banco, mis pies cuelgan y se balancean sin ningún motivo aparente, la verdad es esta: no sé a dónde dirigir mis próximos pasos.

CAPÍTULO 28

Jessie Carlsson

Agente del FBI, destinada a la Oficina del FBI en Pierre, Dakota del Sur

Lunes, 18 de abril de 2022. 21:12

Oldham, Dakota del Sur

Cruzar la calle parece un trayecto corto, no se puede denominar ni siquiera un «corto paseo», debo reconocer que se me hizo eterno, incluso creo tener síntomas de cansancio al entrar por la puerta. No es físico, estoy convencida de que lo produce el estrés de saber que voy a enfrentarme otra vez a Dan. Tranquila, tú puedes, no en vano eres una agente especial del FBI. Una al mando de un caso grande. Tom abre la puerta, me invita a entrar y da una voz de aviso a Dan, que ya tiene algo preparado en la mesa. En este momento sirve vino en una copa, me la ofrece mientras me mira directo a los ojos, me parece intuir una sonrisa en su rostro, no puedo jurarlo. No soy capaz de adivinar las intenciones del hijo de mi compañero. Mientras tanto, él llena dos copas más, una para cada uno de ellos. Antes de que diga algo inconveniente sobre la investigación, decido advertirle.

—Que yo sepa no hay nada que celebrar.

—No sé cómo va vuestra investigación, más allá de tu intervención con la prensa, no tengo información privilegiada, si es lo que imaginas, mi padre nunca me cuenta nada. Esto lo he montado por una sencilla razón. Hay más mundo, Jessie, me refiero a que no todo se acaba con vuestro FBI. Una editorial ha seleccionado mis dibujos para ilustrar una gran colección infantil.

—Hijo, supongo que eso es bueno.

—Muy bueno, papá, esto supone un contrato de superestrella, trabajo para muchos años, además, bien pagado.

—¿Dejarás los pequeños contratos, como hasta ahora?

—Eso es lo mejor, conseguí eliminar del acuerdo la exclusividad, puedo seguir con mis clientes de siempre.

—Bien, me alegro, alguien tiene algo que celebrar por fin —digo mientras levanto mi copa para brindar.

Mi frase es sincera, me alegro de su éxito. Durante la cena se habla de él, hasta que Tom me mira a los ojos, parece leer en mi mirada y dice:

—Bien, ya hemos brindado y comentado tu buena nueva, Dan. Si me lo permites, que hable ahora mi compañera.

—Por supuesto, papá.

—¿Te apetece contarnos las novedades de nuestro caso, Jessie?

—¿Has hablado con el doctor Bukowski?

—No. Para nada. Te he visto mientras nos mirabas sin estar atenta cien por cien. Eso no es habitual en ti. Tu cabeza no para de dar vueltas a algo. Solo puede ser una novedad que no has analizado antes. Aprendo a conocerte, lástima no tener más tiempo.

—Cierto, Tom, el jueves está aquí mismo.

—No lo olvido. Mientras no llegue, trabajamos, ¿te parece?

Dan sonrió, lo entiendo como un gesto para darnos su aprobación. Le comento lo poco que ha descubierto el equipo de Seth. No es mucho, sin embargo, debo reconocer una cosa:

es más de lo que podíamos esperar en un principio. Han identificado más de la mitad de los restos. Es un logro, debo quitarme el sombrero, no lo puedo negar. Les explico mis conclusiones, esas que daban vueltas a mi cabeza antes de la llamada de Tom. Nadie ha notado la ausencia de estas personas, de estos hombres, no sabemos cuándo fue la última vez que se les vio con vida, imposible buscar ninguna pista que pueda ayudar en la investigación. ¿A quién pregunto sobre unos hombres olvidados por todos? ¿Ningún familiar o amigo se ha preocupado de ellos? ¿Por qué? No veo mala cara por parte de Dan, no obstante, quiero que esté cómodo con nuestra conversación. No me gusta pensar que se siente desplazado.

—Tom, a tu hijo quizás no le apetezca que hablemos de este tema mientras cenamos.

—No me molesta en absoluto.

—¿Aunque hablemos de tu madre?

—No la conocí, cualquier información sobre ella me ayuda a saber quién era, o los motivos para hacer lo que nos hizo.

17 Pies

—No se ha conseguido conocer ningún detalle concreto. Solo tenemos ese dato que no nos ayuda mucho, ocho de los pies pertenecen a gente que ha pasado por prisión.

—Nueve, tienes que añadir a Andy Shelby —puntualiza Tom.

—Cierto. Nueve. Algo que no nos sirve de mucho.

—Tiene que ayudaros de alguna forma. Yo no soy investigador, sin embargo, eso debería abrir alguna puerta por la que podáis seguir con vuestra tarea.

—Debería ayudar, sí. Tom, corrígeme si me equivoco. En casos normales identificar a esos hombres nos daría una nueva pieza del rompecabezas, unidas podrían llevarnos a una conclusión o pista nueva. En estos casos, el pie es la primera pieza de ese rompecabezas. No tenemos nada a lo que unirlos, nadie informó de sus desapariciones, tampoco podemos conocer cuándo fue la última vez que se les vio con vida, con quién pasaron sus últimas horas, ni siquiera dónde fue. Si lo miramos bien, no tenemos nada. Saber el nombre del «donante» de algún pie, no nos ayuda para avanzar en el caso.

—Pues es muy triste.

Dan habla con un tono de voz muy bajo, casi no le oigo.

—¿Qué es muy triste?

—Desaparecer de este mundo y que nadie te recuerde, pregunte por ti o te busque. Espero que no me pase a mí.

Dan tiene razón, no lo había pensado desde el punto de vista de las víctimas. ¿Cómo es posible que nadie note la falta de diecisiete personas? No dice nada más, se levanta despacio y se marcha a su habitación. Tom y yo nos miramos en silencio. Es el momento de dar por terminado el día y descansar.

CAPÍTULO 29

Jessie Carlsson

Agente del FBI, destinada a la Oficina del FBI en Pierre, Dakota del Sur

Martes, 19 de abril de 2022. 05:57

Oldham, Dakota del Sur

Cualquier persona que me vea correr pensará que estoy muy concentrada en mi carrera matutina. Todo lo contrario, mi cabeza no está pendiente de lo que hago mientras hago deporte. De forma mecánica, un pie tras otro, avanzo sin controlar el rumbo, mi mente realiza un análisis exhaustivo de algo que se dijo ayer. No salió de mis labios, tampoco de Tom. Lo dijo Dan, como si tal cosa. Es algo que no paro de repetir, veo cómo lo dice, triste, con la mirada perdida: «Desaparecer de este mundo y que nadie te recuerde, pregunte por ti o te busque». Supongo que no pensaba en las diecisiete víctimas, imagino que solo se refería a su madre. Puede ser. Es más, seguro que pensaba en ella mientras decía esas palabras. Yo ahora traslado esa reflexión a todas las víctimas. Con una idea añadida: ¿Cómo podía saber el asesino que nadie se preocuparía de sus desapariciones?

¡Un momento! Piensa, Jessie, piensa. Nadie puede tener la certeza de esa situación, todo el mundo tiene familia, ellos tienen que notar tu ausencia. Los amigos pueden no darse cuenta en un momento dado, claro que sí. Ese no es el caso de la familia, de ninguna manera puedo dar por válida esa hipótesis. Los parientes, más pronto que tarde, saben que tú no estás con ellos, alguien de la familia tiene que notar la ausencia.

Me alejo mucho de la casa, tengo que centrarme, cambio de rumbo con la idea de retornar sobre mis pasos. Este caso lo van a cerrar en dos días, nunca mejor dicho, en el momento que Tom se jubile me reclamarán en la oficina. No me cabe la menor duda. La verdad es que tampoco hago nada aquí, salvo rellenar la pizarra. Ahora que lo pienso, debo memorizar una tarea que tengo pendiente. Debo actualizarla y volver a ponerme frente a ella. Estudiarla y buscar todas las opciones posibles dentro de las limitaciones que nos presenta este caso.

Una vez me he cambiado, recojo antes de lo normal a Tom, vamos a tomar un café en Grealish House. Mi compañero se alegra de verme más activa que ayer. Mientras saboreamos el cálido café, nos traen unos trozos de tarta.

—Gracias, Dolly, me temo que te equivocaste, solo pedimos café.

—No es cosa mía, os invita el alcalde, ahí viene.

Con una sonrisa desagradable se acerca a nuestra mesa con aires de perdonavidas que no le sientan nada bien, queda ridículo. Lo hace con la clara intención de que todos los clientes se den cuenta de sus movimientos. Le miro a los ojos, sin titubear, intento que no note mucho mi incomodidad.

—Espero que no se molesten, les invito a un poco de tarta, a modo de detalle de despedida, imagino que nos dejarán en breve, aquí ya no tienen nada que investigar.

—Nos quedamos hasta que la central lo vea oportuno.

—Recuerda, Adam, yo ya no regreso a la oficina. Desde ya soy un habitante habitual en Oldham.

—Nos tranquiliza y alegra mucho tu regreso, Tom. Ya lo sabes.

—No lo dudo, alcalde, ni por un instante.

—Tienes que comprender mi posición, los vecinos no estamos acostumbrados a tener al FBI en nuestro pueblo con preguntas...

—Quizá debería decir que le hemos traído respuestas.

—¿Cómo dice, agente Carlsson?

—Recuerde bien la situación, parece que olvida la realidad, ningún habitante del pueblo sabía que su propio sobrino y Sunny Sue habían fallecido. Usted se los imaginaba en Brasil o cualquier otro sitio, con una vida feliz y, sin embargo, estaban aquí al lado.

—¡A esto me refiero! ¿Qué necesidad hay de remover unpasado olvidado?

—Para empezar, encontrar a un asesino en serie. Sin tener en cuenta a esos familiares que conocen el fatal desenlace de sus seres queridos. —Espero que haya notado el tono que le imprimo a la frase, para ver si se da por aludido.

—No quiero discutir con usted, agente, solo digo que el mundo debe continuar, su presencia nos ayuda poco. Tom, al fin y al cabo, es uno de nosotros.

17 Pies

Tom se levanta con brusquedad, pone su mano en el hombro del alcalde, aquel gesto parece engrandecer a mi compañero, mientras consigue el efecto contrario sobre la imagen del alcalde. Espera a estar seguro de que todos los clientes están pendientes de sus palabras.

—Si no piensa pedir disculpas a mi compañera, esta conversación ha terminado, señor alcalde. Como agente del FBI le informo de que investigaremos hasta solucionar este caso. Si yo tengo que dejarlo, no se preocupe, otro agente me sustituirá. Y usted, tanto en su papel de primera autoridad de Oldham, como familiar directo de una de las víctimas, se cuidará mucho de entorpecer nuestra labor.

—¿Me amenazas delante de todos?

—Me alegro de que lo comprenda a la primera, sin necesidad de ninguna aclaración más. Buenos días.

No espera su respuesta, gira su cuerpo y comienza a caminar hacia la salida. Como un resorte me levanto y le sigo, es la viva imagen de la dignidad y profesionalidad. Todos los ojos están clavados en nosotros. Creo que el alcalde seguía inmóvil cuando abandonamos el local. Poco después, en la oficina del sheriff, nos reímos mientras Tom se lo cuenta a Brad.

—Esto me salpicará, lo sabes, no tardará mucho en pedirme explicaciones.

—Si te dice cualquier cosa, no dudes ni un instante, que me llame, dile que tienes la obligación de obedecernos, estás bajo nuestro mando en este caso, no te preocupes.

Brad nos deja en la oficina, frente a la pizarra. Yo dedico unos minutos a actualizarla. En la columna de la izquierda, bajo el gran diecisiete en números, borro la frase «no hay coincidencias con la lista de desaparecidos». Escribo los nombres de Andy Shelby y de Sunny Sue. Debajo añado: «nueve ex reclusos». Veo cómo Tom aprueba los cambios. Sin darle tiempo a manifestar sus opiniones, marco el número del doctor Bukowski, conecto el manos libres.

—Buenos días, agente Carlsson.

—Hola, doctor. Necesito un par de cosas, espero me pueda ayudar.

—Si está en mi mano, cuente con ello.

—Lo está, lo está. Tengo una duda, ¿pueden determinar cuándo se congeló cada pie?

—Con un gran margen de error, sí, podemos. La congelación y posterior descongelación no nos ayuda a precisar mucho.

—Los registros de ADN de los reclusos no tienen mucha antigüedad, sabemos la identidad de los dos restos de más vejez, los identificamos por compararlos con descendencia de forma casi casual. Tenemos unos restos sin identificar, y ocho más, que coinciden con expresidiarios. ¿Hasta aquí correcto?

—Sí. Hasta el momento es todo exacto, aunque si le soy sincero, no sé dónde quiere llegar.

—Es fácil. Necesito confirmar si los restos que ya tienen nombre son los más recientes. Imagine si todos fuesen expresidiarios. Cuando Andy pasó por la cárcel, no registraron una muestra suya con la que podamos comparar hoy. Puede ser que los siete restos sin identificar se encuentren en la misma situación.

—¿Quiere decir que pasaron por prisión antes de que guardaran una muestra suya?

—Eso es lo que pienso.

—Tiene lógica, nos ponemos con eso ahora. Le llamo en cuanto tenga la respuesta.

Corto la comunicación, al girarme veo a Tom, me mira con una sonrisa, quiero pensar que hay algo de admiración en su gesto. Quizás sea solo una ilusión.

—Bien, compañera, bien. Podías compartirlo conmigo, antes de lanzar tu teoría al mundo. Por ejemplo, ayer, después de la cena.

—Lo he pensado mientras corría esta mañana, por esto tenía prisa hoy.

—Vale, te lo voy a permitir por esta vez. Espero que no se convierta en costumbre. ¿Qué sugieres que hagamos a continuación, agente al mando Carlsson?

—No te rías de mí. ¿Te parece si vemos los expedientes de las víctimas identificadas? Busquemos puntos en común, algo que pueda relacionarlos de alguna forma para que el asesino los eligiese.

Localizo los archivos que nos envió Seth, los reparto de forma equitativa, cuatro para Tom, cuatro para mí. después de un buen rato de estudiarlos, comenzamos a comparar los datos que tenemos de las ocho víctimas. Ha llegado el momento de poner los hallazgos de ambos en común.

—Hay cosas que coinciden, otras que no, Jessie. Lo primero que debemos tener presente es el hecho de que nadie los recuerde, no figuran en ningún listado de desaparecidos, nadie se acuerda de ellos.

—Es importante, seguro, aunque no sé cómo el criminal pudo llegar a esa conclusión. ¿Cómo podía saber que nadie notaría la falta de estas personas? —En la columna de la izquierda, debajo de «nueve ex reclusos», escribo «nadie les recuerda».

—Cierto. Bien, no tenían edades parecidas, hay jóvenes, viejos o de mediana edad. Ninguno procede del mismo sitio, por lo que veo varios se movían en un radio de cincuenta kilómetros, sin embargo, hay otros que no se localizaban tan cerca, el más lejano supera los trescientos. En todas direcciones, unos al norte, otros al sur..., no hay patrón lógico por localización. Los hay que han cumplido en una prisión, otros en otra, cumplir condena en el mismo sitio tampoco es un elemento común, aparecen varias cárceles entre los expedientes de los identificados.

—Eso no nos ayuda en un principio. Al estudiar losexpedientes, nos encontramos alguna coincidencia, todos han tenido un historial similar, aunque es bastante frecuente encontrar los mismos casos entre la población reclusa. Todos han tenido detenciones por embriaguez, altercados, aunque no todos han cometido delitos de tipo robo o hurto.

—Sí, a ver cómo reflejas eso en la pizarra, Jessie.

—Hay algo que me ha llamado la atención, en todos, entre los altercados hay peleas, eso es lo que se podía esperar, lo llamativo, lo interesante es esto, de mis cuatro expedientes, tres tienen detenciones por malos tratos.

—Espera, te confirmo cómo va entre los míos en un momento, me suena que alguno de los míos también, te lo digo ahora. Este sí, este también, vaya, dos fueron detenidos por malos tratos, igual que los tuyos.

—Este puede ser un dato importante o una simple coincidencia. Parece que por fin tenemos algo, si tenemos en cuenta las ocho víctimas identificadas, cinco fueron a prisión por malos tratos, no puede ser casualidad.

—No. De nueve, seis, Jessie. No te olvides de Andy.

—¡Mejor me lo pones!

—Veo que está muy cogido con pinzas, no tenemos nada a lo que agarrarnos en esta investigación, por fin encontramos algo que nos llama la atención. Esto no es coincidencia, esto se puede considerar un patrón.

—Un patrón que rompen, entre otros, tu mujer. Sunny nunca fue detenida.

—Nunca. Tampoco hay ningún episodio de maltratos en su vida, que yo conozca.

—Se fugó con Andy, él fue detenido por un caso de violencia de género flagrante, no hay duda con él, tu mujer podía estar en el momento, sitio y lugar equivocados. Se podría considerar una víctima colateral, rompe dos patrones, no es hombre y no tiene malos tratos en su conciencia.

—Tiene su lógica. Por el momento podemos asumir que pasó así. Quiero ver cómo lo reflejas en la pizarra, agente Carlsson.

Con una sonrisa en mi rostro, escribo a tiza una última palabra entre interrogantes en la parte inferior de la columna izquierda: «¿Maltratadores?». Llega a la oficina Brad, solo, hoy su sobrino descansa. Tom le interroga en cuanto se quita su sombrero.

—Brad, ¿alguna vez has tenido una llamada por malos tratos?

—¿Cómo dices?

—Violencia doméstica, ya sabes. Algún aviso o intervención sobre estos temas, da igual si es en fecha reciente o hace tiempo.

—No, Tom, no recuerdo ninguna llamada de ese tipo.

—¿Seguro? Siempre hay peleas o disputas entre matrimonios o familias. Una mala noche, una situación difícil que se complica, aunque no llegan a denunciarse, ya sabes a lo que me refiero. Algún golpe con una puerta que deja un ojo morado, esas cosas que suponemos, aunque no terminamos de anotarlos si no quieren reconocerlo. Quizás son conocidos, familia, no queremos saber que hay esos problemas con personas de nuestro entorno.

—Somos una pequeña comunidad, tú lo sabes bien, eres de aquí. Supongo que siempre habrá discusiones y enfados, hasta ahora nunca se ha llegado a la violencia, tampoco hay muchas separaciones, ni divorcios. No recuerdo ningún caso que coincida con lo que me comentas, no he tenido nunca la más mínima duda. No he visto una lesión que pudiese sospechar fruto de este tipo de violencia.

—Tienes razón. Somos gente muy tranquila, por lo general.

—No es una pregunta normal, Tom, tienes que explicármelo.

17 Pies

Mi móvil refleja una llamada de Seth Bukowski. Levanto la mano para pedir a mis compañeros silencio y llamarles la atención. Conecto el manos libres de inmediato y lo dejo sobre la mesa para que ellos también lo escuchen.

—Dígame, doctor.

—Agente Carlsson, tiene usted razón. Las víctimas sin identificar desaparecieron en el rango de tiempo anterior a la toma de muestras de ADN a los reclusos. Pueden pertenecer al mismo grupo social, al de ciudadanos que han pasado algún tiempo en prisión.

—Y serán maltratadores, seguro.

—¿Cómo dice?

—Nada, cosas mías. Muchas gracias, Seth, excelente trabajo, continúen así.

Analizamos las novedades que nos han dado desde el laboratorio forense, no podemos tomar como cierto que todas las víctimas hayan sido encarceladas, aunque al comprobar que las identificadas sí, del resto solo puedo decir una cosa: nada indica que debamos descartarlo, tenemos en cuenta esta posibilidad.

Dejo a Tom de charla con Brad, hablan de la pizarra. Salgo al porche de la oficina del sheriff. El mismo lugar desde el que atendí a la prensa. Hoy no va a venir nadie para escuchar nuestros posibles avances en la investigación. Marco un número, escucho el tono de llamada y espero respuesta. Un sonido metálico me indica que alguien ha descolgado el teléfono al otro lado de la línea. Contesta una voz con tono desagradable.

—¿Qué pasa?

—¿Tiene que pasar algo para llamar a mi madre?

—No me has llamado por la mañana desde que llevas el caso, ha tenido que pasar algo, cariño.

—Me da mucha rabia darte la razón, mamá.

—¿Bueno o malo?

—De momento no lo puedo saber. Hemos conseguido más información. Es un avance, aunque no sé si podremos sacarle partido.

—Entiendo, quiero suponer que es algo positivo.

—Debe serlo, mamá, debe serlo. O por lo menos eso quiero pensar, estoy bastante segura.

—Pues aprovecha tu momento, mientras te dejen.

—Eso haré. Gracias por escucharme, de vez en cuando necesito poner los pies en tierra firme, y para eso nada hay mejor que hablar contigo. Te llamo en cuanto pueda.

—Cuando quieras, cariño, para eso están las madres, entre otras cosas. Por cierto, vaya la que tiene liada tu senador de Ohio.

—No es mi senador, mamá.

—Ya lo sé, tú me entiendes. Cuídate, cariño.

—Tú también.

Ha sido una llamada corta, hablar un poco con mi madre me suele parecer mucho, aunque debo reconocer que escuchar su voz, sus comentarios con esa lógica tan sencilla, me reconforta, me obliga a centrarme en lo que importa, a dejar de lado lo superfluo. Entro en la oficina. Tom y el sheriff continúan con su análisis de la pizarra, me uno a ellos con la esperanza de encontrar alguna pista perdida entre los trazos de tiza.

17 Pies

CAPÍTULO 30

Jessie Carlsson

Agente del FBI, destinada a la Oficina del FBI en Pierre, Dakota del Sur

Martes, 19 de abril de 2022. 10:41

Oldham, Dakota del Sur

Miramos los tres la pizarra desde hace unos minutos. Brad parece leerla entera una vez, otra y vuelta a empezar. Es como un niño pequeño que estudia su lección, mientras Tom parece leer una frase y no pasar a la siguiente hasta tenerla bien aprendida. Yo también lo hago así, más o menos. El sheriff nos deja solos, una tarea rutinaria necesita de su presencia lejos de la oficina. Desde hace unos minutos, una pregunta se repite en mi cabeza.

—¿Cómo pudo realizar esta selección?

—¿Te refieres a las víctimas?

—Claro, Tom, me refiero a ellas.

—Vamos a suponer que hay un vínculo entre todas las víctimas, hay que descubrir el motivo que le lleva a matar a una persona determinada. Voy a dejar de lado a Sunny en este caso. Todos son hombres, además, los identificados han pasado un tiempo entre rejas. Podemos aventurarnos a pensar que todos han sido encarcelados.

—Te lo acepto, algunos son maltratadores, quizás no todos.

—Sí. Jessie, vamos a concentrarnos en buscar el *modus operandi* de nuestro asesino, necesitamos aislar los vínculos que relacionan a los propietarios de dieciséis pies.

—Tienes razón, Tom. Puedes añadir a tu lista la incógnita que relaciona a todas las víctimas. Nadie les echó en falta, nifamilia, ni amigos se acuerdan de ellos.

—Bien, ese es un punto en común.

—Tenemos un patrón muy débil hasta el momento. Debemos determinar si nuestros fallecidos han sido producto de una oportunidad para nuestro criminal o si, por el contrario, han sido elegidos con cuidado.

—Lo segundo, Jessie. No veo posible escoger diecisiete personas al azar, por aprovechar una oportunidad, y que nadie busque a ninguna de ellas por casualidad, no es creíble.

—Tienes razón. Lo difícil es encontrar a esos hombres. Las víctimas vivían en sitios muy distintos, algunos bastante lejanos entre sí. Por si todo eso no fuera bastante, hay un lapso muy grande de tiempo entre las primeras víctimas y las últimas.

—No tenía prisa, ni urgencia.

—Puede parecer que utilizaba la táctica de la araña en su red. Espera a que su próxima víctima se acerque, llegue a él, no va a su búsqueda, como otros depredadores. ¿Tú qué opinas, Tom?, ¿puedes imaginar una situación así?

—No me la puedo creer, desde mi humilde punto de vista, no debes tener presente esa opción, son personas muy escogidas, con unas características muy concretas. No me lo imagino a la espera de ver aparecer un hombre, expresidiario, que no importa a nadie, al que ningún familiar, conocido o amigo va a echar en falta. Yo creo que los intentó localizar, no hay muchos perdidos entre toda la población. Nuestro depredador es un cazador, busca a su objetivo, lo localiza, atrapa y termina con él. No veo otra posibilidad, si lo pienso con frialdad.

—Tienes toda la razón, he sido un poco estúpida, me dejé llevar.

—No te castigues, no tienes motivo para hacerlo. Recuerda este dicho: No es posible tener la cabeza de un viejo con el cuerpo de un joven.

—¿Qué has dicho, Tom?

—Esa frase siempre la dijo mi abuelo cuando un joven quería aparentar ser una persona experimentada, o cuando un viejo se las quería dar de adolescente, en lo físico, como imaginarás.

—Comprendo, me gusta la frase, intentaré tenerla bien presente. Por otra parte, no debemos olvidar la relación entre las víctimas y Oldham. Solo las dos primeras eran de aquí, por lo que sabemos hasta el momento, aunque todos los restos aparecieron en el lago Thompson. Por tanto, debe ser posible encontrar una relación que les una a este lugar, tiene que existir un nexo que las relacione.

—Yo creo que es el criminal quien tiene el vínculo con Oldham, Jessie.

—Claro, esa es mejor opción. La más lógica y sencilla. Aunque eso implica que debió trasladar los restos a Oldham. Debió localizar a esos hombres tan peculiares, acercarse a ellos, asesinarlos y, una vez elimina sus cuerpos o los hace desaparecer, se trae el resto o trofeo hasta aquí.

—Por muy raro y extravagante que nos parezca, es lo que tiene más sentido. Hoy no es difícil moverse con discreción por cualquier carretera de Dakota, puedes recorrer el estado sin llamar la atención con relativa facilidad.

—Bien, te voy a contar algo que he pensado, si te parece.

—Cuenta, comparte conmigo tus ideas.

—Es algo que tengo fresco en la memoria, no hace tanto lo estudié en la Academia del FBI. Un asesino en serie, cuando busca su próxima víctima necesita que se den tres circunstancias: Necesita que sea la persona que coincide con su propia fantasía, en otras palabras, debe ser la idónea, especial para él, cumple sus requisitos. Por otra parte, debe estar en el lugar adecuado. Quiero explicarme bien, a ver cómo lo digo. Imagina la situación, encuentra a esa persona, sin embargo, no en todos los sitios se puede cometer un crimen, no sé si me explico.

—Lo haces muy bien, Jessie. Continúa.

—Para terminar, la tercera circunstancia imprescindible, debe poder atrapar y acabar con esta persona de forma fácil y sin ser visto.

—Para conseguir cumplir esos tres puntos en diecisiete casos, con éxito hasta el momento, hay que considerar que estamos ante un criminal muy meticuloso. No es fácil poder salir inmune tantas veces, en ocasiones, lugares y momentos distintos. Este personaje fue muy bueno, si me permites expresarlo así. Ni siquiera existía la sospecha de que estaba matando. Nadie le ha buscado nunca hasta que aparecieron los pies, no teníamos constancia de un asesino en serie en la zona, es una sorpresa para todos.

—Sí, Tom. Este pensamiento da la razón a tu conclusión. No puede ser la misma persona el asesino meticuloso hasta el extremo y, a la vez, quien dejó los restos al alcance del primer perro que pasó por allí. Me niego a pensar que sean el mismo criminal. No me convence.

—Tengo que darte la razón, aunque no te guste.

—Las cosas se tienen que tomar como vienen, qué le vamos a hacer, no nos interesa intentar acomodarlas a nuestros antojos. Los hechos y las pruebas son los que son.

17 Pies

—Eres muy madura cuando te lo propones.

—Gracias. Hemos realizado un buen resumen, Tom.

—No es malo, no.

Hemos mirado la pizarra mientras hablamos. Pasamos un tiempo entre matices y comentarios, sin avanzar más. El silencio invade la oficina del sheriff Brad durante unos buenos minutos. Creo que me dolerá la cabeza si sigo dando vueltas a víctimas con sus respectivas relaciones, intentando encontrar hilos de conexión. No me parece una buena estrategia para el equipo de investigación del FBI, no creo poder llegar a ningún sitio por este camino. Se ve algo más claro, es cierto, aunque sin futuro cercano a la vista. Mi cabeza llega a una sencilla conclusión, voy a comentarla con mi compañero.

—Tom, hemos realizado un pequeño avance, relacionando en nuestras conclusiones la columna de la izquierda con la de la derecha, las víctimas con la localización. Bien, es un pequeño progreso, lo que nos permiten las pruebas recogidas hasta ahora. Vamos a seguir avanzando con lo que no hemos tocado hasta el momento. Mira. Dejamos de lado la columna que habla de la herramienta usada para cortar los pies.

—Creo que lo hago a propósito. No veo a dónde nos puede llevar ese enigma. Es algo que utilizó con los cadáveres, después de muertos, no tenemos ningún indicio de que pueda ser el arma causante de las muertes. Tenemos una certeza, solo una hasta ahora, siempre usó la misma herramienta, según nos dijo nuestro doctor Bukowski.

—¿Me dejas volar mi imaginación? Soltar la primera teoría que me viene a la mente.

—¡Por favor! ¡Ya tardas!

—En esta lista hay solo una mujer, Sunny.

—Cierto.

—Hemos dicho alguna vez que es posible que se encontrara en el lugar y momento equivocado. Si parto de esta suposición, explica el motivo para ser la única víctima que no tiene coincidencias reales con el resto, no estuvo presa, noconocemos su implicación en algún caso de malos tratos. No esuna víctima «como las demás», por tanto, debemos estudiarla de una manera más especial. ¿Ves por dónde voy?

—Sí, sin duda. Continúa, por favor.

17 Pies

—Sigo. Se vio a tu mujer y a Andy por última vez aquí. El mismo sitio donde han aparecido. Podemos deducir que los mataron en Oldham o los alrededores.

—Es una conclusión muy lógica. Lo comprendo. ¿A dónde quieres llegar?

—Quiero suponer otra cosa más, ellos fueron las primeras víctimas, según la antigüedad que nos dio el laboratorio forense. Les cortaron los pies poco después de muertos, esos fueron los primeros en ser cortados.

—Entra dentro de lo posible y razonable. Es lo que nos dicen las pruebas, sí.

—¿No imaginas dónde quiero llegar? —Parece que esta vez Tom no me sigue, toca decir en voz alta mi pequeña conclusión—. El arma en cuestión debía estar muy cerca de aquí. El asesino la debía tener a su alcance, no imagino matar a dos personas, para entonces ir a buscar la herramienta para cortar los pies. Debía tenerla cerca, muy cerca.

Me parece adivinar en el rostro de mi compañero cierta admiración y sorpresa. Siempre he notado que me respetaba, ahora parece hacerlo más. Mejor. Debe saber que yo también me gano el sueldo. Voy a seguir con mi argumentación, espero continuar de forma brillante. ¡No la fastidies ahora, Jessie!

Comienzo a hablar en voz alta, Tom me mira sin pestañear, atento a mí y a mis palabras. Le digo lo que pienso sobre la herramienta o arma, debe tener un gran filo bien preparado y listo para cortar, debe tener un enorme peso para poder realizar el corte de un solo golpe, de forma limpia, para cumplir los detalles que nos comentó el doctor Bukowski. El primer pensamiento que buscó su sitio en mi cabeza fue el de una guillotina. Cumple con todos los requisitos, aunque no la imagino fácil de mover, tampoco es un artilugio que pase desapercibido entre la gente, es algo que llama la atención, no es habitual. Mi compañero confirma la hipótesis que barajaba en mi mente, él no conoce la existencia de ninguna, ni cerca, ni lejos. Le comento después que existen machetes con hojas de gran tamaño capaces de realizar los cortes de nuestros restos. No es un golpe sencillo, sin embargo, es posible realizarlo. En comparación con la guillotina, es algo más discreto y fácil de esconder, puede transportarse con bastante discreción y solo sacar el machete en el momento de su uso. A pesar de ser una opción posible, tampoco parece ser la herramienta que buscamos, no se conoce a nadie de Dakota del Sur con un machete más propio de países con selvas tropicales. Mi última opción parece la más apropiada.

—Piensa en un hacha, Tom. No una normal, pequeña, como la que puedes tener tú en casa. Una de mayor tamaño, grande mejor que mediano, puede llegar a cortar un pie de un solo golpe. Nuestro cuerpo ya es cadáver, no se mueve, algo que facilita la limpieza en el corte. ¿Te parece buena teoría?

—Debo reconocer que lo es, me da un poco de rabia no haberla pensado yo antes.

—Eres un encanto, Tom. Sigo con mi teoría. El asesino debe ser diestro con el hacha, si todos los golpes son limpios, deben ser golpes muy certeros, difíciles de repetir en tantas ocasiones, durante tanto tiempo, y no fallar en ninguno. Por tanto, el resultado de mis deducciones es este: El arma debe ser un hacha de gran tamaño, algo que es fácil de tener y mover en esta zona.

—No te creas, Jessie. Una pequeña, incluso una mediana, puedes encontrar en casi todas las casas. Las usamos para fraccionar los troncos y poder utilizarlos mejor en nuestras chimeneas o estufas, estas suelen tener una puerta pequeña. Una grande, como la que comentas, solo la tenían leñadores profesionales. Hoy no creo que tengamos ninguna en el pueblo.

—¿Cómo dices eso?

—Desde hace mucho tiempo, los profesionales utilizan motosierras, las hachas desaparecen poco a poco, las guardamos para algunos casos especiales o de recuerdo. Imagina, en nuestras casas utilizamos modelos más pequeños, ahora hay unas con batería que funcionan de lujo, no danproblemas y las puede usar hasta un anciano como yo.

—No te burles de mí, Tom.

—No lo hago. Las hachas son casi un recuerdo de tiempos pasados. No son útiles hoy día, nada prácticas en estos tiempos, cualquiera puede realizar el trabajo de cuatro o cinco hachas con una motosierra, soy demasiado prudente si lo pienso bien, esas máquinas han reemplazado a las viejas herramientas manuales en la mayoría de los casos. Es ley de vida.

Entra Brad, le resumimos el tema de las hachas de gran tamaño. Está de acuerdo con los dos. La herramienta utilizada podía ser un hacha de gran tamaño, era algo que se podía encontrar por la zona sin llamar en exceso la atención, aunque también hacía mucho tiempo que no se veía ninguna. Eran algo del pasado, difícil de encontrar en la actualidad. Esa es la palabra que llenaba mi cabeza en ese momento, «difícil». Para mí, eso solo puede significar una cosa. No es imposible, solo complicado.

17 Pies

CAPÍTULO 31

Jessie Carlsson

Agente del FBI, destinada a la Oficina del FBI en Pierre, Dakota del Sur

Martes, 19 de abril de 2022. 11:24

Oldham, Dakota del Sur

Los dos hombres llegan a la misma conclusión. Después de repasar todas las opciones posibles, están convencidos de que ningún leñador trabaja en la actualidad con hachas. Las motosierras hacen, desde hace mucho tiempo, el mismo trabajo con menos esfuerzo, son más rápidas y eficaces. Decido actuar con rapidez, no recuerdo dónde me enseñaron a seguir el rastro cuando todavía está fresco, es lo que quiero hacer sin perder más tiempo. Si soy sincera, no es el caso, la idea del hacha sí es reciente y es la que quiero rastrear en este momento. Vamos a realizar una patrulla de recolección de posibles pruebas, de momento solo en la zona de Oldham, si llega a ser necesario, ampliaremos el radio de acción en la búsqueda de una herramienta capaz de realizar los cortes de los restos localizados hasta el momento. Hemos analizado las posibles opciones, me aseguran que solo hay dos familias que se pueden considerar leñadores profesionales en la actualidad y continúan con su labor. Vamos en el Escalade, yo conduzco, Tom va en el asiento del copiloto y Brad en los asientos traseros. Entre los dos me guían. Nos dirigimos al negocio de los Ferguson en primer lugar. Al entrar en la propiedad vemos un gran cobertizo lleno de leña lista para distribuir. En ese momento terminan de cargar un pequeño camión. Un joven se encarga de la entrega de la mercancía mientras otro hombre mayor camina en dirección a Tom. Por su gesto en la cara no intuyo las intenciones que lleva. Quizás por instinto, o quizás por el estrés acumulado en estos días, mi mano va a empuñar mi arma reglamentaria. Mi mirada está fijada en ese hombre que se mueve más rápido de lo que podía sospechar en un principio. Cuando faltan un par de metros su semblante cambia de repente. Levanta sus manos, empuño mi pistola para sacarla de la funda, no veo a Tom, me da la espalda, me muevo para ver mejor el rostro del anciano Ferguson y descubro una gran sonrisa. Suspiro. Se funden en un abrazo de viejos amigos. ¡Podía avisar de que eran viejos conocidos!

—¡Demonios, Tom!, ¡qué bien te veo! —Saluda a Brad y a mí con más formalidad cuando nos presentan. Se olvida de nosotros y se centra en mi compañero—. ¿Cuánto hace que no nos vemos?

—Años, mucho tiempo; demasiado, viejo amigo. No te preocupes, esta semana cuelgo el uniforme, me quedaré por aquí para siempre, nos veremos a menudo.

—Me alegro, yo dejé el negocio en manos de mis hijos, aunque siempre encuentro un momento para venir, saludar a los amigos, mirar cómo lo llevan y todas esas cosas.

—Ya me imagino, de paso controlas que se hace todo como debe ser.

—Me ha costado muchos años levantar esta puñetera empresa, quiero saber que está en buenas manos, aunque los ojos nuevos ven otras cosas que se escapan a los viejos. Ya sabes. Venga, ya nos hemos saludado, hablado del tiempo, de la salud, a lo que de verdad importa, ¿qué te trae por aquí, viejo amigo?

—Una pequeña curiosidad, ¿tenéis algún hacha de mayor tamaño que las normales?

—Claro que tenemos, ¿qué pregunta es esa? Ya no se usan, hace muchos años se guardaron, las máquinas de hoy hacen más trabajo en menos tiempo.

—Estoy seguro. ¿Recuerdas cuántas tienes?

—Tres grandes y cinco medianas. Si no me equivoco, deben estar en el almacén.

—Ya que no las utilizas ahora, te pido un gran favor, ¿podrías prestármelas unos días?

—Por supuesto, no necesito que me expliques nada, aunque me gustaría conocer tus motivos, Tom.

—Sé que eres muy inteligente. Ya imaginas que tiene que ver con los pies encontrados en el lago.

—Ahora mismo ya no eres mi amigo, eres un agente del FBI, imaginaba el motivo.

—Los pies fueron cortados con una hoja limpia, una de las posibles herramientas utilizadas es un hacha de buen tamaño, no es una zona del cuerpo fácil y todos los cortes parecen limpios.

El viejo Ferguson muestra ahora un semblante serio, gira sobre sus pies y se acerca a su hijo, le da unas instrucciones y vuelve con nuestro grupo.

—Mal asunto, Tom, aquí siempre presumimos de ser un pueblo tranquilo, nunca pasó nada extraordinario, tú mejor que nadie lo sabes, eres de aquí, te crecieron los dientes en este perdido pueblo de la mano de Dios. Una cosa debes tener clara, viejo amigo, quien sea, es de fuera, no me imagino a nadie de aquí con un hacha en la mano cortando pies de gente. Además ¿a quién se lo quitarían?, no falta nadie de la zona. Es un forastero, ya te lo digo yo.

A lo lejos, con un carrillo de mano cargado de hachas, vuelve su hijo, veo tres agrupadas, deben ser las grandes que ha comentado antes y otro grupo de cinco. Parece que tienen todas. Se ven bien cuidadas y afiladas. El viejo Ferguson coge una de las grandes con más facilidad de la que yo me esperaba, conserva parte de su fuerza a pesar de su edad.

—Haz tu trabajo, Tom. Yo me centraría en las de este tamaño, las grandes. Con una mediana se puede hacer, no te voy a engañar, aunque es más complicado, se necesita mucha maestría, además de gran fuerza.

—Te lo agradezco mucho, las dos cosas. Primera, que me dejes tus herramientas y, además, me des consejos.

—Tú sabes de criminales y mala gente, de hachas sé más yo, si me lo permites.

—Por supuesto.

Mientras se despiden, su hijo acerca el carrillo al Cadillac, ayudo a etiquetar y guardar las hachas en el maletero. Cuando intento mover una de las tres grandes noto su verdadero peso, mucho más de lo previsto. Miro de arriba a abajo al anciano que momentos antes la movía con la facilidad del que mueve un bolígrafo. Ese hombre es mucho más fuerte de lo que yo hubiese adivinado jamás.

—Bien, Jessie, vamos a ver a los Dawson.

—Supongo que también los conoces.

—Igual que a los Ferguson. Para no herir sentimientos, compro un viaje de leña a una familia, el siguiente a la otra.

—Si le digo la verdad, es lo mismo que hace todo el pueblo —interviene Brad—. De esta manera todos viven y nos llevamos bien.

—¡Sabiduría popular!

—Usted lo ha dicho, agente Carlsson. Usted lo ha dicho.

El negocio de los Dawson se encuentra en la otra punta del pueblo, con lo pequeño que es Oldham, a los pocos minutos circula el Escalade frente a un gran almacén en el que se puede leer con dificultad «Dawson, maderas». Aquel negocio había tenido días mejores. Tom explica que el abuelo Dawson murió unos años antes. Su hijo nos atendería. Al entrar en el almacén nos saluda el propietario. Al igual que su competencia, las hachas están relegadas al almacén. Tampoco tiene ningún problema en dejarnos sus herramientas, se muestra colaborador. En su caso son dos grandes y cuatro medianas. Las tenía bien ordenadas en la pared de un pequeño almacén. Parecía evidente que llevaban mucho tiempo acumulando polvo allí. Imagino que el hijo de Ferguson había limpiado las suyas en algún momento, aquellas no tenían polvo. Luego calculo que quizás estaban guardadas en algún tipo de armario. Es otra opción.

De vuelta a la oficina del sheriff, llamo al doctor Bukowski, le comento mi recolecta de hachas. Antes de poder sugerir nada, él ya organizaba la recogida de las distintas herramientas. Es difícil, se diría que imposible, que el arma buscada esté entre estas, solo nos servirá para descartarlas. Decido no moverlas del maletero, los forenses las recogerían de allí para evitar contaminaciones.

Llamo a George Millan, le pongo al corriente de nuestras pesquisas y conclusiones. No le parece mal, tampoco bien. Creo que ha perdido todo interés en nuestro caso. Me recuerda que Tom deja el servicio el jueves próximo. Está en ese proceso de decidir quién le relevará. No parece que se quiera presentar ningún voluntario. Tampoco se lo reprocho a nadie, en su caso yo no me apuntaría. Mi jefe corta la llamada con algo de urgencia, otros asuntos le reclaman. Ya no somos los agentes con el caso más importante de la oficina, hemos bajado muchos escalafones de repente.

—Bien, ya tenemos todas las hachas con buen tamaño de la zona a buen recaudo. No sabemos de ninguna otra que cumpla las condiciones marcadas. No sé qué paso debemos dar a continuación.

—Un momento. —Brad parece recordar algo—. Quizás no las tengamos todas. Tom, ¿recuerdas a los Stone?

—Claro que los recuerdo.

—Tenían un pequeño aserradero. Allí también se usarían hachas de buen tamaño.

—Es de suponer. ¿Vamos a visitarlos? Los del laboratorio tardarán un par de horas en llegar.

—Podemos ir, Jessie, aunque no los vamos a visitar. ¿Vienes, Brad?

—Me quedo, hay cosas que hacer y esa visita no va a ser divertida.

—Tú te lo pierdes. —Podría no haberlo visto, aunque esta vez lo hice. Le guiñó un ojo, bromeaban entre ellos.

Durante el camino, Tom me explica que los dueños ya no están con nosotros.

—Los Stone no eran la familia más popular de Oldham.

Tampoco lo intentaron ser nunca. Tenían un hijo que falleció en un accidente lamentable con poco más de veinte años, eso tampoco ayuda con el carácter de nadie. Al tiempo la madre se va de una enfermedad rara, de los nervios, dijeron. Poco tiempo después hallaron al marido en la cama, con una botella de whisky en la mano, llevaría más de un mes muerto cuando le encontraron. Esta casa lleva abandonada mucho tiempo, como ya imaginarás.

Paro el coche donde me indica Tom, frente a una cabaña que desafía las leyes de la gravedad. El estado de abandono y los estragos producidos por el duro clima de Dakota son fáciles de apreciar. Sin embargo, la cabaña continúa en pie, nadie apostaría por muchos inviernos más. Dan fuerza la puerta de un establo o cobertizo que está adosado a un lateral de la cabaña. Entramos con cuidado, en la pared del fondo se pueden ver varias herramientas. Nos acercamos, se ven hachas y sierras, ninguna de buen tamaño. No hay nada más en aquel sitio. Dan hace un gesto, parece querer irse de allí, le comprendo, no es un sitio agradable, para nada. En su mejor día tampoco lo era, después de tanto tiempo cerrado y olvidado, menos aún. Le detengo, me parece distinguir una puerta lateral en la parte más oscura, imagino que debe dar a la vivienda. Está atrancada, cede con un golpe de mi hombro, Tom no parece muy animado a entrar, me sigue serio. La estancia en la que entramos parece abandonada a la carrera, se ven utensilios dispuestos en cualquier lugar de la cocina, todo parece tapado con la misma capa de polvo que envuelve todo el lugar. Sobre la mesa hay un plato y unos cubiertos, en la repisa de la chimenea hay pequeños objetos difíciles de distinguir. Una especie de perchero en la pared, junto a la puerta de entrada, soporta una prenda de ropa irreconocible. Al fondo de aquella especie de salón, se ve una puerta abierta. Adivino que es el dormitorio, miro a mi compañero que asiente. Entro, la cama está hecha. Abro la puerta de un armario, está lleno de ropa olvidada para siempre. Junto al viejo camastro hay una especie de mesita de noche. Un quinqué llama la atención, al lado hay una fotografía con un rústico marco de madera. Mis dedos la toman, quiero ver la imagen, no me apetece limpiar con mi ropa o mi mano, decido frotarla con una de las prendas del armario, después de todo, no creo que nadie se vaya a enterar. Con más dificultad de la prevista, después de frotar un poco puedo ver a un matrimonio mayor de pie, sentado en una silla delante de ellos hay un joven, supongo que se trata de su hijo. La familia está frente a la chimenea de la otra habitación, del salón principal, si se puede llamar así. En ese momento doy un pequeño grito, veo una cosa en la fotografía que no he visto en la chimenea momentos antes. Casi empujo a Tom para volver a ese lugar. Cuando estoy allí miro la pared y después la foto con asombro.

—¿Qué te pasa, Jessie?

—Ven. ¿Ves esos clavos en la pared de la chimenea?

—Claro, están ahí. Se ven sí o sí.

—Mira bien la foto, esto debería estar ahí colgado.

Le dejo la fotografía a mi compañero, la mira con desgana, no se siente muy cómodo en este lugar. Hace lo mismo que yo momentos antes, mira la imagen primero y sus ojos se dirigen después a la pared. Comprueba lo mismo que yo. En la fotografía, detrás de la familia Stone se aprecia un hacha de gran tamaño que ahora no está en ese lugar.

Buscamos por toda la cabaña, no diré con desesperación, sí con nervios. Abro todos los cajones, armarios o puertas de la cabaña, busco debajo de la cama, en cualquier sitio donde pudiese estar. Varios minutos después desistimos. No está aquí, no encontramos aquella herramienta. Sin embargo, la foto no engaña, existió esa hacha. ¿Dónde está ahora? Aunque, más importante aún, ¿Quién la usa en estos tiempos?

17 Pies

CAPÍTULO 32

Tom Wilson

Agente del FBI, destinado a la Oficina del FBI en Pierre, Dakota del Sur

Martes, 19 de abril de 2022. 16:42

Oldham, Dakota del Sur

Jessie está más nerviosa que de costumbre, ahora mismo es un sabueso detrás de una pista, está fresca, es nueva para ella, puede no ser la buena, ahora mismo es la mejor que tiene. Mientras mi compañera pone el Escalade en marcha, yo llamo a Brad. Continuaré con la moda de mi compañera, pongo el móvil con la función de manos libres.

—Brad, estate atento a lo que digo. Una cosa quiero consultarte, ¿quién es el propietario ahora de la vieja cabaña de los Stone?

—Deja que haga memoria, si no me equivoco es de una sobrina lejana del viudo Robert Stone. Vive en California, creo. No vinieron a ningún entierro, ni al de su primo, ni a los de sus tíos.

—Era de suponer. El viaje desde California puede resultar una auténtica pesadilla. ¿Sabes algo más de esta gente?

—Pusieron en venta la finca con todo su contenido a las pocas horas de tener la propiedad a su nombre. Desde entonces, que yo sepa, solo el alcalde hizo una oferta, la quiere casi regalada.

—Hasta el momento todo es bastante lógico. ¿Me puedes pasar su contacto? Me gustaría hablar con esa gente.

—Lo tengo por aquí, es de esos contactos que te dejan por si sucede algo con sus cosas. Nunca tuve que usarlo. Ahora te lo envío.

Jessie sonríe y asiente. Mientras me llega el teléfono de la sobrina de los Stone, voy a jugar un rato con nuestro querido alcalde. Repito la operación, marco y activo la función de manos libres.

—Al habla el alcalde de Oldham.

—Hola, Adam James.

Una ligera sonrisa se dibuja en mi rostro. Es una forma de fastidiar a la primera autoridad de Oldham. Odia cuando le llaman con sus dos nombres, lo sé, siempre ha sido así, no hay otro motivo para hacerlo, qué mejor excusa que cabrearlo un poco antes de preguntarle.

—Hola, Tom. ¿Qué necesita de su alcalde nuestro agente federal favorito? —El tono de voz que ha usado no deja lugar a dudas, le fastidié bien, me alegro.

—Solo un poco de información, Adam, nada más, solo un poco de tus conocimientos.

—Espero estar en condiciones de poder dártela. Si está en mis manos, ya la tienes.

—Te aseguro una cosa, sí puedes hacerlo. De hecho, solo tú puedes. Necesito que me expliques algunos acontecimientos, en este caso eres uno de los protagonistas, la fuente, mejor dicho, por tanto, no puedo encontrar nadie mejor.

—Muchas vueltas das, si quieres intrigarme lo has conseguido, ve al grano, Tom, te lo suplico, no tengo todo el día.

—No te preocupes, no es nada de suma importancia para ti, para nosotros es solo un cabo suelto que queremos dejar bien amarrado. Quiero que me digas qué tiene de especial la finca de los Stone para que estés tan interesado en comprarla.

—¿Cómo sabes tú eso? ¡Pensaba que era una negociación secreta! Y, por otro lado, algo que me intriga más, ¿qué interés puede tener vuestra investigación en esa porquería de finca?

—Somos el FBI, Adam James, no sospechas ni de lejos todo lo que sabemos.

—Tom, ya sabes que somos un pueblo pequeño, no hay proyectado ningún nuevo negocio, ni una nueva carretera, nunca veremos un centro comercial de medio tamaño, ni siquiera de pequeño. No hay nada especial, solo quiero evitar problemas a una familia en apuros de nuestro pueblo, busco aliviar alguna carga con un pequeño incentivo. Ayudar en lo que puedo, nada más.

—Adam, déjalo. Soy yo, es innecesario todo esto. No busques mi voto. No me cuentes historias. No te creo en el papel de buen samaritano. En serio te lo digo, sé cuándo mientes.

—¿Sin verme la cara?, ¿por teléfono también?

—Hasta en sueños puedo saber en qué momento no dices la verdad. Cuéntamelo rápido. Algo me dice que es tu forma habitual de comportarte en situaciones parecidas.

—¡No puedo engañar al FBI!

—No, Adam, no puedes engañar a nadie. Empieza, háblanos de este caso, los demás no nos importan.

—Esas fincas no tienen comprador, el valor de las tierras de nuestra zona baja siempre, no hay remedio, generan poco interés, por no dejarlo en nulo de forma directa. Cuando se presenta una situación similar, las consigo a muy buen precio, no tienen otra opción de venta, no busques un gran inversor que se dedica a reunir todas las tierras para su negocio. Eso solo pasa en las malas películas del oeste. No es el caso.

—¿Entonces?

—Las consigo muy por debajo de su valor real, me refiero al de tasación, cuando se presenta alguna oportunidad de negocio para un amigo se las vendo a buen precio, él gana y yo también.

—No lo veo claro, Adam. ¿Cómo gana ese «amigo» si el valor real, el de tasación, es tan bajo?

—Pide un préstamo con esa finca como garantía, para ese momento se ha buscado la «colaboración» de un segundo tasador que proporciona una buena cifra, conoce la intención, conseguir un dinero del banco con la garantía de las tierras. Si el negocio funciona, perfecto, tiene las dos cosas, el dinero y la tierra, si no funciona, pierde las tierras, que eran la garantía, sobrevalorada, el dinero y su negocio quedan a salvo. Si la cosa va bien, todos felices, si va mal, el único triste, de verdad, es el banco; aunque para él, la finca tiene un valor superior a su riesgo, tardará mucho en conocer «el pequeño truco». Con suerte, nunca.

—Yo lo llamo estafa, Adam.

—Esa es una palabra muy grande y hasta el momento no sé de nadie que planteara ninguna queja.

—No volverá a repetirse, ¿me entiendes?

—Comprendido, no sucederá más.

—¿Lo haces a menudo?

—Pocas veces, si te soy sincero. De vez en cuando, mis clientes no suelen ser de la zona, me compran por cien una propiedad, consiguen un préstamo de quinientos con esa garantía. Quien se mete en ese tinglado no suele jugar a perder, se puede dar el caso, aunque no es lo normal.

Nunca me pareció trigo limpio nuestro alcalde, su explicación no termina de convencerme, llegado hasta aquí voy a ver si me explica la parte que tiene que ver con los Stone.

17 Pies

—Adam, hay algo que me huele mal, tú me entiendes, sin embargo, te dejo suponer que me creo tu historia. ¿Qué pasa con la cabaña de los Stone?

—Su familia no me creyó en ningún momento. Pidieron una tasación oficial a mis espaldas.

—¡No puedo imaginar que dudasen de ti!

—No te burles más, son desconfiados, ellos pensaron que me ganaron. Han aceptado bajar la cantidad dada por el tasador un veinte por ciento, con ese porcentaje mi sistema no funciona. De vez en cuando les vuelvo a llamar, por si entran en mi franja de oferta. No es el caso. Hasta el momento, por lo menos. Seguiré a la espera, si no entran, jugaré con otras fincas, por fortuna tengo varias en cartera.

—Adam, eres un gran alcalde y una mejor persona.

—Gracias.

—Si lo haces otra vez me enteraré y explicarás tus «buenas intenciones» delante de un juez. Nunca más, ¿te quedó claro?

—Como el agua, agente.

Corto la llamada mientras pienso que no ha captado la gravedad de su situación. No me temblará la mano para llamar y denunciar el abuso de poder de semejante personaje. Jessie me mira con cierto asombro, le hago un gesto de incomprensión. Este hombre no dejará de sorprenderme nunca, quizás sea por llevar tanto tiempo en el cargo. La amenaza va muy en serio, en lo más profundo de mi ser espero pillarlo.

Marco el teléfono que me ha pasado Brad, me contesta una mujer, es la sobrina del viejo Stone. Me identifico como agente federal; eso, de entrada, suele conseguir que la gente cuente todo, que se suelte su lengua, piensan que están en un interrogatorio de su serie de televisión favorita. Consigo convencer a esta mujer de que no pasa nada, aunque es muy importante su colaboración en un caso federal, solo debe proporcionarme algo de información. Nada más.

—¿Esperaba usted esa herencia?

—Siendo sincera, no. No me la esperaba. Nunca tuve contacto con mi tío, mi madre me habló de la familia por encima, sin entrar en datos concretos, nunca supuse que yo era la heredera universal. De hecho, nunca me enteré de la muerte de mi primo o de su madre, hasta recibir la llamada del abogado.

—¿Ha estado en la finca alguna vez?

—No, solo conozco de la finca el informe que me pasaron. En alguna ocasión la he visto por un programa de visión por satélite. No vi nada que me llamase la atención, no tiene ningún atractivo.

—Creo que la puso en venta a las pocas horas de conocerse.

—No ocurrió así, se lo puedo asegurar. En la misma llamada que usaron para comunicarme el fallecimiento de mi tío, me dijeron que era la heredera universal y, de paso, se ofrecieron a comprarme la propiedad.

—Qué completos. ¿Quién hizo esa llamada?

—Un momento, se lo digo en un instante. Aquí está. Adam James Carpenter.

—Bien, nuestro querido alcalde.

—¿Alcalde?

—¿No le dijo que era el alcalde de esta localidad?

—Nunca se identificó como tal, lo único que hizo desde entonces es ofrecerme una ridiculez por esa herencia. No nado en dinero, solo sé una cosa, si alguien ofrece dinero a la primera oportunidad, sin pedirlo, eres un necio si la aceptas. Me informé y pedí una tasación real, pago los impuestos correspondientes, ya llegará alguien que me ofrezca un precio más justo, o eso espero.

—Hace usted muy bien.

—Gracias. ¿Qué interés puede tener el FBI en mi propiedad, agente?

—Quizás esté usted al tanto del caso de los diecisiete pies. Salió en todos los noticiarios.

—No suelo ver la televisión, agente. No sé de qué me habla.

—¿No se ha enterado usted de un asesino en serie en el pueblo de Oldham?

—Ya le digo que no tengo mucho interés por los sucesos en televisión, mucho menos si son en Dakota del Sur. ¿Ha pasado algo en nuestra finca?

—No hay motivos para pensar eso.

Le tranquilicé, si bien no parecía ser necesario, no tiene ningún problema con nuestra investigación. Me despido mientras le recuerdo que podría llamarla en cualquier momento, si llega a ser necesario. Jessie me mira con extrañeza, yo también sé que no volveré a hablar con aquella mujer.

—¿Qué conclusión sacas de estas llamadas?

—La más clara: vuestro alcalde es todo un personaje, pordecirlo con suavidad.

—Eso ya lo sé yo, desde hace tiempo. Algo más.

—Creo que todo queda aclarado, descarto a nuestro alcalde.

—Error, Jessie.

—¿Cómo?

—No puedes partir de la base que todos los testigos te van a decir la verdad, toda la verdad y nada más que la verdad. No todos mienten, por regla general solo uno o dos. Cada uno usa su sistema para hallar el fallo que puede reconducir tu investigación.

—¿Cuál es tu sistema? Yo soy muy novata aún, este es mi primer caso, no lo olvides.

—Yo imagino que todos mienten, lo hacen muy bien, les va la vida en ello. Cuando confirmo a un mentiroso o dos, sé que el resto dice la verdad, con eso puedo replantearme el caso.

—Interesante, Tom. Lo tendré en cuenta. ¿Qué paso debemos dar ahora?

—La casa de los Stone no parece una gran pista hasta ahora, sin embargo, creo que alguien nos podía dar más datos.

—¿Quien?

—La viuda del hijo, el que murió en un accidente.

—Un momento. ¿El hijo estaba casado y ella no heredó?

—Eso me intriga desde hace rato, nunca le di importancia, para ser sincero, no me di cuenta de lo extraño del caso, hasta ahora. Toma la segunda calle a la izquierda.

Jessie gira con precaución. Al final de la calle se encuentra una pequeña casa, pintada de un blanco inmaculado. Su dueña solo tiene esas cuatro paredes, son su vida, lo demás le ha sido arrebatado, a excepción de los amigos. Todo el mundo es amigo de Dolly, ella siempre está para ayudar de algún modo, es una incansable trabajadora, no es de extrañar que, si un día compra pintura para su casa, ese fin de semana aparezcan todos los vecinos para ayudarla. Ella no avisa a nadie, todos nos enteramos, no es la única persona de la zona a la que le pasa. Cuando se recibe la noticia de un paisano con alguna necesidad, ella es de las primeras en acudir a su ayuda. En nuestro pueblo son cosas de buenos vecinos. Según un compañero joven de la oficina de Pierre, él lo llama karma. Aquí es la forma normal de vivir, así somos en Oldham, sencillos y serviciales. Cuando hay que ayudar, se hace, sin más historias.

17 Pies

CAPÍTULO 33

Tom Wilson

Agente del FBI, destinado a la Oficina del FBI en Pierre, Dakota del Sur

Martes, 19 de abril de 2022. 18:16

Oldham, Dakota del Sur

Detengo el coche con suavidad. Mi joven compañera descubrió hace tiempo que hay dos formas de llegar a tu destino. Una llamativa, otra discreta. La primera es la de las películas y series de televisión, con sirenas, frenazos, gritos, carreras y portazos. Suele asustar a los malos, les hace huir y queda muy bien en las pantallas. La segunda, la habitual en la vida real, se hace con movimientos lentos, con suavidad. Mi compañera entra en la calle a poca velocidad, frena con dulzura, puedo decir. Para el motor y espera a que yo descienda del vehículo para hacer ella lo mismo. Hacemos todo con tanta discreción que puedo imaginar a la propietaria de aquella solitaria casa pendiente de nuestros movimientos. Jessie sigue mis pasos. Está a mi espalda cuando golpeo con los nudillos la puerta. Dolly la abre al poco rato con su eterna sonrisa. Nos pregunta si puede ayudarnos en algo, le digo que sí. Nos invita a acomodarnos en su pequeño y modesto salón. Pregunta, sin esperar nuestra respuesta, si queremos tomar algo, con toda naturalidad ella misma se contesta: «Pues claro que van a tomar algo». Mientras se mueve por la cocina, la gran Dolly nos pregunta qué necesitamos. Le digo que solo hacerle algunas consultas. Me pide un momento, unos minutos después llega con una bandeja con galletas caseras. Parecen recién horneadas. Cuando pruebo una lo confirmo, están calientes aún. Sirve tres tazas de un café, este es más fuerte que el de Grealish House.

—Bien, ya estoy a vuestra disposición, lo primero es ser una buena anfitriona. Dime, Tom, ¿qué necesitas?

—Un poco de información.

—No sé si te puedo ayudar. ¿Qué buscas?

—No me preguntes por qué. Quiero que me refresques la memoria y le expliques a Jessie todo lo que puedas sobre Bob, sus padres y la finca de los Stone.

—Vaya, la tarde se va a poner triste.

Suspira, toma un sorbo de café, me mira con tristeza y comienza a hablar.

—Conocí a Bob en la iglesia, nos veíamos los domingos, me sonreía, yo hacía lo mismo. Bobadas. Cosas de críos. Yo vivía con mi único familiar vivo por aquel entonces, una tía abuela que se hizo cargo de mí cuando unas fiebres se llevaron a mis padres. No ponga esa cara agente, no tengo ninguna imagen de ellos, no los recuerdo, era muy pequeña cuando aquello pasó. Desde entonces mi única familia fue esta buena mujer, la casa donde estamos era suya, le recibí en herencia.

—Háblanos de tu marido y su familia.

—Sí, me pierdo por las ramas, cosas de viejos. Te decía que mi Bob sonreía y yo le correspondía. Un día se decidió a dar un paso más, habló conmigo. Poco tiempo después murió mi abuela, antes de darme cuenta ya estábamos casados y vivíamos aquí. Nuestra felicidad no llegó a los tres años, un domingo fui a la iglesia, como hacía siempre, él se quedó haciendo una reparación en casa que creía indispensable, yo le dije que ir a la casa del Señor es siempre lo primero. No me hizo caso. Después del oficio invité, como muchas otras veces, tú lo sabes, a Sunny a tomar una limonada casera, como excusa para ponernos al día y contarnos nuestras cosas. Al entrar en casa me extrañó no ver a Bob. Tu mujer venía conmigo, no fue plato de buen gusto, ella lo encontró, se cayó por la escalera del sótano. Mil veces le dije que arreglase esa puñetera luz, decía que no era necesario, podía moverse por allí con los ojos vendados. Vi a los Stone en el funeral, creo que siempre pensaron que, si yo no hubiera ido a la iglesia, habría escuchado cómo se caía y lo hubiera salvado, nunca lo sabremos. Después del entierro no vinieron a verme nunca más, no se equivoque, no lo hacían con su hijo en vida tampoco, a mí no me apetecía ver sus caras siempre con gesto de reproche.

—No tenían buena relación, imagino que por eso no le dejaron sus propiedades en el testamento. —Jessie intervino para conducir la conversación hacia donde nos interesaba.

—Sus padres pensaron que su sobrina tenía más derecho que yo sobre esas tierras, no me preguntaron, tampoco era necesario, nunca me interesó nada que viniese de ellos, la verdad. Yo no sabría qué hacer con esa propiedad y no creo que tenga ningún valor. Por lo poco que sé, su sobrina no ha sido capaz de venderla, imagino que será un regalo para alguien, cualquier día.

Espero a que el silencio entre frase y frase sea lo bastante largo para indicar que no tiene nada más que decir. Toca preguntar de nuevo.

—Dolly, si lo entendí bien, la relación con tus suegros era mala.

—¿Relación?, ¿qué relación? Si no me equivoco, la última vez que los vi fue en el funeral de Bob, no me dirigieron ni una palabra, para ellos la muerte nos llevó a los dos aquel día en las escaleras. Esa familia jamás me aceptó, querían ver un nieto en los primeros meses de matrimonio. Nunca pasó y no me lo perdonaron. Creo que aceptaron nuestro matrimonio con ese fin. Para los Stone, una nuera no es parte de su familia, la madre de un nieto, quizás sí.

No hay nada más que rascar, se confirma la versión del alcalde. Por una parte, nadie quiere esa propiedad; por otra, sabemos también que los Stone eran poco o nada sociables. Es el momento de dejar aquella casa. A pesar de mostrarse dura con sus palabras, estoy seguro de dejar a la propietaria envuelta en su propia melancolía, mientras llora sus recuerdos. No ha sido una vida fácil la de Dolly. Su marido murió de forma trágica, la deja sola frente al mundo, su mejor amiga, mi mujer, nos abandona a los dos para siempre y, con el paso del tiempo, aparece muerta muchos años después, víctima de un asesino en serie, del que no es su víctima idónea. No es un hombre, tampoco pasó por la cárcel. ¿Dónde te metiste, Sunny Sue?

Estoy absorto en mis pensamientos cuando suena mi móvil. Veo en la pantalla que es el número de Frank. Mi experiencia me dice que algo ha pasado, él no suele llamarme nunca. Jessieme mira mientras conecto el altavoz.

—Dime.

—Tom, apareció otro pie.

—¿Congelado?

—No lo sé, desde luego, no lo parece.

—¿Dónde?

—Detrás de la carpintería de Jhon Rhines.

Le hago un gesto a Jessie, es en dirección contraria. Acelera el coche mientras gira ciento ochenta grados, le hago gestos con la mano, le indico la dirección a seguir mientras continúo hablando con Frank.

—Supongo que Brad estará allí.

—No me contesta, Tom, le llamé, no me contestó, no sabía qué hacer, por eso le llamé a usted.

—Has hecho bien. Insiste, tienes que localizarlo, necesitamos que venga lo antes posible.

—¿Quiere que vaya yo?

—Cierra la oficina y ven directo, no pongas la sirena, no es necesario asustar a todo el pueblo. —Colgué la llamada y me dirigí a mi compañera, que conducía a gran velocidad, le indiqué un giro a la derecha para llegar a la carpintería—. Gracias por no ponerla tú.

—Te seré sincera, Tom, ni me acordé de la puñetera sirena.

Los dos bajamos del vehículo de un salto, es difícil asegurar si ya estaba detenido al hacerlo. Johny nos espera en una esquina de la carpintería con Corcho en sus brazos, mueve su rabo, rebosante de felicidad, parece saber la importancia de su nuevo hallazgo. Un nuevo pie. Su amo no refleja la misma sensación.

—Tom, está junto a la puerta del almacén de maderas, detrás.

—¿Lo ha desenterrado tu perra?

—Creo que esta vez no lo ha tocado.

—Así me gusta. Buena chica —le digo a Corcho al acercarme, mientras acaricio su cabeza. El animal se deja querer.

Su dueño avanza por el lateral de aquella construcción, me indica un camino que conozco de sobra. Una vez doblamos la esquina, allí está, un nuevo pie parece esperarnos. Miro a mi alrededor, me pregunto dónde está mi compañera, oigo ruido de pasos detrás de mí, es ella, aquí aparece. Se disculpa, ha llamado a Seth Bukowski para que recojan estos nuevos restos. Buen trabajo. Se me había pasado la importancia del trabajo del equipo forense, deben actuar rápido. John contesta a nuestras preguntas sin aportar nada nuevo. La perra comenzó a ladrar, él se acercó a comprobar qué pasaba, no es habitual en ella. Cuando vio el motivo, tomó al animal en brazos y llamó a la oficina del sheriff. Le pido que nos deje solos y no corra la voz. Al momento veo cómo Jessie se acerca, se agacha, parece oler aquel pie desnudo.

—¿Se puede saber qué haces?

—Huelo la prueba, Tom. Creo que no han congelado este pie. Eso significa que…

—Lo han cortado hace nada. Esto es reciente. Ya puedes olvidar la teoría del asesino muerto, que alguien se encontró los restos y los escondió.

—No vayas tan rápido, puede ser un simple imitador.

—Mira el corte, limpio, de un solo golpe. Si no es igual, se parece mucho, demasiado.

—Tengo que darte la razón.

—O imita muy bien, algo improbable, pues demuestra conocer detalles que no hemos divulgado, o es el mismo asesino. Me inclino por lo segundo, ese instinto de viejo agente me lo repite una y otra vez en mi cabeza.

Frank llega a nuestro lado, resopla como un viejo motor. Le cuesta respirar.

—¿Habéis visto a mi tío?

—No, ¿sigues sin localizarlo?

—No hay manera, el teléfono da llamada, aunque él no contesta. No es su forma de proceder.

—Puede ser sencillo, se lo ha dejado en el coche o en casa. Aparecerá más pronto que tarde con una explicación bien sencilla.

—No sé. Quizás.

En cualquier lugar del mundo se habrían reunido decenas de vecinos, curiosos y chafarderos. En Oldham estamos los tres solos, a la espera del equipo forense que se acerca en aquellos momentos a toda velocidad por la carretera estatal.

CAPÍTULO 34

Tom Wilson

Agente del FBI, destinado a la Oficina del FBI en Pierre, Dakota del Sur

Martes, 19 de abril de 2022. 20:40

Oldham, Dakota del Sur

John Rhines nos trae un termo con café, sonríe de mala gana y nos deja solos, quiere ser amable en una situación como esta, aunque no un metementodo. Con la misma discreción que vino, se fue. Hablamos sobre todos los aspectos del caso. Jessie envía la ubicación a Seth, que se encuentra más cerca de lo que esperamos, también recuerda que hay que transmitir las novedades, toma su móvil para llamar a nuestro jefe, pone el manos libres.

—¿Tiene novedades, agente Carlsson? Si no es urgente, ahora mismo me pilla ocupado.

—Creemos que es urgente, jefe. Ha aparecido un nuevo pie.

—Caballeros, si me disculpan, es un asunto que no puedo

dejar de atender. —Ha hablado para otras personas, hay unos momentos de silencio, intuyo que se aleja de la reunión—. ¿Qué quieres decir con nuevo? ¿Uno del lote anterior que se nos pasó en su día?

—Los otros estaban congelados y llevaban tiempo separados del resto del cuerpo. Este ha sido cortado hace poco tiempo.

—¿Qué opináis?

—Un imitador es difícil, jefe. Nunca hemos comentado fuera de nuestro ámbito de investigación las peculiaridades de los cortes, este presenta las mismas características, corte limpio de una sola trayectoria.

—No apareció el resto del cuerpo, ¿cierto?

—Así es, jefe. No tenemos forma de identificarlo por el momento. El equipo forense debe estar al llegar.

—¡Demonios! ¿Me escuchas, Tom?

—Te escucho, George.

—¡Vaya momento has elegido para irte!

—Yo no lo elegí, el calendario manda. Ya sabes, hay algunas cosas fuera de nuestro control.

—Recuerda, mañana es tu último día.

—No lo olvido ni un momento, te lo puedo asegurar.

—Tenía el plan de pedirle a Jessie que volviese a Pierre el

jueves, que trabajara en el caso desde aquí, pensaba que no tendríamos novedades en mucho tiempo, quizás nunca. Ya ves. Ahora tengo que elegir quién te sustituye sí o sí, esto ha subido de nivel. El caso se ha puesto al rojo vivo. Tendré que mandar otra pareja de apoyo. Procuremos que la prensa se entere lo más tarde posible, por favor. ¿Alguna sugerencia con tu sustituto, Tom?

—No, jefe, debe ser su elección. No suele equivocarse.

—Jessie, ¿tienes alguna preferencia?

—No me imagino otro compañero en estos momentos, Tom es un magnífico agente.

—Lo sé, no va a ser fácil ocupar su lugar. Dejadme pensar, lo consultaré con la almohada, mañana tomaré esa decisión. Quería decirte que disfrutases de tu último día, Tom, aunque no será una jornada tranquila, ¡ni mucho menos!

—No tiene esa pinta. Vamos a tener lío del gordo.

—Tengo un compromiso político con el gobernador, cualquier novedad, llamadme sin dudar.

—Así lo haremos.

Jessie corta la llamada, mira el pie con mucho detenimiento. Imagino que analiza todo lo que ve. Me mira directo a los ojos.

—Tom, este asesino evoluciona. Ahora no esconde su

«perverso trofeo», se burla de nosotros. Sabe dónde vive la persona que encontró los pies.

—Tienes toda la razón. Esto parece una broma macabra por su parte.

—No sé si es el mismo criminal o un seguidor bien informado, de eso no tengo idea. Estoy segura de una cosa, no me equivoco si digo que es de aquí, de esta zona. Es uno de los habitantes de Oldham. Piensa que…

Un ruido de motor acelerado rompe el tranquilo silencio del pueblo. Se acerca sin dudar, ruido de frenos. La furgoneta negra del equipo forense ha llegado en un tiempo récord. Seth se baja y se dirige hacia donde mi dedo señala. Jessie ordena, manda, ejerce como la agente al mando que es, ya no tiene dudas ni contemplaciones, conversa con los forenses, comparte información. Yo asumo que me quedan pocas horas como agente federal. Mi vida laboral llega a su fin, no sé si sabré vivir sin este ajetreo constante, lejos de cualquier investigación.

Una ligera vibración llama mi atención, me llama el sobrino del sheriff.

—¿Qué pasa, Frank?

—Tom, acabo de localizar el coche de mi tío.

—Vale, dile que venga.

—No va a ser posible, es mejor que vengas tú.

—¿Por qué dices eso?

—Está muerto, Tom, muerto dentro del coche. Lo han matado.

Corro hacia Jessie y Seth, les cuento lo que pasa, el doctor deja a uno de los chicos de su laboratorio para que termine con el escenario donde apareció el pie. Mi compañera conduce como nunca, la furgoneta nos sigue. Una lágrima quiere recorrer mi mejilla, mi mente no encuentra una razón, ni una sola, para que alguien asesine a Brad.

17 Pies

CAPÍTULO 35

Jessie Carlsson

Agente del FBI, destinada a la Oficina del FBI en Pierre, Dakota del Sur

Martes, 19 de abril de 2022. 21:57

Oldham, Dakota del Sur

Sigo las indicaciones de Tom, pasamos junto a la oficina del sheriff, hay un camino a su lado, a unos trescientos metros está el coche de Frank, junto a unos árboles. Al acercarnos vemos que estos tapan en parte el coche de Brad. Freno al lado, detrás escucho cómo la furgoneta hace lo mismo, Seth baja rápido a estudiar el cuerpo del sheriff, yo me acerco con él, quiero ver cómo trabaja y conocer sus primeras impresiones. Tom ha ido directo a abrazar a Frank, que llora desconsolado. Le pregunta si ha visto algo, a alguien raro, un forastero, lo que sea. Dice que no. No se ha visto ninguna persona extraña, no recuerda un coche forastero, ni tampoco a ningún vecino fuera de lugar.

Dejo que mi compañero le consuele, luego debo hacer lo mismo, ahora me centro en el cuerpo sin vida del sheriff.

Al abrir la puerta del conductor descubrimos un gran charco de sangre junto a los pedales. El experto forense me señala un punto del marco de la puerta.

—Mire, agente Carlsson, el asesino ha cortado el pie justo aquí.

Abrió la puerta al máximo, dejó el cadáver sentado como está, con el cinturón de seguridad puesto, sacó el pie fuera y lo cortó de un golpe, con un hacha de gran tamaño. El filo bien trabajado lo ha cortado como si fuera mantequilla.

—¿Cómo puede estar tan seguro?

—El impulso de la herramienta ha dejado este gran corte en uno de los puntos más resistentes del coche, los huesos de la pierna no han sido un problema para ese filo, se lo aseguro.

—Bien, comprendo. Dígame más, por favor. Todo lo que vea, por pequeño o inútil que pueda parecer.

—Le han estrangulado desde atrás, con una soga fina o algo parecido. Al no llevar rejilla de protección contra los detenidos, al ocupante del asiento trasero le ha sido muy fácil.

—Intento comprender y asimilar todo, doctor. ¿Sabe más o menos la hora de la muerte?

—Menos de cinco horas, seguro, entre tres y cuatro, diría yo. Le podré precisar más cuando lo analicemos todo en nuestro laboratorio.

—Dígame qué necesita.

—Yo me encargo, agente, en nuestra furgoneta nos llevaremos el cuerpo y el pie, creo que la identificación ya la tenemos. Uno de mis compañeros se quedará con el vehículo, nos lo llevaremos a Pierre, por si hubiese algún rastro.

—Perfecto. Continúe con su trabajo. Muchas gracias, Seth.

Hago un gesto a Tom, me acerco para consolar un momento al sobrino de la víctima y nos alejamos un poco para que trabajen mejor los forenses. Le digo que toca informar al jefe, asiente, está afectado. Imagino su estado de ánimo, yo estoy fatal y lo conocía solo de unos días. Él era su amigo desde hace muchos años. Decido llamar desde dentro del Escalade, quiero que sea una conversación privada, casi íntima, solo con el altavoz del móvil. Marco el número del jefe.

—¿Qué ha pasado, agente Carlsson?

—Hemos encontrado el cuerpo al que han cortado el pie. Es el del sheriff Brad Sellers.

—¿Cómo?

—Estaba dentro de su coche oficial, no lleva rejilla para protección con los detenidos, le han estrangulado desde atrás. El asesino ha sacado el pie fuera del coche y lo ha cortado apoyado sobre el marco de la puerta. Según el doctor Bukowski, hace menos de cinco horas.

—Este caso se ha desbocado de una manera irracional.

—Si piensa que otro agente puede hacerlo mejor, yo...

—Cierre la boca, no ha sido culpa suya, no tiene ningún motivo para sentirse culpable o no verse capaz de llevar este caso. Usted ha sido y es mi mejor opción para investigar este asunto, y así debe continuar. Tom, ayuda a tu compañera, solo necesitaun poco de ánimo.

—Por supuesto, George.

Cuelgo la llamada. Miro a Tom, necesito analizar los pocos datos que tenemos. Él parece estar en otro mundo, gira su cabeza y mira hacia Frank, sigue llorando como un niño pequeño. De pronto vuelve su cara hacia mí, el agente frío y con experiencia ha vuelto. Estamos dentro del Cadillac, nadie nos escucha.

—Lo primero, Jessie, jamás vuelvas a hacer lo de antes. No puedes pensar en renunciar al caso, no has cometido ningún error y la muerte de Brad de ninguna manera se puede considerar que se ha producido por culpa tuya, que te quede bien claro. Ahora necesito conocer esas conclusiones que tienes en tu cabeza.

—¿En serio?

—Ahora tus neuronas trabajan al máximo, buscan dónde encajan todas las piezas, tienes que buscar ese elemento fuera de lugar, el dato que no concuerda puede destacar o estar perdido. Recuerda, creemos que el asesino es de este pueblo.

—Por lo menos no podemos asegurar que la persona que ha asesinado a Brad sea la misma.

—Por el corte del hacha, lo parece.

—Sí, aunque debemos tener en cuenta más factores, Tom. Hemos encontrado el cuerpo, no ha ocurrido con ninguna otra víctima. Brad no es un expresidiario, dejaron el pie con la única intención de que lo encontráramos, junto a la carpintería de

John, nos indica que sabe detalles desconocidos para el resto del mundo. ¿Quién puede saber dónde está la carpintería del dueño de la perra que desenterró los pies? Solo alguien de aquí, ni los periodistas se acercaron a eso, nunca lo supieron.

—Tienes razón, solo es posible si consideramos al culpable como alguien de aquí. ¿Por qué eligió a Brad como su víctima?

—Desde luego no tiene las características propias del resto de los fallecidos. Solo cumple una, es hombre. A Brad sí le hubiera buscado su mujer, sus conocidos, sus amigos, esta no es una víctima que desaparece y nadie se da cuenta. Es todo un sheriff.

—Tienes toda la razón. Tenemos dos opciones. Quizás estamos frente a otro asesino, conoce el *modus operandi* completo del primero y lo usa para despistarnos en su propio beneficio.

—De acuerdo, Tom, esa es la primera. Has dicho que tenemos otra opción.

—Cierto. Recuerda que entre las anteriores hay una que rompe con las demás, Sunny Sue no encaja en el prototipo de víctima idónea. No es hombre, no es expresidiario, seguro que falla algo más. Dijimos que podía estar en el sitio equivocado en el peor momento posible. Bien. Ahora imagina que Brad está en la misma situación. Imagina que ve a alguien con un hacha de gran tamaño y se acerca a preguntar por curiosidad, con inocencia. Se ha tropezado sin saberlo con el criminal, este lo mata para no ser descubierto o por el motivo que sea. Esta víctima se sale de su perfil objetivo, no es problema, ya ha matado antes fuera de su estereotipo de víctima.

—Hay algo que me dio mucho miedo antes, durante mi conversación con el jefe.

—No entiendo.

—He pensado una cosa. Imagina que hemos estado frente al asesino, hablado con él, preguntado por momentos olvidados, levantado sus sospechas, y eso ha provocado la muerte de Brad.

—¡Quítatelo de la cabeza!

—No me martirizo, Tom, lo pienso como opción, como una posibilidad.

—Continúa.

—Le doy vueltas a unas palabras que me dijiste: «No todos los testigos te van a decir la verdad, toda la verdad y nada más que la verdad».

—Es cierto.

—Vamos a recordar lo que nos contaron, todos con su versión real, excepto uno.

—Hay que localizar al que nos mintió.

—Esa es nuestra labor ahora. Encontrar la oveja negra de Oldham.

—Puede ser cualquiera.

—No, Tom. Solo puede ser quien nos engañó.

Analizamos muchas cosas mientras Seth y su equipo realizaban su trabajo. Cuando lo dieron por terminado se fueron al laboratorio, a Pierre, para realizar la correspondiente autopsia. Decidimos que Frank no estaba en condiciones de conducir, el golpe sufrido le tenía hundido. Tom le llevaría a su casa, después se acercaría a casa de Brad, quería acompañar y consolar a Mildred. Yo decidí irme a casa, sería más estorbo que otra cosa, tampoco soy una amiga de la familia. Mi compañero me pidió ocuparse él de esos momentos tan íntimos y duros. Una vez alejada de esa situación, mi mente busca incansable quién es ese testigo que se burla de nosotros, sabe más de la cuenta y nos lleva varios pasos de ventaja. ¿Quién?

CAPÍTULO 36

Jessie Carlsson

Agente del FBI, destinada a la Oficina del FBI en Pierre, Dakota del Sur

Miércoles, 20 de abril de 2022. 00:46

Oldham, Dakota del Sur

Llego a casa, en la oscuridad de la noche veo luz a través de la ventana del comedor de Tom, imagino a su hijo sin tener noticias, me acerco a la puerta, la manivela funciona, está abierta. Entro y veo a Dan enfrascado en un dibujo.

—Perdona, estaba abierto y…

—Siempre está así, no recuerdo haber cerrado la puerta nunca. Es más, si tuviera que hacerlo no sé dónde pueden estar las llaves.

Deja su trabajo y se acerca a mí. Debo tener una cara terrible después de un día tan largo y malo.

—Imagino que ya sabes lo de Brad.

—Sí, la noticia corrió como la pólvora. No quiero conocer detalles, ya estoy aburrido de muertes y asesinos.

—Lo comprendo. Tu padre se ha quedado con Mildred, necesitará mucho apoyo.

—Yo iré mañana. ¿Quieres cenar algo?

—No tengo apetito. Mejor no, voy a descansar, mañana va a ser una jornada complicada. Te dejo trabajar.

—Hacía tiempo hasta que llegarais, sobre todo después de la noticia. Intentaré dormir. No será fácil, imagino que tampoco lo es para ti.

Cruzo la calle, yo también necesito descansar, aunque mi cabeza no está por la labor. Miro mi móvil y tengo varias llamadas perdidas de mi madre. Sabe que algo pasa cuando no le contesto. La imagino despierta, marco su número mientras me tumbo en la cama.

—¿Qué pasa, cariño?

—Algo terrible, mamá. Han matado al sheriff de este pueblo, le han cortado un pie, es lo primero que encontramos.

—¡Qué horror!

—Sí, me temo que puede ser el mismo asesino, el corte tiene las mismas características que los anteriores. Mañana tendré otra vez a la prensa por aquí, me imagino.

—Jessie, quien sea se atrevió con un sheriff, ten mucho cuidado, nadie puede pensar que está a salvo. Tú tampoco.

—Lo sé, mamá. Lo sabemos.

—No lo olvides. ¿Esto puede ayudarte en la investigación?

—Aunque suene fatal, sí. Déjame que hable en voz alta para clarificar mis pensamientos.

—Por supuesto, cielo, cuéntame.

—El asesino se ha destapado, es de aquí, sabe cosas que solo conocen los pocos vecinos de este pueblo. Quién encontró los pies y dónde trabaja, eso no es de dominio público. Además, han asesinado al sheriff desde el asiento trasero de su coche, quiero pensar que solo dejaría subir a su coche a alguien de confianza, es un conocido suyo. Ha tenido que moverse sin levantar sospechas en el pueblo, eso concentra nuestrabúsqueda en las personas de aquí.

17 Pies

—Si consideras que estás cerca, debes tener mucha precaución, él sabe quiénes son sus perseguidores, vosotros no tenéis ni idea de quién es la presa. No lo olvides. Se podría decir que él es el cazador en este momento, vosotros dais palos de ciego.

Una vez terminada la llamada, mi mirada se pierde entre el blanco del techo, mis ojos no ven nada, mi mente vuela entre la casa de los Stone, las palabras del alcalde, los gestos del difunto Brad, las lágrimas de su sobrino, un hacha grande, pesada… ¿Quién va por la vida con una herramienta así? ¿Quién camina preparado para cortar el pie de su próxima víctima sin dudar ni un momento? ¿Quién no tiene miedo y deja de tomar cualquier precaución a pesar de saber que el FBI está aquí?

Son muchas cosas, y si quiero rendir mañana debo descansar o desconectar. Desconectar…

Soy un torbellino imparable cuando tomo una decisión. Cruzo la calle decidida, abro la puerta como hice minutos antes. Caigo en un detalle tonto, es cierto. No la cierra, aunque sepa que hay un asesino suelto en su pueblo. La casa está a oscuras, a pesar de eso, sé hacia dónde dirigir mis pasos. Sin miramientos, abro la puerta, busco el interruptor de la luz, al activarlo veo a Dan en su cama, muestra sorpresa, no me esperaba, eso es seguro.

17 Pies

Pongo mi índice frente a los labios, no quiero que diga nada, me desnudo sin ceremonias. Por su gesto deduzco que le gusta lo que ve. Mejor, es lo que hay. Levanto la manta y pego mi desnudo cuerpo al suyo. Sin pensarlo mis labios se unen a los suyos, que responden suaves y con cariño. Besa toda mi piel mientras recorre mi cuerpo con detenimiento, me dejo hacer. Continuamos con caricias y besos, nuestros cuerpos piden subir un nivel más. Dan se pierde bajo la manta, sé por dónde se mueve, me besa sin parar, se detiene en mis pechos, más duros que nunca, juega con mis pezones llevando mi éxtasis a un punto de no retorno, comienza a bajar por mi barriga hasta llegar a ese punto que me llevará directa al primero de los varios orgasmos que disfrutaré esta noche. Cuando me relajo de este primer momento de placer, ahora soy yo quien decido dárselo a él, comienzo a besar su miembro mientras noto cómo unas corrientes invisibles recorren su cuerpo, juego con él hasta conseguir el mismo premio que me regaló unos minutos antes. Disfrutamos durante mucho tiempo el uno del otro. Sin decir ni una palabra. No hizo falta, el lenguaje del amor se habla con gestos, caricias y miradas. Las palabras son para otros momentos.

Sudorosos aún, después de cruzar la frontera del clímax en varias ocasiones veo que va a decirme algo, le pongo mi dedo en los labios mientras niego con la cabeza. Le doy un último beso, salgo de la cama, me visto y cruzo la calle en dirección contraria. He desconectado, y de qué manera. Ahora toca descansar lo poco que queda de noche.

CAPÍTULO 37

Jessie Carlsson

Agente del FBI, destinada a la Oficina del FBI en Pierre, Dakota del Sur

Miércoles, 20 de abril de 2022. 06:18

Oldham, Dakota del Sur

El cuerpo humano es sabio, después del ejercicio nocturno, no me apetece correr a primera hora de la mañana, de ninguna manera. Una vez me he mirado en el espejo, debo hacer lo posible por borrar de mi cara esta sonrisa estúpida que tengo. Céntrate, Jessie, hoy es un día importante, trágico para esta gente. También es el último con Tom como compañero. Olvida lo que pasó anoche. Bórralo de tu mente, aunque parezca imposible.

Con la ilusión de una colegiala cruzo la calle, al abrir la puerta me encuentro a Tom con muy mala cara, tiene una taza de café en los labios. Me ofrece uno bien cargado. Él estuvo con la familia Sellers hasta hace bien poco, no ha dormido en toda la noche. Cuando llegó, Dan no estaba en casa. Me pregunta si lo vi ayer, le dije que sí, para avisarle de que su padre se quedaba con Mildred. Espero que no se percate de mi olvido sobre el segundo encuentro. No parece notarlo.

Sentada junto a mi compañero, le digo de poner en orden nuestras ideas. Suspiro de forma profunda y comienzo a hablar mientras miro sus ojos cansados. Quizás solo sea falta de sueño, yo imagino otros motivos. Doy un sorbo a mi café y me animo a contarle mis ideas.

—Ayer, al tumbarme en la cama, comenzaron a proyectarse en mi mente todos los momentos que hemos vivido aquí, en Oldham.

—¿Sacaste algo en claro?

—Imaginé muchas teorías, unas más locas que otras. Unas eran poco probables, otras imposibles. Recordé todas las preguntas, respuestas, gestos de tus vecinos. No me parecía posible al principio, sin embargo, ahora estoy segura, sabemos que uno de ellos es la mano asesina que buscamos. No me cabe duda.

—Aunque no quiero creerlo, debo reconocer que pienso lo mismo. Uno de mis queridos vecinos es un criminal sin piedad.

—Recuerdo bien tu consejo, si todos dicen la verdad, no ha podido ser nadie. Como eso no es posible, se confirma tu teoría, uno miente. Lo he pensado mucho, lo primero que creía era la falsedad en un detalle. Me perdonarás si te digo que he calculado una teoría casi imposible, cada vez que la repito en mi mente, me parece menos loca y más lógica.

—¿Quieres compartirla conmigo?

—¡Claro! Debemos estar sincronizados, sobre todo hoy, es tu último día, quizás no esperen a mañana para enviar tu sustituto. Incluso pueden aparecer más refuerzos, han matado a uno de los nuestros. Si lo pienso bien, es lógico que lo hagan.

—Tienes razón, vamos a sincronizarnos y a trabajar juntos, nuestro último día tiene que ser memorable.

—Eso espero.

Llenamos nuestras tazas de café y comparto mi hipótesis con Tom. En lugar de reírse en mi cara, asiente como si mis palabras tuviesen una sensatez aplastante. Hablamos mucho rato, trazamos una especie de plan, algo con lo que intentar destapar a nuestro testigo mentiroso. Suena mi móvil, es el jefe, mi compañero me dice que no quiere hablar con él, le dirá que se aparte de todo este último día, que consuele a la familia de Brad, y no es su intención. Le digo que correré un poco antes de seguir con el caso, para despejarme.

Salgo a la calle para contestar la llamada mientras me dirijo a mi casa. George Millan me pide que mantenga el tipo hoy, mañana llegará el sustituto de Tom y otra pareja de apoyo, todos estarán bajo mi mando, todavía no ha decidido qué compañeros serán, a lo largo del día lo confirmará. Me pide que atienda esta tarde a la prensa, ahora nuestro caso ha vuelto al centro del foco mediático, me pide perfil bajo, como hasta ahora, no debo darles ninguna información que desconozcan, el asesino no debe saber si tenemos o no alguna pista sobre él. Me asegura que después de comer me llama para informarme de todas sus decisiones, me da las gracias y me recuerda que hago un gran trabajo, mucho mejor de lo esperado en un primer momento. Nosé qué decirle.

Terminada la llamada, busco en la agenda el contacto del doctor Bukowski. Me responde cuando estoy a punto de darme por vencida. Conecto el sistema manos libres para ponerme la ropa deportiva mientras hablo con él.

17 Pies

—¡Agente Carlsson!

—Pensaba que no me contestaba, iba a colgar la llamada.

—No lo haga nunca. Supongo que quiere conocer si hemos descubierto algo nuevo.

—Sería de gran ayuda.

—Hemos confirmado lo que le dije en Oldham. La hora del fallecimiento que le dije era correcta. Lo mataron como le expliqué, desde atrás, con una soga. Aunque puedo decirle algo más, el arma usada para cortar el pie es la misma que en las ocasiones anteriores. No es similar, es la misma.

—¿Han encontrado algo en el coche?

—Hay muchos rastros distintos, imposible saber cuál es el del asesino. En el asiento trasero de ese coche se ha tenido que subir mucha gente, debe comprenderlo. Seguimos con nuestro trabajo.

—¡Por supuesto!

Terminada la conversación, miro mi reflejo en el espejo. Hoy tienes que estar radiante, Jessie, hay que darlo todo. Me dirijo a la ruta de las últimas mañanas, mi pensamiento no controla la respiración, el ritmo de la zancada, ni nada de eso, hoy está en otras cosas. Revisa cada palabra, busca ese detonante que me indique sin error posible la dirección correcta que debemos seguir. Hasta el momento tengo una sola opción, solo hay una lectura que encaja con todas las piezas de este rompecabezas. No parece la mejor, ni la más creíble, de hecho, ahora que lo pienso, Tom me daba la razón sin demostrar mucho entusiasmo. ¿Puede tener él otra teoría?, ¿otro culpable en mente? Quizás algo de lo que hemos comentado le ha dado una pista en otra dirección. No creo, me lo hubiese dicho.

Después del ejercicio nocturno, sonrisa en mi cara, ya está bien de correr por hoy. Vuelvo a la casa, me ducho y preparo para el día que promete ser interesante; triste también. Cruzo de nuevo la calle, entro mientras llamo a Tom. No contesta, le busco por todas las habitaciones, no está, no hay nadie en la casa. En mi móvil marco el número de mi compañero, no da tono de llamada. En su lugar suena el mensaje de la operadora, me avisa de que el teléfono está apagado o fuera de cobertura. ¡Oh, no!, ¡esto avanza demasiado rápido!

Tranquilízate, Jessie. No es propio de Tom, desde que le conozco ha estado siempre a mi lado, no actuaría solo sin contar conmigo. Le habrá llamado Mildred. El coche no está, imagino que se lo llevó Dan, lo recuerdo, a primera hora no estaba. Ha tenido que ir andando, no hay ningún sitio lejos en este pueblo, supongo que es normal y fácil ir de un sitio a otro andando, todo está cerca, a pesar del frío. Tengo que localizarlo, vuelvo a llamarle y recibo otra vez el mensaje grabado. Apagado o fuera de cobertura.

Pongo en marcha el Escalade, cuando voy a iniciar la marcha recibo un mensaje sms. Numero desconocido. Lo primero que me llama la atención es cómo está escrito. Todo en mayúsculas.

«OPERACION PIES EN MARCHA, SI QUIERES ATRAPARME, YA PUEDES CORRER. TIENES UN PROBLEMA, JESSIE. NO SABES EN QUÉ DIRECCION».

Después de leerlo varias veces, llamo a mi jefe. Le explico que he recibido un mensaje y se lo repito, nada más escucharlo actúa rápido, me pide que cuelgue, me llamará el compañero que puede ayudarme. Lo hago. Tom, ahora me vendría muy bien tu experiencia, y tu compañía también. Se me olvidó comentarle al jefe que no localizo a mi compañero, espero no lamentarlo después, desde luego no voy a volver a llamarlo solo para eso.

Se ilumina la pantalla del coche, entra una llamada, veo solo el número del teléfono, descuelgo rápido.

—Buenos días, agente Carlsson. Soy Ted. Estoy monitorizando su móvil desde la central. Veo el mensaje que ha recibido, mando copia al jefe Millan.

—Me lo ha enviado desde un numero oculto.

—Usted no puede verlo desde su terminal, yo ya lo tengo identificado. Utiliza una tarjeta SIM de prepago, no tenemos identificación del comprador.

—Eso no ayuda mucho.

—Deme algo de tiempo. Ahora mismo está fuera de cobertura.

—O apagado.

—Exacto, agente Carlsson.

—¿Puedes rastrear su posición?

—Parece que no ha tenido cobertura GPS nunca. Ha debido usar un móvil antiguo.

—Entonces, Ted, ¿no podemos localizarlo?

—Yo no dije eso. Busco su posición con la triangulación de antenas. Un momento. Ahora no hay señal, su última posición está cerca de usted, agente. Es una zona con pocas antenas, no hay mucha población, es normal. En una ciudad se puede precisar más, allí es más difícil cerrar el círculo.

—Envíame esa ubicación.

—Ahora mismo.

—Otra cosa, ¿puedes mandarme una imagen satélite de la zona?

—Sí, al momento.

Tarda pocos segundos, Ted es un agente eficiente. Me llega una ubicación y la traslado al navegador, inicio la marcha, por instinto toco mi arma reglamentaria. Recuerdo las palabras de mi madre, «alguien te está mirando a los ojos, sabe que eres el sabueso que busca su pista, sin embargo, tú puedes mirar a todos, no sabes quién es». Llega otro mensaje a mi móvil, la imagen de la zona que me envía mi compañero.

17 Pies

CAPÍTULO 38

Jessie Carlsson

Agente del FBI, destinada a la Oficina del FBI en Pierre, Dakota del Sur

Miércoles, 20 de abril de 2022. 09:32

Oldham, Dakota del Sur

Intento llamar de nuevo a Tom, otra vez el mismo mensaje. Circulo por una solitaria carretera por la que nunca he pasado, he cruzado Oldham y me alejo del pueblo. Jessie, céntrate un momento. Voy sola, ahora recuerdo que no he avisado a nadie, mi compañero no da señales de vida, tampoco tengo idea de dónde está. Bien, fallo gordo. Además, conduzco por una zona desconocida para mí. Busco no sé muy bien qué, se le pierde la pista por aquí. Puede ser por dos motivos, apaga su teléfono, o es una zona sin cobertura. Pronto lo averiguaré, me estoy acercando a mi destino.

Paro el coche, he llegado. Salgo del Cadillac, miro atrás, no hay nada de donde vengo, naturaleza olvidada, cruzada por una vieja carretera de asfalto descuidado, poco transitada, atraviesa grandes zonas donde hay sembrados cereales que esperan a ser recogidos cuando llegue su momento. Miro mi móvil, confirmado, zona sin cobertura, estoy sola.

Tengo que actuar. Mi lógica me dice que quien mandó el mensaje salió del pueblo por esta ruta, por tanto, continuaría en la misma dirección. Si tiene el móvil conectado no ha vuelto al pueblo, debería hacerlo por esta misma carretera. Busco en la imagen del satélite que me ha pasado el compañero alguna construcción, algo, un posible destino para esa persona. Nada, no se aprecia ni una pequeña caseta, sin embargo, debe ir a algún sitio, está ahí. Subo al coche y reanudo la marcha, esta vez más despacio, mirando el paisaje. He dejado atrás las parcelas sembradas, veo arboles dispersos y un lago a lo lejos. De vez en cuando surge un camino de tierra a un lado o a otro, no parece que nadie haya circulado por ellos en mucho tiempo. Me detengo en el cruce y compruebo en la imagen satélite a dónde va. Hasta el momento no me ha llamado nada la atención. Descarto desviarme por el camino de la derecha o el de la izquierda, no veo que lleven a ningún sitio. Continúo en la misma carretera a la búsqueda del siguiente camino. Llego a él después de avanzar un rato. En esta parte, a la derecha, quizás estoy un poco paranoica, creo ver más polvo que en los anteriores, puede ser señal del paso de algún vehículo. Miro la imagen. El camino se aleja de la carretera principal y termina en un pequeño lago, junto a un grupo de árboles de gran tamaño en apariencia. Hasta el momento es la mejor opción que tengo. Mejor dicho, es la única opción.

Estoy sola. Sigo sin cobertura telefónica. ¿Dónde estás, Tom? Voy a cometer una locura. Quizás encuentre la mano asesina al final de este camino. Para evitar llamar la atención iré a pie.

También lo hago con otra intención, me han pasado la última ubicación del móvil que me mandó el mensaje, saben que también será mi localización final. Si dejo el coche al inicio del camino, mirando en la dirección que voy a tomar, mis compañeros pueden localizarme. ¿Cuándo enviará el jefe a esta gente? Espero que muy pronto. Desde estos momentos necesitaré toda la ayuda que me puedan facilitar.

Avanzo fuera del camino, si hay alguna trampa o sistema de aviso contra intrusos supongo que controlará la ruta más posible, campo a través es más discreto. No llevo el arma en la mano, no veo nada cerca que indique «estás tras la pista correcta», avanzo hacia el grupo de árboles, la imagen satélite no me engañó, ahí están, el lago al fondo. Puede ser un sitio perfecto para pescar, parecido al lugar donde se encontraron los primeros pies.

Veo más nítida la arboleda que llama la atención en la imagen que enviaron, hay algo extraño. ¿Qué es? Conforme me acerco lo veo más claro. Bajo las ramas, escondida de la mirada del satélite, hay una especie de cabaña, a su lado hay algo que parece un cobertizo. Amplío la imagen que me enviaron, es imposible adivinarlo, por mucho que amplíe solo se ven sombras, hojas y ramas. Imagino que el vehículo en el que vino está dentro de esa especie de almacén junto a la cabaña. El cobertizo no tiene ventanas, la choza cuenta con una pequeña, los cristales están sucios, dirijo mis pasos hacia allí, intentaré ver algo en el interior. Me acerco, ahora sí tomo la pistola y avanzo como me enseñaron en los ejercicios de la academia.

Me muevo con el mayor sigilo posible. La vieja cabaña presenta síntomas inequívocos de abandono, allí no vive nadie desde hace muchos años, no hay ningún signo que indique lo contrario, aun con ese pensamiento, continúo acercándome a paso muy lento. Ya puedo ver algo del interior a través del sucio cristal de la ventana. Intento descubrir alguna señal de vida

17 Pies

reciente cuando algo me aprieta con fuerza en la espalda. Tengo una idea bastante aproximada de lo que me empuja, para certificarla suena el martillo de un revólver. Levanto las manos en señal de rendición, con un poco de brusquedad me quita mi pistola, aunque sería más apropiado decir que me la arranca de la mano. Me registra a conciencia, no deja ni un centímetro de mi cuerpo sin palpar o golpear. Cuando creo que ya ha terminado y está algo más relajada, sin girarme aún, con las manos levantadas, decido saludarla.

—Supongo que te alegras de verme, ¿verdad? ¿Cómo estás, Dolly?

17 Pies

CAPÍTULO 39

Jessie Carlsson

Agente del FBI, destinada a la Oficina del FBI en Pierre, Dakota del Sur

Miércoles, 20 de abril de 2022. 11:16

Oldham, Dakota del Sur

No sé muy bien cómo describir el sitio donde me encuentro. Después de hacerme entrar a la fuerza mientras me apunta con un revólver en aquella especie de cabaña, me sienta en una silla en el centro de aquel sitio. Era solo una estancia, en su día hacía las veces de cocina y comedor, supongo que también dormirían allí, aunque ahora no se aprecia ningún camastro. Vació todo lo que tenía en mis bolsillos, lo único que no terminó en el suelo de la apagada chimenea fueron las llaves del Escalade, esas se las guardó ella. Me fijó a la silla con varias bridas, me sentó con mi rostro hacia la pared del fondo, por tanto, mi espalda da a la puerta. Ella sale por una puerta lateral, adivino que conecta con el cobertizo, vuelve al rato de allí, con una cinta americana en la mano, la utiliza para asegurar mis pies a cada pata de la silla. Las bridas unen mis muñecas y también un travesaño de madera de mi asiento. Mi cuerpo y el mueble son uno solo ahora mismo. Puedo sentir que estoy inmovilizada y la sangre no me circula con la fluidez acostumbrada por muchas partes de mi organismo en estos momentos. Ella parece satisfecha con su trabajo, para terminar su labor, me tapa la boca con otro trozo de la cinta adhesiva. Se va fuera de mi campo de visión y escucho cómo abre y cierra la puerta. Imagino que se dio cuenta de la señal que podía enviar con el Cadillac al inicio del camino. Vaya, algo me va a salir mal. ¡Mamá, no soy tan lista como supones!

Pasado un buen rato, oigo la puerta abrirse, se sitúa frente a mí. Como no podía ser de otra forma, me mira, sonríe y, de un certero tirón, arranca la cinta adhesiva. Duele, os aseguro que duele. Toma una silla parecida a la mía y se sienta frente a mí. Ahora tiene unos rasgos duros, serios, su sonrisa permanente desapareció del rostro.

—Déjame que adivine, Dolly. Esta es la cabaña de tu familia, aquí pasaste tus felices años de niña.

—Eres lista, demonios. Sí, aquí pasé mi infancia, aunque no es felicidad lo que recuerdo de aquel tiempo. Muchas calamidades y necesidades. Mi gente eran tramperos, si había caza, se comía carne, si no se pillaba, era difícil llenar la barriga, aunque se las apañaban bien, siempre hacían intercambios con los vecinos, una piel por esto, la carne de un ciervo por lo otro, cosas así. No me quejaré de vicio, eran buenos en su oficio. Mi madre falleció en el parto, en la cabaña éramos solo dos mujeres, mi abuela y yo misma. Era aún una niña cuando ella comenzó a barruntar algún problema, notó cosas raras, creo que se dio cuenta de algo extraño, la familia empezó a sentirse mal. Quizás supiera el motivo o quizás se temiera el triste final, el caso fue que me dejó al cuidado del cura, le dijo que la familia podía estar enferma y ser contagioso, que me cuidaran durante un tiempo. Poco después aparecieron todos muertos, algo en el agua de su pozo, una enfermedad que atacó a todos, o cualquier otra cosa. Nunca se supo, entonces no existían los medios de hoy. Llegué a escuchar, los niños nos escondemos en cualquier sitio para enterarnos de algo, pura curiosidad. Te decía que llegué a oír cómo aseguraban que alguien los envenenó a todos. Un triste final. El caso es que esta es su casa, la de mi abuela, no creo que nadie la recuerde hoy.

—Yo creo que Brad sí la recordaba. Quizás por eso lo mataste.

—Te lo puedo asegurar, se olvidó por completo de ella, no murió por eso, ni mucho menos. Prueba suerte otra vez, me divierte escuchar las teorías de toda una agente especial del FBI.

—Entonces es solo parte de tu retorcido plan para llamar la atención.

He dado de lleno, su cara de asombro refleja mi acierto. Parece cambiar de opinión sobre mí. Me mira con otro gesto. Me señala con el dedo índice de su mano derecha antes de hablar de nuevo.

—Parece que sabes muchas cosas, jovencita. Antes de hablar de mi plan, dime cómo sabías que era yo.

—He seguido el rastro de tu móvil, no sé si cometiste un error al mandar el mensaje o llamaste mi atención a propósito.

—Lo hice a conciencia, sabía que localizarías la zona; el sitio, pensé que tardarías más, has sido rápida. Esa no era mi pregunta, Jessie. ¿Como sabías que era yo antes de girarte?

—Simple deducción. Cuando dejaste el pie junto a la carpintería de John Rhines sabía que el asesino era de esta zona. Solo la gente del pueblo conocía quién había encontrado los pies, nunca lo supo la prensa. Tenía que ser alguien del pueblo. Si todo el mundo decía la verdad, no era posible. Alguien mentía. Tom me hizo ver que alguien podía mentir en una cosa, en un detalle completo que lo cambiaba todo. Sin embargo, yo imaginé algo distinto. Una persona que miente en todo. Y esa solo podías ser tú, Dolly.

—No te veo capaz de llegar tú sola a esa conclusión, perdona si te lo digo con tanta crudeza.

—Me da igual lo que pienses, hace muy poco tiempo estudié en la academia varios tipos de homicidas. En este caso, todo encaja como un guante en la tipología de los llamados «asesinos apostólicos».

—¿Cómo dices?

—No se refiere a ese nombre que usan en los programas de televisión que podemos ver. Estos criminales creen que sus asesinatos están justificados, pues ellos eliminan a cierto tipo de personas que consideran indeseables, por tanto, le hacen un favor a la sociedad. Son los que en su pensamiento se creen «héroes, en vez de villanos».

—No llego a comprender cómo pensaste que yo era así.

—No sabes todo lo que llegamos a descubrir, ¿verdad? Excepto Sunny Sue, sabemos que la mayoría de tus víctimas han sido presos, muchos de ellos por maltrato. Entonces comencé a preguntarme, ¿y si todos son maltratadores, aunque algunos se han librado porque, por un motivo o por otro, no les denunciaron? Ahí comencé a imaginar quién encajaba en esa imagen de asesino, si sustituía las versiones que me habían facilitado los testigos por una historia que encajara. Tu vida se comprende mejor con otra realidad.

—Explícate.

—¿De dónde puede surgir un «héroe» que mate solo a maltratadores? De sufrir esos malos tratos. Puse en mi imaginación a todos los testigos frente a ese dilema. Tú encajas a la perfección, aunque hay un detalle que me intriga. Como mínimo, me falta un pie, el de tu marido. Supongo que te pegaba y terminaste vengándote. Nadie lo sabía y buscaste ese domingo a tu amiga Sunny para que te diera la coartada perfecta, ella encontró el cuerpo, supongo que le diste un golpe por la espalda y lo tiraste por la escalera del sótano.

—Eres buena, has cometido algún pequeño fallo, aunque solo en los detalles, le golpeé en la frente para tirarlo de bruces por la escalera, puse el palo con el que le di debajo de su cabeza. Todo muy convincente.

—Algo me chirría en la muerte de tu familia, la de verdad, sin embargo, no veo cómo tú pudiste hacerlo.

—Eso es sencillo de explicar, no lo hice yo, fue mi abuela. Mi madre no murió, digámoslo así, de causas naturales, mi abuela se vengó de todos, para encubrir su crimen ella también falleció, me libró a mí con el cura y contó su versión de algo que hacía enfermar a todos. Había organizado lo de esta casa a escondidas, imagino que gastó todo lo que tenían escondido, la familia completa. Creo que se lo dejó todo bien amarrado a nuestro párroco.

—Tampoco era cierto que tus suegros no te hablaran.

—No, me gritaban que era culpa mía, cosas así, supongo que lo sospechaban, aunque no terminó de entrar en su cabeza que su hijo falleciera por mí, yo era la débil y su hijo el fuerte. De manera que fue fácil envenenar la medicina de la mujer, recuerda que yo conocía la casa, solo esperé a que se fueran. Todos los sábados por la tarde le llevaban un ramo de flores a la tumba de su hijo. Tuvo algo de poético, ella sola se administró su última dosis. Antes de irme por fin de aquella casa, también dejé un buen regalo en una de las botellas de licor que guardaba el viejo, pensaba que no lo sabía nadie, se equivocó, como en tantas cosas. Tardó un tiempo en abrir la botella indicada, era algo que había planeado, no era bueno para mis planes que muriesen a la vez, por eso envenené una de las botellas más lejanas de su escondite. Para evitar relación, yo no volví a aquella casa jamás, también terminó por su propia mano el viejo. Luego me arrepentí un poco del fin planeado para él, borracho de su licor favorito, murió demasiado feliz aquel desgraciado.

—Hay algo que no encaja en el perfil de héroe que te has fabricado. ¿Por qué mataste a tu amiga Sunny?

—Valiente amiga. Si tú, que eres la lista, piensas eso de nuestra relación, conseguí engañar a todos. Mi marido y Andy Shelby eran amigos, Bob era el listo de la pareja, nunca le pillaban, siempre salía limpio de todos sus trapicheos, Shelby era el tonto que pagaba todos los platos rotos. Una noche se emborracharon en casa, yo procuré estar lejos de ellos, escondida, como siempre hacía cuando bebían. Aquel día tuve mala suerte, se acordaron de mí y me encontraron, me pegaron los dos y me violaron por turnos, me dejaron más muerta que viva. Parece ser que el imbécil de Andy tenía una relación con una chica en Sioux Falls, después de casi matarme y violarme se fueron allí, a hacer lo mismo con la pareja de él. Ya te dije que era el tonto del grupo. Bob salió limpio de todo aquello y el otro fue a la cárcel. Yo había pensado muchas veces en terminar con la situación, las palizas comenzaron muy de vez en cuando, luego siempre me pedía perdón, me lloraba, no volvería a suceder, le daba la vuelta a todo y me hacía sentir que si había pasado algo fuera de lo normal era por mi culpa. Cada vez pasaba menos tiempo de una paliza a la siguiente, hasta que llegó con Andy, aquella vez pude escapar con vida, no podía saber qué pasaría en la siguiente y todas las que vendrían después. Me preparé con tiempo, de forma que nadie pudo sospechar nada.

—Alguien te preguntaría por las heridas y marcas de los golpes.

—¡Qué poco sabes! Ellos, sin embargo, conocen a la perfección que no se golpea nunca en un lugar visible, forma parte de su juego, necesitan someter a su víctima sin que nadie sospeche lo que pasa en realidad. Esperé con paciencia, nadie venía de visita a nuestra casa, mi única oportunidad se presentaba un domingo por la mañana. Desayunamos temprano, le puse algo para dormir en su tazón de leche, llegaba la hora de ir a misa y no parecía hacer efecto en Bob, hasta que comenzó a bostezar y parpadear rápido, le pedí que se levantara para ir a la iglesia, dio un par de pasos y no vio venir el golpe que le proporcioné en plena frente. Creo que no llegué a matarlo de aquel golpe, no pensaba esperar su recuperación. Un paño de cocina fue suficiente para taparle bien la boca y la nariz. Cuando estaba segura de su muerte, un buen rato después, lo arrastré hasta el sótano, lo situé en una posición difícil, como imaginé que podía quedar si caía por las escaleras, limpié todo para asegurarme de no dejar ningún rastro. Llegué justo a tiempo a la iglesia, no era raro que Bob fallara algún domingo con la excusa de una reparación o cualquier otra. Eso fue lo que dije, una avería en el sótano. Me pegué a mi amiga Sunny, me comporté como siempre. Cuando terminamos en la iglesia le invité a mi casa, era algo que hacía muchas veces, no le extrañó a nadie, hablamos de tonterías por el camino, yo sonreía, no solo para disimular y hacer ver lo feliz que era mi vida, imagina mi verdadera satisfacción. ¡Me había librado del desgraciado de mi marido! Ya no me pondría la mano encima. El resto fue fácil, yo me fui a la cocina para preparar algo, a ella le dije que avisara a Bob para que nos acompañase. Mientras yo preparaba limonada, ella encontró la escena que tenía preparada. Aquel episodio pasó. Sunny pensaba que su Shelby la había abandonado para siempre, se casó con Tom, parecían una pareja feliz. Hasta que apareció de nuevo Andy, decía que lo habían detenido por error. Yo sabía por Bob la verdad del caso, no dije nada a nadie, a mí no me beneficiaba en nada. Una noche llegaron a mi casa Sunny y Andy, habían pasado por casa de su tío, el alcalde, le pidieron dinero, creo que no les dio casi nada.

Querían que yo les diese más. Por cara de Sunny, intenté ser buena anfitriona, aquel desgraciado parecía no recordar lo que me había hecho en su última visita, cuando me pegó y me violó junto a mi marido. Les dije que buscaría lo que tenía para darles. Mientras tanto le dejé un vaso y una botella de whisky que subí del sótano, antes de hacerlo le añadí el veneno de la familia. Era la oportunidad que me había presentado el destino para vengar aquella noche en la que casi me matan, tenía que aprovecharla, ya vería después cómo lo solucionaba. Fingí ir a buscar el dinero que me pedían, escuché a escondidas como la «buena» de mi amiga le decía que no se anduviera con tantos remilgos, que me «diera una buena paliza, como la otra vez y me robara todo lo que tuviese». ¡Ella lo sabía! ¡Lo sabía y quería que me volviese a pegar para robarme! Iba a decirle lo que pensaba de ella cuando escuché que cogía otro vaso y se servía también de aquella botella asesina. Sunny había decidido su propio destino. Esperé un rato, el veneno necesita algo de tiempo para hacer su efecto, al tiempo entré en la cocina y vi que habían rellenado varias veces sus vasos. Eso me venía bien. Me encaré con ella, resultó que también conocía la violación, le daba igual, solo quería mi dinero para irse a vivir su vida, le pregunté por su marido y su hijo. Me dijo que esa no era la vida que ella quería, siempre había estado enamorada de Andy, nunca de Tom. El veneno parecía potenciar los efectos del alcohol, parecían muy borrachos hasta terminar en el suelo sin darse cuenta de que su vida había terminado. Yo pensé en matar solo a Andy, Sunny se sirvió sola, nunca puse un vaso para ella. Habían aparcado un gran coche que no sé de dónde había sacado, supongo que lorobó al salir de la cárcel en Sioux Falls para llegar aquí. Sería su medio de transporte para huir. Tenía un gran maletero, allí metí los dos cuerpos, conduje el coche hasta la vieja casa de losStone, sus viejos propietarios ya estaban en el cementerio. Bobtenía una llave que yo usé, cuando abrí la puerta, me di cuenta de que no era el mejor lugar para esconder los cuerpos, sin embargo, vi el hacha que era el orgullo de la familia sobre la chimenea, me la llevé. Entonces recordé el viejo pozo que estájunto a esta casa, ya nadie la visitaba, era el sitio perfecto, metíel coche de Andy en el cobertizo. Antes de tirar los cuerpos decidí guardar un pequeño trofeo, no me preguntes por qué, corté un pie de cada uno, esos fueron los primeros, por eso no encontraste el de Bob. No sé muy bien qué hacían por allí unossacos de cal viva. Después de los cuerpos lancé un par de aquellos sacos. Los pies los guardé en un viejo congelador quemi marido usaba para sus piezas de caza furtiva. Allí comencé a acumular mis pequeños trofeos. Como supuse, nadie se preocupó por aquella pareja, ya habían dicho que se iban, su tío lo sabía, incluso le había dado algo de dinero. Yo diría que también estaba informada, a ver qué pasaba con el tiempo. Y no ocurrió nada. Nadie se acordó de ese par de indeseables. El mundo estaba mejor sin ellos, si lo pensaba, también sin Bob y sin sus padres.

—Se podría decir que eres una salvadora, una heroína.

—Para algunas personas, sí, lo soy, te lo puedo asegurar.

Lo dice con el pleno convencimiento de que es así. Se cree una justiciera, está satisfecha de lo que hizo, casi puedo asegurar que es feliz. Encontró su tarea en esta vida. Su mirada es tranquila y sosegada. ¿Es esta la mirada de la muerte? Con esa misma serenidad piensa en estos momentos cómo va a terminar conmigo, necesito ganar más tiempo, debo hacer que hable más, tiene que seguir contando su historia antes de que me envíe al fondo del pozo, con uno o dos pies. ¿Ese es mi destino final?

17 Pies

CAPÍTULO 40

Jessie Carlsson

Agente del FBI, destinada a la Oficina del FBI en Pierre, Dakota del Sur

Miércoles, 20 de abril de 2022. 14:37

Oldham, Dakota del Sur

Me sonríe maliciosa, parece tener ganas de contar su historia, me invita a preguntarle, no tiene nunca esta oportunidad, la de pavonearse de sus hazañas. Ella está convencida de hacerle un gran favor a la sociedad, es un perfecto prototipo de un asesino apostólico, cree que todos sus actos tienen justificación, pues se deshace de personas que se lo merecen por el daño que han realizado y su mano justiciera evita males futuros.

—Dolly, si no me equivoco todas tus víctimas son maltratadores, excepto Sunny y tus suegros.

—Mis suegros me maltrataban, quizás no con golpes, lo hacían también, te lo puedo asegurar, mientras que Sunny animó a Andy para hacerlo de nuevo, le empujó a repetirlo. Desde mi punto de vista, eran tan culpables de malos tratos unos como los otros.

—Entre los fallecidos hay gente de muy lejos, algunos ni siquiera estuvieron detenidos por esos hechos. ¿Cómo llegaste a conocer sus casos?

—En el café, Jessie, en el café. Desde ese momento, mis intervenciones han sido lejos de aquí, aunque el final de todos ha sido el pozo. Todo el mundo habla de sus cosas, aunque nadie suele contar cómo te pegaron una paliza ayer tarde, quienlo ha sufrido lo detecta rápido, yo lo hacía. La primera vez era una chica, no podía parar de llorar, la consolé, le pregunté y mevi reflejada. Parecía que me escuchaba a mí misma un tiempo antes. Me informé de dónde vivía con discreción, realicé un poco de trabajo de investigación, cuando tenía controlado al personaje, fue mucho más fácil de lo que pensaba. Un borracho no suele rechazar un trago gratis. Como imaginas, aliñado con una buena dosis de veneno. Viaje al maletero, de ahí al pozo y uno de sus pies al congelador. Con el paso del tiempo he actualizado mis herramientas, hoy las pistolas eléctricas son una gran ayuda. Nadie es capaz de negársela a una mujer para auto defensa. A lo mejor pasaban meses o años sin ver a nadie que necesitaba mi ayuda. Cuando surgía el caso, no me importaba

17 Pies

lo lejos que tuviera que ir, se arreglaba y ya está. Nadie pregunta por una mala persona, nadie la recuerda, todos sus allegados sienten alivio cuando el mal desaparece. Creo que lo habéis comprobado, nadie los necesita, recuerda o busca. No eran buenas personas.

—Todo eso que cuentas no es fácil, necesita su tiempo.

—Nadie se acuerda de Dolly por las tardes o por las noches, me viene bien tener un trabajo solo de mañana. Tengo tiempo para ir y venir de donde sea, utilizo aún el coche de Andy para esos desplazamientos, nadie lo controla y solo lo utilizo en contadas ocasiones. Para una chica de campo como yo, es muy fácil colocar una batería nueva cuando es necesario.

—La pregunta más interesante que te puedo hacer, la que me da vueltas por la cabeza es esta: ¿Por qué sacaste los pies a pasear, Dolly?

—¿No lo imaginas?

—No tengo la más mínima idea.

—Es cuestión de relevo.

—¿Cómo?

—Yo ya estoy mayor, puedo dedicar mi tiempo a ayudar a otras mujeres unos años más, no sé cuántos. Creo que he realizado una buena labor, muchas familias, mujeres, hijos, amigos… viven mejor gracias a la eliminación de sus problemas, puede decirse así, hace poco Tom me contó lo de su jubilación, eso me hizo ver que nuestro tiempo se acaba, llega el momento de preparar un relevo, tú serías el de Tom, yo quiero lo mismo.

—¿Quieres decir que buscas heredero?

—Durante muchos años cumplí en secreto una misión, nadie lo sabe, no ha tenido visibilidad, aunque sí una gran repercusión en las víctimas de esos malos tratos, los sufridores han visto cambiar su vida de una forma radical. Ninguno supo quién o cómo, disfrutan su nueva existencia sin temer al agresor. Pensé que sería bueno que la opinión pública conociese que alguien, en la sombra, se tomó la justicia por su mano y eliminó un buen número de indeseables. Igual que yo encontré mi objetivo en la vida, otra víctima podía ver este camino para sí mismo, como hice yo. No era difícil. Escuché muchas veces a John cómo llegar a su lugar de pesca, sabía que le acompañaría Corcho. No tuve que pensar mucho, coloqué los pies por la zona, poca profundidad y esperar a que cada uno realizara su papel. Todo funcionó como tenía previsto, hasta que tú decidiste hacer las

17 Pies

cosas a tu manera. En lugar de colgarte una medalla por cada descubrimiento que hacías, te lo callabas. Podías decir que conocías que todos eran carne de prisión, que la mayoría tenían denuncias por malos tratos, podías intentar atraer las miradas de todo el mundo para mi causa...

—¿Tu causa? ¿Crees en serio que puedes pensar que tus actos tienen alguna legitimidad?

Su mirada fría se clavó en mí. La dureza de su rostro me heló la sangre. Su voz comenzó a helarme la piel.

—¿Crees que no pensé en las muertes? ¡Más de lo que imaginas! He salvado más vidas de las que quité. ¿Prefieres un maltratador vivo a su mujer o hijo muerto? ¿Esa es tu legitimidad, Jessie? Yo evité lágrimas de dolor, recuerda que nadie ha llorado o lamentado la desaparición de todos estos desgraciados. ¡Ellos son los criminales, no yo! Si todo el mundo conociese la verdad, estoy convencida de que comenzaría a desaparecer gente de la que nadie se acuerda y mejoraría la vida de muchas personas en la sombra. Todo eso no pasó por tu idea de no contar los avances reales en la investigación. Yo solo he sido la mano ejecutora del ángel justiciero, salvando a las víctimas inocentes.

—Todo lo que cuentas puede encajar en algún relato que puedas inventarte, hasta que llegas a la muerte de Brad. ¿Por qué mataste al sheriff?

—¿No lo imaginas, Jessie?

—No tengo ni idea.

—Es por tu culpa, agente, solo por tu culpa.

—Eso no puede ser.

—¡Oh, sí puede ser! Tenía que conseguir atraer el foco de nuevo a mis pies, me obligaste a matar de nuevo. No tengo nada en contra de Brad, cuando pasasteis por mi casa decidí que debía venir de nuevo la prensa, en ese momento entré en acción. Escondí el hacha en mi coche, fui hasta la oficina del sheriff, esperé en la puerta, cuando se acercó el coche patrulla, llamé su atención y le pedí que me siguiera, Brad no imaginaba lo que pasaría a continuación. Detuvo su coche junto al mío, le pedí que esperase dentro, me senté detrás, no adivinó mis intenciones, le comenté que había visto un forastero extraño con algo grande en las manos, me preguntó si podía ser un hacha, le dije que sí, se olvidó de mí y comenzó a buscar en su móvil, supongo que para llamar a Tom, quizás a ti. Mientras tanto yo había preparado mi cordón favorito, para cuando se quiso dar cuenta, yo ya apretaba con fuerza su cuello, el resto te lo imaginas, cogí el hacha del coche, abrí la puerta y, como siempre, de un solo golpe corté el pie. Para alguien que no corta leña, puede parecer difícil, supongo que tú lo ves así, para quien lo hace desde niña, es bastante sencillo. Con la idea de volveros un poco locos dejé el pie de Brad cerca de la carpintería de Johny. Tenía una idea clara, esta vez le contaré todo lo que sé a la prensa cuando pasen por el café, añadiré algún toque inventado para adornar mi historia, ya sabes.

—Esta historia debe terminar ya, Dolly.

—Al contrario. Ahora le voy a dar el impulso y publicidad necesaria. Si no me pillan, durante un tiempo continuaré mi labor, imagino que, a partir de ahora, con seguidores, con imitadores en potencia que limpien de este mundo a los maltratadores.

—¿Quieres decir que tú tienes el poder de decidir quién vive y quién muere?

—¡Todas las víctimas tienen el poder de terminar con su sometimiento, con sus vejaciones, palizas, sufrimiento! ¡Sí! Ya no es el tiempo del abusón, ese es mi mensaje. Ahora atraeré la atención de todo el mundo. Primero con la muerte del sheriff, esa ya está realizada. Ahora te toca a ti, después terminaré con Tom.

—¿Terminarás con Tom?

—Claro, Jessie. ¿Crees que por ser de pueblo y una vulgar camarera soy tonta? Esta mañana llamé a Tom. Quedé con él para tomar un café y contarle algo que podía ser importante para la investigación. Por supuesto, acudió sin temor alguno. Le recordé una vieja cabaña de caza que se encuentra perdida en la propiedad de los Stone. Nadie la conoce, me dijo que iría allí para comprobarlo, le preparé un buen termo de su café favorito.

—Endulzado con tu veneno, imagino.

—¡Por supuesto! Espero que llegase allí antes de tomar café. Ahora tengo que decidir si aparecen solo vuestros pies, creo que es lo mejor para mi plan.

Dolly sonríe mientras se pone de pie y va al cobertizo. Mi mirada busca alguna salida, alguna opción para cambiar el guion que tiene preparada esta asesina disfrazada de heroína. Ella me apuntó con un revólver, tiene que estar en algún sitio, puede llevarlo encima o estar a mi espalda. De todas maneras, sigo estando pegada a la silla, no dispongo de movilidad alguna. Tengo que buscar algo, lo que sea. No hay nada, no veo nada, ahora estoy sola, inmovilizada, a la espera de un desenlace cruel. Escucho pasos desde el cobertizo, miro hacia aquella puerta, en la oscuridad se aprecia un brillo, un reflejo, es la gran hacha que ella lleva cruzada frente a su pecho mientras la sostiene con las dos manos, la sonrisa de su rostro paraliza mi respiración. Piensa, Jessie, piensa.

17 Pies

CAPÍTULO 41

Jessie Carlsson

Agente del FBI, destinada a la Oficina del FBI en Pierre, Dakota del Sur

Miércoles, 20 de abril de 2022. 16:04

Oldham, Dakota del Sur

Dolly deja el arma sobre la mesa, despacio, me mira a los ojos, se divierte con la situación. Soy ese conejillo que necesita sacrificar para alimentarse. Quiero ganar tiempo, no sé aún para qué, no quiero morir. Hasta ahora he conseguido que hablase, tengo que buscar cómo continuar.

—Dejaste que te tomáramos muestras de ADN. ¿Por qué?

—No lo has entendido aún, querida. —Se sienta de nuevo frente a mí, no parece tener prisa por llegar al momento final, vuelve a mirarme directa a los ojos antes de continuar explicándose—. Yo ya he cumplido con mi objetivo vital, si me pillan solo puedo lograr más publicidad para mi causa. Si me dejan hablar, buscaré concienciar para que más personas sigan mis pasos. Sería detenida, sí; sería bueno a la larga, seguro. Un juicio puede ser el mejor altavoz para mi plan, piénsalo, Jessie. Era difícil que encontrarais rastro mío en los pies, supongo que no imposible. Me daba igual. Ahora sé que necesito publicidad, llenar televisión, reportajes, periódicos, abrir los ojos a otras víctimas para que sigan mis pasos.

Tengo que alargar este momento, en cualquier instante ella puede dar por zanjada la conversación y ese será mi último momento de vida.

—Tú crees que ocultar la información era cosa mía, no es así. Desde arriba está la orden de dar la menor información posible, ningún agente va a decir lo que te interesa.

—Por eso yo me encargaré de filtrarle a la prensa lo que crea necesario. Se van a enterar de todo. Ya tengo una edad, me queda poco tiempo en este mundo, para ti y los tuyos soy una simple asesina. Que le pregunten a las mujeres, hijos y familiares de todos esos despojos humanos que desaparecieron gracias a mi labor humanitaria. Que les pregunten si les he causado daño o les he devuelto la vida. He conseguido que muchas personas ahora tengan un futuro muy distinto al que tenían preparado para ellas, perdidas paliza tras paliza, o incluso muertas a manos de «mis víctimas». No sé cuántas vidas he podido salvar, te lo digo en serio, desde luego son muchas más de las que me llevé por delante. Aunque no lo quieras ver, tu conciencia te dice que tengo razón, es así.

—¿De verdad esperas que alguien siga tus pasos?

—Alguien puede sumar dos y dos, ver las cosas como yo las veo, por eso necesito publicidad, cuanta más gente lo conozca, más posibilidades tengo de acertar. Nunca pensé que fueras capaz de pillarme, sí vi la opción de que pudierais descubrir a quién y, sobre todo, por qué los mataba. Eso podía abrir los ojos a otra víctima de maltratos que comenzase su propia labor, paralela a la mía, con un mismo objetivo. Sin embargo, decidiste guardar esa información solo para vosotros. Error, Jessie, grave error.

Se pone en pie, parece sopesar cómo y cuándo terminar con mi vida. Desaparece a mi espalda, poco después se sitúa frente a mí con el revólver en la mano, todavía no me apunta, lo hará más pronto que tarde.

—Bien, Jessie, ha llegado tu momento. No quería que pasase, tus silencios me obligan a hacerlo, de verdad te digo que lo siento.

—Creo que no dices la verdad, Dolly. Tampoco sentiste cuando mataste a Brad, o cuando le diste el termo de café envenenado a Tom. —Comienzo a gritar, de nada me sirve hablar con un tono de voz tranquilo. No lo estoy, tengo que soltar mis nervios de alguna forma—. ¡Ya no eres ninguna justiciera!, ¡matas por matar! ¡Eres una vulgar y simple asesina!

—¡Eso jamás! ¡He salvado a muchas mujeres de una muerte segura!

Un fuerte golpe resuena en la cabaña al romperse la puerta. Tom entra apuntando su arma mientras grita a Dolly que se tire al suelo. Detrás entran varios agentes armados. La vieja camarera gira su cuerpo a gran velocidad mientras se agacha para ofrecer un blanco de menor tamaño. Tom no se deja engañar y se lanza al costado mientras dispara. Dolly también usa su arma, falla el tiro, en lugar de dar a mi compañero, su bala se pierde entre los troncos de la pared de la cabaña. La bala de Tom, por el contrario, perfora un costado de la mujer, no es mortal, uno de los agentes que entran detrás le da una patada en la mano que lanza el revólver lejos. Los compañeros se encargan de ella, mientras Tom se dirige a mí, comienza a cortar las bridas.

—¿Estás bien?

—Te puedo decir que sí, aunque he tenido momentos de duda.

—¿Duda? ¿Cómo puedes decir eso? Ya conocía tu teoría loca. ¡Demonios! Acertaste con la vieja Dolly.

—Eso parece. ¿Lo escuchaste todo?

—Casi todo. No fui a la finca de los Stone, tampoco toqué el termo. Me dediqué a seguirla con precaución. Aproveché el momento que utilizó para perder el Escalade para llegar a la zona de cobertura, llamar al jefe y dar nuestra posición a los compañeros. Quería entrar con una clara superioridad, si entro solo no sé cómo podía terminar la detención, recuerda que vi cómo te apuntaba con el revólver para que entrases en casa.

Ya estoy suelta, miro casi con pena a nuestra asesina. Ella hace lo mismo. Me sonríe.

—Crees que has vencido, recuerda nuestra conversación. Yo he vencido, consigo el altavoz que quería, podré decir en el juicio lo que necesito transmitir.

No le contesto, los compañeros se la llevan. Recuerdo a Brad y que yo era su próxima víctima, se borra la sensación de lástima. Es una asesina, con todas las letras. ¡Un momento! Tom ha dicho algo que me llama la atención.

—¿Has dicho que ella ha perdido el Escalade?

—Eso dije.

—Dime dónde lo ha perdido.

—Lo ha tirado al lago.

—¡Dios! ¡Nunca volverán a dejarme un coche como ese!

—Seguro que sí. ¿Has visto lo que has resuelto?

—¡Joder! Bueno, hemos realizado un gran trabajo, creo.

—No lo dudes, hemos resuelto un caso de asesino en serie en un tiempo récord.

—¡Justo a tiempo, además! Hoy es tu último día de trabajo.

—¡Cómo lo sabes! A partir de ahora me perderé a relajarme, ya volveré a Oldham cuando haya repuesto las pilas.

—Yo también pediré algunos días de descanso.

—Eso puede esperar, yo me jubilo, todo el papeleo te toca a ti. Además, no has terminado aún.

—¿Cómo qué no?

—Te toca atender a la prensa, llamar al jefe, cerrar el caso, agente especial Carlsson.

Lo dice en un tono divertido, no puedo enfadarme con mi viejo camarada. Me pongo un guante y tomo la gran hacha que está sobre la mesa. Los compañeros sonríen al verme salir de la cabaña como si fuera una guerrera vikinga. Lo que no imaginan es que en estos momentos me siento como una de ellas.

CAPÍTULO 42

Jessie Carlsson

Agente del FBI, destinada a la Oficina del FBI en Pierre, Dakota del Sur

Jueves, 21 de abril de 2022. 11:13

Pierre, Dakota del Sur

En la sala de prensa de la oficina del FBI en Pierre nunca se han reunido tantas cámaras ni periodistas acreditados. Casi todos los compañeros me arropan en este momento. Es el día después de la detención de la ya bautizada como «asesina de los pies». Tras finalizar la larga rueda de preguntas y respuestas, doy las gracias a todos los medios de comunicación, al gran equipo que me ayudó en esta búsqueda, en especial a mi compañero de investigación, Tom Wilson, que no ha querido asistir a este acto y, por supuesto, a nuestro jefe que tuvo la valentía de confiar en mí para llevar este caso. Se encuentra a mi derecha recibiendo su cuota de fotos y televisión.

Termina el acto con la prensa, las cámaras apagan sus focos y nosotros nos dirigimos al despacho del jefe Millan. Tom ya está jubilado y no ha querido aparecer hoy. Nos explicó que ya tenía planeadas sus primeras vacaciones sin obligación alguna y no pensaba retrasarlas por un acto como aquel. No nos dijo su destino, ni fecha de retorno, ya nos llamará cuando vuelva. O quizás no lo haga. La verdad es que nada le obliga a hacerlo. El jefe se sienta en su mesa, yo al otro lado. Me recuerda algo, unos días atrás estábamos sentados los dos en aquel mismo sitio y de la misma forma. Hoy no estoy tan nerviosa.

—Bien, agente Carlsson. Creo que puedo llamarte Jessie.

—Por supuesto, me parece perfecto.

—Pues, Jessie, te has ganado el derecho a pedir y conseguir tu traslado. Vamos a mirar con detenimiento el tema de tu ascenso, algo que ya puedo adelantarte, tienes concedido, pocos agentes lo han conseguido en un espacio tan breve de tiempo, que te vendrá muy bien en tu nuevo destino.

—Muchas gracias, jefe. Aunque debo decirle que, de momento, no pienso pedir traslado, me parece bien continuar trabajando en Pierre, quizás pueda disfrutar de algún fin de semana en Oldham.

Estoy convencida de que mi jefe no ha entendido mi comentario, sin embargo, no se atreve a preguntarme nada. Salgo del despacho tranquila y sonriente. La secretaria del jefe

Millan, mientras luce su flamante y eterna permanente, me entrega un sobre que recojo con una sonrisa, le doy las gracias y bajo al sótano. Se dibuja una sonrisa en mi cara al activar el mando del flamante Cadillac Escalade que me han asignado. Dedico unos minutos a configurar el coche a mi gusto y conectarlo a mi móvil. Conduzco por las calles de Pierre cuando se ilumina la pantalla multifunción del coche. Se puede leer «Mami». Toco el botón de descolgar.

—Cariño, te he visto en televisión ahora mismo.

—¿Qué te ha parecido?

—¡Muy bien! Sabía que tú podías con ese caso. Eres la mejor.

—¿Qué otra cosa puede decir mi madre?

—En este caso, como en todos, tengo toda la razón.

—No voy a discutir contigo por esta vez, mamá.

—Muy bien. Tengo una pregunta para ti, ¿cuándo piensas venir a visitarme?

—No ha cambiado nada, mamá. Te veré en vacaciones, no antes.

—Vaya.

—No te enfades, a lo mejor voy acompañada.

—¡Acompañada!, ¿de quién?

—No te oigo, mamá, se corta. Adiós. Te pierdo…

Sonrío con malicia mientras pulso el botón de colgar la llamada. Avanzo a buen ritmo por aquella carretera, la misma que recorrí una semana atrás. Mi mente repasa todo lo que ha pasado en estos siete días, los cambios que han ocurrido en mi vida debido a este caso. Suspiro. Ahora debo tomar la situación con frialdad y aprovechar lo bueno que me ofrece.

CAPÍTULO 43

Jessie Carlsson

Agente del FBI, destinada a la Oficina del FBI en Pierre, Dakota del Sur

Domingo, 24 de abril de 2022. 06:11

Oldham, Dakota del Sur

Como todas las mañanas que puedo hacerlo, corro para mantenerme en forma. Hoy respiro mejor, más tranquila. Es el mismo recorrido que realizo estos últimos días, llego al final, me acerco a la casa de Tom, al entrar Dan me recibe con un café y un largo beso, anticipo de los que vendrán después.

Terminado el desayuno, me tumbo en el sofá con la cabeza sobre las piernas de Dan, que permanece sentado mientras acaricia mi pelo. Llamo a mi madre, hay algo que me escama.

—Buen día, cariño. ¿Cómo estás?

—Bien, mamá, bien. Aunque hay algo que me extraña. Llevas mucho tiempo sin comunicarte conmigo, eso no es propio de ti.

—Hija, estoy bastante distraída. Ya sabes lo que dicen: «No es posible tener la cabeza de un viejo con el cuerpo de un joven».

Guardo silencio. Esa frase. ¿Dónde la he oído antes? De pronto lo recuerdo, miro hacia arriba, Dan me sonríe, él lo sabe, abro los ojos y grito.

—¡TOM! Esa frase es de Tom

Al fondo, como en segundo plano, escucho una voz masculina que ya nunca podré olvidar.

—¡Hola, Jessie!

FIN

ACERCA DEL AUTOR Y SUS NOVELAS

JF Sánchez nació hace demasiado tiempo cerca de Barcelona, donde estudió de niño. Con dieciséis años, todo su mundo cambia y amanece, desde entonces, en Almería. Cosas de crisis, trabajos y ancestros. Es en esta tierra donde termina de formarse como persona y ser lo que es hoy.

Desde su infancia, es un voraz lector. Con el tiempo y la experiencia de los años también se convierte en un gran contador de historias.

En 2017 escribe su primera novela, **«Alguien ronda la Playa de los Muertos»**. Una historia que no pensó compartir, pero que, al ser publicada, es muy bien acogida por crítica y público, al sorprender con una trama de suspense totalmente novedosa. Todo lo que quiso saber sobre asesinos a sueldo y nunca se atrevió a preguntar, puede encontrarlo en esta novela

Una madre no cree en la muerte accidental de su hijo y de su nuera. Contrata a quien puede confirmarle sus sospechas, y si tiene razón, le puede proporcionar la venganza que desea.

La búsqueda destapa una verdad incómoda, con políticos

corruptos y asesinos a sueldo.

El camino de la venganza lleva a los personajes al idílico paraje de la Playa de los Muertos, donde nadie es lo que parece, ¿o tal vez sí?

Su segunda novela, publicada a finales de 2019, «**El asesino del Andarax**», es la primera novela de la Saga Padre Ramón, auto conclusiva, donde se presenta al personaje y lo podemos conocer, se trata de un joven cura que se enfrenta a un despiadado asesino en serie. A principios de los años sesenta, en un tranquilo pueblo de Almería situado cerca de la capital y en la Vega del Andarax, entre naranjos, encuentran asesinado cruelmente a su párroco. El padre Ramón, recién ordenado cura, es el asignado para sustituirlo con la secreta tarea de averiguar rápido quién y por qué mataron a su antecesor. Sin embargo, el asesino del Andarax continuará matando sin miedo, nadie tiene ninguna pista de su identidad. La única persona que parece seguir el rastro del criminal es el joven cura que quiere llegar a descubrirlo.

En 2022 publica la segunda novela Saga Padre Ramón, «**El oro de Hitler**» conclusiva, donde el personaje evoluciona, y de qué manera. Descubre uno de los secretos mejor guardados de la Iglesia y de la Historia. (Basada en Hechos Reales)

En 1939 Hitler cree que podrá manejar al Vaticano y, por tanto, a la Santa Alianza (Su servicio de información) si compra la elección del nuevo Papa de Roma con tres millones de marcos en lingotes de oro. Contra todo pronóstico es engañado y el metal preciado nunca apareció.

En 1964 el padre Ramón, cura recién ordenado, con destino en una pequeña parroquia rural, será el encargado de dar con el oro de Hitler, una búsqueda que lo llevará desde un pueblo de Almería hasta el Vaticano, Venecia y Lora del Río, rodeado de espías, estafadores y asesinos bajo la suave luz de lámparas de Murano.

En 2023 publica «**17 Pies**», Un misterio imposible, no hay cuerpos, no hay escenarios de los crímenes, no se conocen las identidades de las víctimas, solo 17 pies. ¿Te atreves? En un pequeño pueblo de Dakota del Sur, un perro encuentra 17 pies humanos cortados. El FBI envía para resolver el caso a su pareja de agentes más dispar, al veterano Tom Wilson, al que le queda una semana en activo, acompañado de Jessie Carlsson, la agente más joven de la oficina local. Ambos intentarán descubrir al misterioso asesino que se esconde tras los 17 pies. Una novela que te invita a descubrir quien, pero sobre todo, el motivo para enterrar en un bosque perdido de la América profunda los pies de sus víctimas.

En 2024 publica «**Nox mortis, la Noche de la Muerte**», el desconocido e inquietante universo de los asesinos a sueldo a tu alcance en la segunda novela de la Serie Sicarios de Lujo. Un complejo encargo que obliga a enfrentarse a los asesinos más caros que se puedan contratar, lo que provoca un inesperado resultado final rodeado de muertes. Un asesino que siempre escucha la misma canción cuando va a matar a su próxima víctima. Un cliente desesperado por encontrar a una mujer, secretos, mentiras, búsquedas y venganzas que solo pueden traer Muerte a su vida.

Combinando diversas líneas narrativas, el autor se encuentra trabajando en la tercera entrega de la saga Padre Ramón, en una nueva novela protagonizada por la protagonista de "17 Pies" y en una incursión en el género de la fantasía.

.